教育部人文社会科学重点研究基地重大项目

"中国诗歌研究史"(05JJD750.11-44011) 成果

首都师范大学中国诗歌研究中心规划项目成果

中国诗歌研究史

汉代卷

左东岭 主编

赵敏俐 著

人民文学出版社

图书在版编目（CIP）数据

中国诗歌研究史．汉代卷/左东岭主编；赵敏俐著．—北京：人民文学出版社，2020
ISBN 978-7-02-015773-0

Ⅰ.①中… Ⅱ.①左… ②赵… Ⅲ.①诗歌研究—历史—中国—汉代 Ⅳ.①I207.22

中国版本图书馆 CIP 数据核字（2019）第 214950 号

责任编辑　李　俊
装帧设计　陶　雷
责任印制　王重艺

出版发行　人民文学出版社
社　　址　北京市朝内大街 166 号
邮政编码　100705
网　　址　http://www.rw-cn.com

印　　刷　三河市中晟雅豪印务有限公司
经　　销　全国新华书店等

字　　数　240 千字
开　　本　880 毫米×1230 毫米　1/32
印　　张　6.625　插页 2
版　　次　2020 年 4 月北京第 1 版
印　　次　2020 年 4 月第 1 次印刷

书　　号　978-7-02-015773-0
定　　价　70.00 元

如有印装质量问题,请与本社图书销售中心调换。电话:010-65233595

总　　序

　　处于世纪之交的中国学术界，编写各种各样的学术史成为近二十年来的流行学术操作。自20世纪初以来，中国的各种学科由于受到西方学术理念与研究方法的影响，纷纷建立起自己的研究范式，并运行了近百年，其中取得了巨大的学术成就，也存在着种种的问题与缺陷，因此有必要对其进行总结与检讨，以便完善学科的建设与提升研究的水平。从此一角度看，学术史写作的流行便是可以理解的一种学术选择。然而，在这二十多年的学术史编写中，到底对于学术的研究提供了何种帮助，又存在着哪些问题，或者说我们到底需要什么样的学术史，似乎还较少有人关注。我认为，总结学术史的写作就像学术史的写作一样重要，因为及时检讨我们所从事的学术工作，会使后来者少走弯路而提升学术史的研究水平。

一、近二十年学术史写作的检讨

　　学术史的清理其实是学术研究的常规工作，任何一个领域的问题研究，都必须首先从学术史的清理做起，否则便无法展开自己的研究。但中国学术界大规模、有意识的专门学术史研究，是从20世纪80年代末开始的，其标志性的成果是天津教育出版社组织编辑出版的"学术研究指南丛书"，从20世纪80年代末至90年代中期，该丛书出版了数十种各学科的学术史"概述"类著作，其中不少著作至今仍是所在学科研究的必读书。现在回头来看这套大型研究史丛书，我们依然应该对其表示敬意,因为它的确对当时及后来的学术研究具有重要的贡献与推进。总结起来说,它具有下面几方面的主要特点：

一是起点较高。作为一套大型的研究指南丛书,其着眼点主要是为研究者提供入门的方法以便能够把握本领域的基本学术状况及研究方法,因此该丛书的"出版说明"就开宗明义地指出：

> 这套丛书将分门别类介绍哲学和社会科学各分支的研究沿革,对各学科的研究成果进行归纳和分析;对各学派或不同观点进行评介;对当前的研究动态及对未来研究趋势进行预测;还要介绍各学科特有的研究方法和手段。为了便于研究者检索,书后还附上该学科的基本资料书目及其提要和重要论文索引。这样,本书便是集学术性、资料性和工具性于一身,一册在手,即可对某一学科研究的基本情况一览无遗,足供学人参考、咨询、备览,对需要深入研究的内容,也可按图索骥,省却"踏破铁鞋无觅处"的烦恼。

从此一说明中不难看出,该丛书还不是纯粹意义上的学术史著作,其主要宗旨是作为研究的入门书,也就是所谓的"指南"性质,学术史研究当然是其重要组成部分,但不是其全部内容,这不仅从其书后附录的"基本资料书目"这些非学术史的板块可以看出,更可以从其撰写的方式显示出来。比如关于近代史的研究,该丛书既包括学术史性质的《中国近代史研究述要》[①],同时也收进去了《习史启示录》[②]

---

① 陈振江:《中国近代史研究述要》,天津教育出版社,1997年版。
② 中国史学学会《中国历史年鉴》编辑组:《习史启示录:专家谈如何学习近代史》,天津教育出版社,1988年版。

这类谈治学经验的著作。而且在体例上也还存在一些问题,比如在中国古代文学学科,该丛书共收了9种著作:赵霈霖的《诗经研究反思》和《屈赋研究论衡》、刘扬忠的《宋词研究之路》、宁宗一的《元杂剧研究概述》和《明代戏剧研究概述》、金宁芬的《南戏研究变迁》、李汉秋的《儒林外史研究纵览》、罗宗强的《古代文学理论研究概述》、袁健的《晚清小说研究概说》等。将作为学科的古代文学理论和作为文体的诗、词、小说、戏剧以及古典名著的《儒林外史》并列,颇显体例的凌乱。尽管存在这些不足,但其中有两点是应该引起足够重视的。这就是一方面要"对各学科的研究成果进行归纳和分析;对各学派或不同学术观点进行评介"的学术史清理,另一方面还要"对当前的研究动态及未来研究趋势进行预测"的研究瞻望。这两方面的要求应该说是很高的,尤其是对于研究趋势的预测就绝非一般学者所能轻易做到。

二是作者队伍选择比较严格。从该丛书呈现的实际成果来看,其作者一般都具备两个条件:在某领域已经具有较大成就的学者和当时依然处于研究状态的学者。仍以古代文学为例,其中的六位学者都在各自的领域取得了较为突出的研究业绩,但在当时又都还是中年学者,正处于学术生命的旺盛期。这或许和这套丛书的"指南"性质相关,因为刚入门者缺乏研究经验,而已经退出研究前沿的年长学者又难以跟上学术发展潮流。这种选择其实也反映在上述所言的体例凌乱上,因为是以有成就的中年学者为选择对象,当然就不能追求体例的统一与均衡,可以说这是牺牲了体例的完整性而保证了丛书的质量。当然,从8种学术史著作居然有两位作者一人呈现两种的情况看,还是包含着地域性的局限与丛书组织者学术界统合力的不足。

三是丛书质量较高。由于具有较高的立意与作者队伍选择的严格,从而在总体上保障了丛书的基本质量,其中有不少成为本领域的必读著作。比如在罗宗强的《古代文学理论研究概述》的第一编,分四个小节对古代文学理论的"研究对象""研究目的""研究历史"和"资料载籍"进行系统的介绍,使读者完整地了解该学科的基本性质与历史发展,同时还提出了自己的独立见解,认为"弄清古代文学理论的历史面貌本身,也可说就是研究的目的"[1]。自建国以来,古代文论的研究一直追求"古为今用"的实用目的,从而严重影响了对于其真实内涵的发掘,当时提出弄清历史面貌的研究目的,可以说是一种拨乱反正的主张。正是由于拥有这样的眼光,也就保证了学术史清理中的学术判断,从而保证了该书的质量。

自此套丛书出版之后,便持续掀起了学术史写作的热潮,仅以中国古代文学学科为例,其中冠以 20 世纪学术史名称的便有:赵敏俐、杨树增的《20 世纪中国古典文学研究史》[2],张燕瑾、吕薇芬主编的《20 世纪中国文学研究》[3],蒋述卓等人主编的《20 世纪中国古代文论学术研究史》[4],黄霖主编的《20 世纪中国古代文学研究史》[5],傅璇琮主编的《20 世纪中国人文学科学术研究史丛书文学专辑》[6],李春青主编的《20 世纪中国古代文论研究史》[7],等等。有的著作虽未

---

[1] 罗宗强等:《古代文学理论研究概述》,天津教育出版社,1991 年版,第 7 页。
[2] 陕西人民教育出版社,1997 年版。
[3] 北京出版社,2001 年版。
[4] 北京大学出版社,2005 年版。
[5] 东方出版中心,2006 年版。
[6] 福建人民出版社,2006 年版。
[7] 山东教育出版社,2008 年版。

以此为名,其实亦属于同类性质的著作,如:董乃斌等人主编的《中国文学史学史》[①]、傅璇琮、蒋寅主编的《中国古代文学通论》[②]等,均包含有对20世纪学术史梳理的内容。还有以经典作家作品为对象的专门研究史,如以《文心雕龙》研究为题的张少康等《文心雕龙研究史》[③]、张文勋《文心雕龙研究史》[④]、李平《文心雕龙研究史论》[⑤]等,以杜甫为题的吴中胜《杜诗批评史》[⑥],以苏轼为题的曾枣庄《苏轼研究史》[⑦],以《红楼梦》为题的白盾《红楼梦研究史论》[⑧]、陈维昭《红学通史》[⑨]等。至于在此期间以综述文章形式发表的学术史研究成果,更是难以一一列举。

与"学术研究指南丛书"相比,后来的学术史的研究无疑有了长足的进展,这表现在以下几个方面:

一是更加系统而规范。比如张燕瑾等的《20世纪中国文学研究》共10卷,不仅包括了古代文学的各个朝代,而且还增添了近代、现代和当代,应该说这才是真正完整的学术史;又如傅璇琮主编的《20世纪中国人文学科学术研究史丛书文学专辑》内容更为完整丰富,共由8种构成:《中国古代小说研究》《中国戏剧研究》《中国词学研究》《中国诗学研究》《中国古代散文研究》《中国文学批评史研

---

① 河北人民出版社,2003年版。
② 辽宁人民出版社,2005年版。
③ 北京大学出版社,2001年版。
④ 云南大学出版社,2001年版。
⑤ 黄山书社,2009年版。
⑥ 中国社会科学出版社,2012年版。
⑦ 江苏教育出版社,2001年版。
⑧ 天津人民出版社,1997年版。
⑨ 上海人民出版社,2005年版。

究》《西方文学研究》《比较文学研究》,应该说文学研究的主要内容全都囊括进来了,而且分类也比较合理;再如黄霖主编的《20世纪中国古代文学研究史》共7卷,除了以分体所构成的"诗歌卷""小说卷""戏曲卷""散文卷""词学卷""文论卷"外,还由主编黄霖执笔撰写了"总论卷",对20世纪古代文学研究的总体状况与重要理论问题进行归纳与评述,从而与其他分卷一起构成了一个立体的系统。这些大型的学术史丛书,较之以前那些零打碎敲而互不统属的研究已经显示出明确的优势。

二是体例多样而各显特色。就本时期的学术著作的整体情况看,大致显示出三种体例。有的以介绍研究成果为主要目的而较少做理论的总结与评判,如张燕瑾等的《20世纪中国文学研究》、张文勋的《文心雕龙研究史》等,张文勋在绪论中就说:"对于入史的资料,采取实录的方法,保存其历史原貌。对当时的历史情况和资料的优劣,尽量做到述而不评,以便使读者进一步研究,评价其优劣,判断其是非。"①当然,并非所有的成果都是有意保持实录的特色而是缺乏判断的能力,但结果都是以介绍成果为主的写法。有的以问题为中心进行理论的总结,如赵敏俐等的《20世纪中国古典文学研究史》和韩经太的《中国文学批评史研究》等。赵敏俐以"时代变革与学术演进""文化思潮与理论思考""格局改变与领域拓展"和"文学史的研究与撰写"②来概括其著作内容,体现出明确的问题意识。韩经太则直接说:"如今已是电子信息时代,相关资料的检索汇集,实际上

---

① 张文勋:《文心雕龙研究史》,云南大学出版社,2001年版,第11页。
② 赵敏俐等:《20世纪中国古典文学研究史》,陕西教育出版社,1997年版,第1—13页。

已不再成为学术总结的难题。关键还在'问题意识'的确立。"①既然具有如此的指导原则,其著作也就理所当然地采取了以问题为章节设计的基本格局。有的则以深层理论探索为学术目的,如董乃斌等人的《中国文学史学史》并不是去介绍评判各种文学史编撰的优劣短长,而是要通过对前人经验的总结,建立自己的文学史学史,因而其关注的焦点就是:"细心地考察文学史学演进中诸种内部与外部的交互作用,实事求是地估量各种理论观念、史料工作和史纂形式的历史成因及其利弊得失,认真地探索与总结其发展规律。"②在此基础上,董乃斌还主编了另一本理论性更强的《文学史学原理研究》③的著作,显示了其重理论总结的学术路径。

三是对于学术史认识的深化。学术史的研究对象是相当驳杂凌乱的,如何选择与评价取决于研究者的知识构成与学术素养,即使面对相同的研究对象,由于研究者不同的学术背景,也会具有较大的差异。比如对于"新红学"的态度,早期的学术史多从政治的角度采取批判的态度,而近来的学术史则更多从学理的层面进行清理。比如郭豫适在评价胡适《红楼梦考证》的研究方法时说:"胡适虽然在具体进行作者、版本问题的考证中,得出了一些比较合乎实际的、可取的看法,但是我们不能因此而肯定他那实验主义的真理论和实用主义的研究方法。"④很明显,这是当时对胡适"大胆假设,小心求证"方法的关注与批判。而陈维昭在评价胡适时也说:"以胡适为代表的'新红学'的最本质的错误在于无视文本的创造过程和文本的阅读的不可

---

① 韩经太:《中国文学批评史研究》,福建人民出版社,2006年版,第10页。
② 董乃斌等:《中国文学史学史》,河北人民出版,2003年版,第26页。
③ 董乃斌等:《文学史学原理研究》,河北人民出版社,2008年版。
④ 郭豫适:《红楼梦研究小史续稿》,上海文艺出版社,1981年版,第44页。

逆性,无视叙述行为和阅读行为的解释性。"①如果没有接触过新批评的文本理论与接受美学等开放性阐释新理论,作者不可能对胡适的新红学进行此种学理性的批评。从知识构成角度看,郭豫适依然在传统理论的层面研究胡适,而陈维昭则是用新的理论视角在审视胡适,尽管二人的评价有深浅的差异,但并无高低的可比性,因为那是处于不同时代的学术研究,只存在时代的差异而难以进行水平高低的对比。

指出上述学术史研究的新进展并不意味着目前的学界不存在问题,其实在学术史研究局面繁荣的背后,潜存着许多必须关注的缺陷甚至是弊端。这种情况可以分为两个层面。一个是大批貌似学术史研究而实则仅仅是成果的罗列,作者既未能全面搜罗成果,也缺乏鉴别拣择的能力。此类成果对于学术研究几乎毫无贡献,故不在本文的论述范围之内。另一个是许多严肃性的学术史著作与论文,对学界的进一步研究影响较大,但也存在着种种的问题,这就不能不引起足够的重视。就笔者所看到的学术史论著,大致存在着以下应该引起注意的现象。

首先是资料的不完整。竭泽而渔地网罗全部资料是学术史研究的前提,然后才能从中筛选出有价值的成果进行分析评价。然而目前的学术史著作中却很少有人将学术史资料搜集齐备的。尽管目前电脑网络的搜集手段已经足够先进便捷,但也恰恰由于过分依赖网络检索而忽视了其他检索的途径。比如目前网络数据库的内容基本上是经过授权的期刊,而在此之外却存在大量的盲点,论其大者便有未上期刊网的地方刊物成果、丛刊及论文集中的成果以及通史类中所包含的成果三种,均时常被学者所忽略。且不说那些以举例为写

---

① 陈维昭:《红学通史》,上海人民出版社,2005年版,第160页。

作方式的论著,即使那些专门提供成果索引的学术史著作,也存在此类问题。比如中国社会科学院历史研究所明史研究室编纂的《百年明史论著目录》[①]一书,搜集了自1979至2005年的明史研究成果,应该有足够的权威性,但本人在翻检自己的成果时却吃惊地发现有大量的遗漏。其中共收本人7篇论文和3部著作,但那一时期作者共发表有关明史研究的论文20篇,也就是说遗漏了将近三分之二的论文。遗漏部分有些是上述所言的盲区,如《阳明心学与冯梦龙的情教说》[②]属于论文集所收成果,《明代心学与文学》[③]属于论著中所包含成果。而《童心说与李贽的人生价值取向》[④]、《阳明心学与唐顺之的学术思想、文学思想与人格心态》[⑤]、《论王阳明的审美情趣与文学思想》[⑥]属于增刊或丛刊类成果。但不知是何原因,在知网中所收录的8篇论文竟然也被遗漏,似乎令人有些费解[⑦]。可以想象,如果按

---

① 中国社会科学院历史研究所明史研究室编:《百年明史论著目录》,安徽教育出版社,2012年版。
② 张晶主编:《21世纪文艺学研究的新开拓》,中国传媒大学出版社,2003年版。
③ 傅璇琮、蒋寅:《中国古代文学通论(明代卷)》,辽宁人民出版社,2005年版。
④ 《朱子学刊》第8辑,1998年。
⑤ 《文学与文化》第1辑,2003年。
⑥ 《文艺研究》1999年增刊。
⑦ 这8篇文章是:《耿、李之争与李贽晚年的人格心态巨变》(《北方论丛》1994年第5期)《禅学思想与李贽的童心说》(《郑州大学学报》1995年第5期),《从良知到性灵:明代文学思想的流变》(《南开学报》1995年第4期),《阳明心学与汤显祖的言情说》(《文艺研究》2000年第3期),《从本色论到性灵说:明代性灵文学思想的流变》(《社会科学战线》2000年第6期),《内在超越与江门心学的价值取向》(《南昌大学学报》2000年第2期),《李贽文学思想与心学关系及其影响研究综述》(《首都师范大学学报》2002年第6期),《20世纪以来心学与明代戏曲小说关系研究综述》(《首都师范大学学报》2004年第5期)。

照该索引查找本人有关明史的研究成果,其学术史的研究将会与实际状况有较大的出入。

其次是选择的合理性。尽管在搜集研究成果时力求其全,但除了索引类著作外,谁也无法且亦无必要将所收集到的成果全部罗列出来,也就是说作者必须进行选择,何者须重点介绍,何者须归类介绍,何者可归为存目。选择的工作需要的是作者的学养、眼光以及对该研究领域的熟悉程度。比如同样是对明代诗歌研究史的梳理,余恕诚《中国诗学研究》用了"百年明诗研究历程""高启诗歌研究"和"前后七子诗歌研究"三个小节予以论述,而羊列荣《20世纪中国古代文学研究史(诗歌卷)》却仅用"关于明诗的叙述状况"一节进行介绍,而且重点叙述"公安派的现代发现"。这种选择的不同就有二人学术判断的差异,也有是否对明代诗歌研究具有实际研究经验的问题。其实,就研究史本身看,现代学术史上的明诗研究都比较偏重一首一尾,高启与陈子龙乃是其重要研究对象。从学术的误区来看,传统的研究比较重视复古派的创作而轻视性灵派的创作。应该说二人的选择都存在一定的问题。

三是体例的统一性问题。就近几年来的学术史研究看,由于规模越来越大,很难由一人单独完成,因此组织队伍进行合作研究就成为常见的方式。合作研究的模式大致有两种,导师带学生与学科老师合作,或者两种模式相结合也很常见。如果导师认真负责地制定体例与审定文稿,统一性也许可以得到保障。如果仅仅是汇集众人文稿而成,就不仅是体例统一的问题,还会具有种种漏洞诸如资料不全、选择不当、评价偏颇乃至文句错讹的存在。而学者之间的合作往往会存在体例不一的问题,因为每人的学术背景、研究习惯及文章风格多有不同,难免会有所出入。蒋述卓《20世纪中国古代文论学术研究史》是由蒋述卓、刘绍瑾、程国赋、魏中林等同仁合著的,其主要特点是将研究的历史阶段与专题研究结合起来进行论述,虽然部头不大,但却将20世纪古代文论研究的方方面面都涉及到了,是一部简明而系统的学术史著作。但如果细读,还是会发现作者之间的行文差异。蒋述卓长期从事古代文论的研究,不仅对材料相当熟悉,而且对许多专题有自己的思考,所以采用"述"与"论"相结合的方式,为此他还在"80至90年代中西比较文论研究的发展"一章里专门写了"中西比较文论研究的总体评价与展望"一节,畅谈自己的看法与设想。而在程国赋等人所撰写的"专题研究回顾"部分,却很少发表评价性的意见,尤其是《文心雕龙》研究部分,几乎就是研究成果的客观介绍。这样做当然是一种严肃的学术态度,与其因不熟悉而评价失当,倒不如客观叙述介绍,遗憾的是在体例上不免有些出入,与理想的学术史研究还有一定差距。

除了上述的种种不足之处外,同时也还存在着分析的深入性、评价的公正性、预测的先见性等方面的问题。但归结起来说,学术史的研究其实就是两个主要方面:是否准确揭示了真正有价值的学术观点与研究方法,是否通过学术史的梳理寻找出了新的学术增长点与研究空间。退一步说,即使不能指出以后的学术方向,起码也要传达与揭示有价值的学术成果。

二、《明儒学案》的启示:学术史研究的原则

学案体作为中国古代学术史编撰的一种写作模式,曾以其鲜明的特点长期被学界所关注。史学家陈祖武概括说:"学案体史籍,是我国古代史学家记述学术发展历史的一种独特编纂形式。其雏形肇始于南宋初叶朱熹著《伊洛渊源录》,而完善和定型则是数百年后。

清朝康熙初叶黄宗羲著《明儒学案》，它源于传统的纪传体史籍，系变通《儒林传》(《儒学传》)、《艺文志》(《经籍志》)，兼取佛家灯录体史籍之所长,经过长期酝酿演化而成。这一特殊体裁的史书,以学者论学资料的辑录为主体,合案主生平传略及学术总论为一堂,据以反映一个学者、一个学派,乃至一个时代的学术风貌,从而具备了晚近所谓学术史的意义。"①在中国古代,接近于陈先生所说的这种学案体著作大致有朱熹《伊洛渊源录》、耿定向《陆杨学案》、刘元卿《诸儒学案》、周汝登《圣学宗传》、刘宗周《论语学案》、孙奇逢《理学宗传》、黄宗羲《明儒学案》、徐世昌《清儒学案》等。尽管在学案体的起源与名称内涵上目前学界尚有争议,但黄宗羲的《明儒学案》作为学案体的代表性著作则是毫无争议的。梁启超就曾说:"中国有完善的学术史,自梨洲之著学案始。"并且从黄宗羲《明儒学案》中总结出编撰学术史的几个条件:

> 著学术史有四个必要的条件:第一,叙一个时代的学术,须把那时代重要各学派全数网罗,不可以爱憎为去取。第二,叙某家学说,须将其特点提挈出来,令读者有很明晰的观念。第三,要忠实传写各家真相,勿以主观上下其手。第四,要把个人的时代和他一生经历大概叙述,看出那人的全人格。梨洲的《明儒学案》,总算具备这四个条件。②

就《明儒学案》的实际情况看,全书共62卷,由5个大的板块组成:师说(黄宗羲之师刘宗周对明代有代表性思想家之评价)、有传承之流

---

① 陈祖武：《学案再释》，《北京师范大学学报》2009年第2期。
② 梁启超：《中国近三百年学术史》，东方出版社,1996年版,第58页。

派学案、诸儒学案、东林学案和蕺山学案。基本上囊括了明代儒家思想的主要流派和代表性人物。每一学案则主要由三部分内容构成：首先是总序，主要对本学案之师承渊源、思想特点以及作者之评价等；其次是学者小传，包括其生平大概及为学宗旨；其三是传主主要论学著作、语录之摘编。由此，有学者从体例上将其概括为"设学案以明学脉""写案语以示宗旨"和"原著选编"①。也有学者从方法论的角度将其改为"网罗史料、纂要钩玄""辨别同异""揭示宗旨、分源别派、清理学脉""保存一偏之见、相反之论"②。这些研究对于认识黄宗羲的思想特征与学术地位均有显著的贡献，也对学案体的体例有所揭示与总结。然而，这其中所蕴含的对于当代学术史研究的启示却较少有人提及。

就黄宗羲本人在《明儒学案》的序文及发凡中所重点强调的看，"分其宗旨，别其源流"③乃是其主要着眼点。也就是说，《明儒学案》所体现的学术原则与学术精神，主要由明宗旨与别源流两个方面所构成，而且此二点也对当今学术史的研究最具启发价值。

明宗旨是黄宗羲《明儒学案》最鲜明的特色之一，但其究竟有何内涵，学界看法却不尽一致。本人通过对该书的序言、发凡及相关表述的细致解读，认为它具有三个层面的含义。

首先是对最能体现思想家或学派特征、为学方法及学说价值的高度凝练的概括。黄宗羲说：

> 大凡学有宗旨，是其人之得力处，亦是学者之入门处。天下

---

① 朱义禄：《论学案体》，《哈尔滨工业大学学报》1999年第1期。
② 李明友：《一本万殊》，人民出版社，1994年版，第90—199页。
③ 黄宗羲：《明儒学案序》，《明儒学案》，中华书局，1985年版，第8页。

中国诗歌研究史　汉代卷

之义理无穷,苟非定以一二字,如何约之,使其在我。故讲学而无宗旨,即有嘉言,是无头绪之乱丝也。学者而不能得其人之宗旨,即读其书,亦张骞初至大夏,不能得月氏要领也。是编分别宗旨,如灯取影,杜牧之曰:"丸之走盘,横斜圆直,不可尽知。其必可知者,知是丸不能出于盘也。"夫宗旨亦若是而已矣。①

此段话有三层意思:一是学者为学需有自己的宗旨,而且用简短的语句将其概括出来,以便体现自我的为学原则;二是了解这种学说也要抓住此一宗旨,才能得其精要,领会实质;三是介绍这种学说,也要能够用"一二字"概括出其为学宗旨,以便把握准确。从学术史研究的角度讲,如果研究对象本身宗旨明确,那当然对研究者是很有利的。但实际情况往往并非如此,越是大思想家和大学者,其思想越是丰富复杂,如何在这包罗万象的学说体系中提炼出其为学宗旨,那是需要经过研究者的认真思考与归纳的。黄宗羲的可贵之处是他能够遍读原始文献,经由认真斟酌,然后高度凝练地提取出各家之宗旨。正如其本人所言:"每见钞先儒语录者,荟撮数条,不知去取之意谓何。其人一生之精神未尝透露,如何见其学术?是编皆从全集纂要钩玄,未袭前人之旧本也。"②也就是说,提炼宗旨的前提是广泛阅读研究对象的全部文献,真正寻找出其为学宗旨,而不是将自我意志强加给对象,他之所以不满意周海门的《圣学宗传》,其原因就在于:"且各家自有宗旨,而海门主张禅学,扰金银铜铁为一器,是海门一人之宗旨,非各家之宗旨也。"③关于黄宗羲提炼宗旨而遍读各家全集的情

---

① 黄宗羲:《明儒学案发凡》,《明儒学案》,中华书局,1985年版,第17页。
② 黄宗羲:《明儒学案发凡》,《明儒学案》,中华书局,1985年版,第18页。
③ 黄宗羲:《明儒学案发凡》,《明儒学案》,中华书局,1985年版,第17页。

况,已有许多学者进行过考察,大都得出了肯定的结论。从此一角度出发,可知做学术史研究的第一步便是真正从研究对象的所有成果的研读中,高度概括出其学术的宗旨与精神,让人一看即可辨别出其学术的特色。

其次,宗旨是思想家或学派独创性的体现。黄宗羲认为:"学问之道,以各人自用得著者为真。凡倚门傍户,依样葫芦者,非流俗之士,则经生之业也。此编所列,有一偏之见,有相反之论,学者于其不同处,正宜著眼理会,所谓一本而万殊也。以水济水,岂是学问!"①学术的精髓在于有思想的创造,而不在于求全稳妥,因而在《明儒学案》中,就特别重视"有一偏之见,有相反之论"的学者,而对那些"倚门傍户,依样葫芦"陈陈相因的"流俗""经生"之见,则一概予以祛除。如果说提炼宗旨是学术史研究的第一步,那么辨别各家宗旨有无创造性从而决定是否纳入学术史的叙述则是其第二步。在当代学术史研究中,并不是都能做到此一点的,许多学者为了体现求全的原则,常常采取罗列成果、全面介绍的方式,结果学术史成了记述论著的流水账,其中既无宗旨之提炼,亦无宗旨之辨析。黄宗羲的这种观点,体现了明代重个性、重创造的学术精神,至今仍然具有重要的启示意义。

其三是宗旨是为学精神与生命价值追求的结合。关于此一点,其实是与其"自得"的看法密切相关的。在"发凡"中,黄宗羲除了提出宗旨的见解外,同时又提出"自得"的看法。何为"自得"?有学者认为:"'自得'坚持的是一种独立的政治精神,强调的是一种自由的心理意识。"并认为"自得"与"宗旨"的关系是:"在黄宗羲的视野

---

① 黄宗羲:《明儒学案发凡》,《明儒学案》,中华书局,1985年版,第18页。

中,只有走向阳明心学的'自得'才可以称为'宗旨',否则,不是'宗旨不明',就是'没有宗旨'。"①必须指出,"自得"固然与独立思考的学术精神密切相关,但这并非其全部内涵,而且"自得"与"宗旨"也不能完全等同。比如黄宗羲认为,王阳明之前的明代学术,"习熟先儒之成说,未尝反身理会,推见至隐,所谓'此亦一述朱,彼亦一述朱'耳"②。可见他们缺乏思想的创造性,当然也就没有"自得",但并不妨碍其学说亦有其宗旨,黄宗羲曾经将明前期同倡朱子学的吴与弼和薛瑄的不同宗旨概括为:康斋重"涵养"而文清重"践履"。当然,有"自得"之宗旨优于无"自得"之宗旨亦为黄宗羲所认可,但不能说无自得便无宗旨。其实,黄宗羲所言的自得,除了具有独立自由的精神意识外,还有两种更重要的内涵。一是自我的真切体悟而非流于口头的言说,其《明儒学案发凡》说:

> 胡季随从学晦翁,晦翁使读《孟子》。他日问季随:"至于心,独无所同,然乎?"季随以所见解,晦翁以为非,且谓其读书卤莽不思。季随思之既苦,因以致疾,晦翁始言之。古人之于学者,其不轻授如此,盖欲其自得之也。即释氏亦最忌道破,人便做光景玩弄耳。此书未免风光狼藉,学者徒增见解,不做切实工夫,则羲反以此书得罪于天下后世也。③

此处的"自得"便是由自身思考体悟而来的真切感受与认知,而且按照心学知行合一的观念,真正的"知"就包括了践履的"行",黄宗羲

---

① 姚文永、宋晓伶:《"自得"和"宗旨"——〈明儒学案〉一个重要的编撰方法与原则》,《大连大学学报》2010年第3期。
② 黄宗羲:《明儒学案》,中华书局,1985年版,第179页。
③ 黄宗羲:《明儒学案发凡》,《明儒学案》,中华书局,1985年版,第18页。

称之为"切实工夫"。与此相反的是,停留于言说的表面而无体验与行动,那便叫做"玩弄光景"。正如黄宗羲批评北方王学"亦不过迹象闻见之学,而自得者鲜矣"[1]。"迹象闻见"便是停留于语言知识的层面而无真切的体验,也就是没有"自得"。二是自我境界的提升与人格的完善,也就是心学所言的自我"受用"。用黄宗羲的话说就是:"夫先儒之语录,人人不同,只是印我之心体,变动不居,若执定成局,终是受用不得。此无他,修德而后可讲学。今讲学而不修德,又何怪其举一而废百乎?"[2]在此,语录与受用、讲学与修德都是通过"自得"而联系起来的。这也难怪,心学本身就是修身成圣的学问,如果不能实现修身成圣的"受用",便是"玩弄光景"的假道学。所以黄宗羲在概括阳明心学时才会说:"自姚江指点出'良知人人现在,一反观而自得',便人人有个做圣之路。"[3]

将为学宗旨的鲜明特征、思想创造和自得受用结合起来,便是心学所说的"有切于身心",也就是有益于身心修为,有益于砥砺人格,有益于提升境界,有益于圣学追求。这既是其为学宗旨,也是其为学目标。黄宗羲以此作为《明儒学案》衡量学派的标准,既合乎其作为心学后劲的身份,也符合明代心学的学术品格。以此反观现代的学术史研究,就会发现存在明显的缺失。也许我们并不缺乏对学者思想特征与学术创造的归纳论述,但大都将其作为一种专业的操作进行衡量评说,而很少关注其是否"有切于身心",也就是对学者的学术追求和社会责任、人文关怀以及性情人格之间的关系极少留意。

---

[1] 黄宗羲:《明儒学案》,中华书局,1985年版,第636页。
[2] 黄宗羲:《黄梨洲先生原序》,《明儒学案》,中华书局,1985年版,第9页。
[3] 黄宗羲:《明儒学案》,中华书局,1985年版,第179页。

我认为在对人格境界与社会关怀的重视方面也许我们真的赶不上黄宗羲。

别源流是黄宗羲《明儒学案》第二个要实现的目标。所谓别源流，就是要理清学派的传承与思想的流变。从黄宗羲《明儒学案》的实际操作上看，其别源流分为四个层面：一是梳理明代一代学术源流，二是寻觅明代心学学脉，三是阳明心学本身的学脉关系，四是学者个人思想的演变过程。关于黄宗羲考镜源流的业绩，贾润在其《〈明儒学案〉序》中指出：

> 盖明儒之学多门，有河东之派，有新会之派，有余姚之派，虽同师孔、孟，同谈性命，而途辙不同，其末流益歧以异，自有此书，而分支派别，条理粲然，其余诸儒也，先为叙传，以纪其行，后采语录，以列其言。其他崛起而无师承者，亦皆广为罗列，靡所遗失。论不主于一家，要使人人尽见其生平而后已。①

"分支派别，条理粲然"八个字，可以说高度概括了《明儒学案》在别源流方面的特点。黄宗羲在别源流的过程中，始终坚持两点，即兼综百家的包容性和兼顾优劣的公正性。尽管他是王门后学，但并不忽视其他学派的论述，这便是其巨大的包容性；而对于他最为看重的心学大师王阳明，既赞誉其"故无姚江，则古来之学脉绝矣"，同时又指出："然致良知一语，发自晚年，未及与学者深究其旨，后来门下各以意见掺合，说玄说妙，几同射覆，非复立言本意。"②以会合朱陆的方式纠正阳明及其后学的偏差，乃是刘宗周为学之核心，黄宗羲对阳明

---

① 黄宗羲：《明儒学案》，中华书局，1985年版，第12页。
② 黄宗羲：《明儒学案》，中华书局，1985年版，第179页。

的批评显然也受到其师刘宗周的影响,但同时也是他本人的真实看法与辨析源流的基本学术原则。

当然,学界也有对黄宗羲《明儒学案》的负面评价,比如钱穆就对黄宗羲在选取诸家言论的"取舍之未当"深致不满,并认为其"于每一家学术渊源,及其独特精神所在,指点未臻确切"。至于造成如此弊端之原因,钱穆则认为是黄宗羲"乃复时参以门户之见,义气之争。刘蕺山乃梨洲所亲授业,亦不免此病"①。至于《明儒学案》是否真的存在如钱穆所言缺陷,以及钱穆对黄宗羲之诟病是否恰当,均可进一步进行深入的讨论②。在此需要强调的是黄宗羲别源流的原则及其依据。

黄宗羲之所以重视"分其宗旨,别其源流",是他认为明代思想界最为独特的乃是学者之趋异倾向,也就是表达自我的真实见解与学术个性。他说:"有明事功文章,未必能越前代,至于讲学,余妄谓过之。诸先生学不一途,师门宗旨,或析之为数家,每久而一变。……诸先生不肯以懵懂精神冒人糟粕,虽浅深详略之不同,要不可谓无见于道者也。"③从横的一面,同一师门的宗旨可以分化为数家;从纵的一面,时间长了必然会发生变化。学术的活力就在于这种差异性和变动不居。这些不同派别与见解也许有"浅深详略之不

---

① 钱穆:《中国学术思想史论丛》卷七,安徽教育出版社,2004年版,第260页。

② 已有学者撰文指出,钱穆此论并不恰当,认为其原因在于:"由于钱穆的学术思想由'阳明学'逐渐转向'朱子学',其在晚年对阳明学多有指摘,故批评黄宗羲守阳明学门户,对《明儒学案》的评价由大加赞赏转向多有贬斥。"见张笑龙《钱穆对〈明儒学案〉评价之转变》,《广东社会科学》2013年第3期。

③ 黄宗羲:《明儒学案序》,《明儒学案》,中华书局,1985年版,第7页。

同"，但其可贵之处在于不肯重复前人的陈词滥调而勇于表达自我对"道"的真知灼见。所以他反复强调："羲为《明儒学案》，上下诸先生，深浅各得，醇疵互见，要皆功力所至，竭其心之万殊者，而后成家，未尝以懵懂精神冒人糟粕。"①何为"懵懂精神"？就是缺乏独立思考的能力而人云亦云，就是"倚门傍户，依样葫芦"的迷信盲从。只有那些"竭其心"的有得之言，尽管可能"醇疵互见"，却足以成家。黄宗羲所要表彰的，正是这些所谓的"一偏之见""相反之论"。黄宗羲此种求真尚异的观念，是明代心学流行的必然结果，是学者崇尚自我和挑战权威精神的延续，所以他才会如此说："古之君子宁凿五丁之间道，不假邯郸之野马，故其途亦不得不殊。奈何今之君子，必欲出于一途，使厥美灵根者，化为焦芽绝港。"②思想的创获来自艰辛的探索与思考，犹如开山凿道之不易。而如果使所有的学者均纳入同一模式的思想，就只能导致"焦芽绝港"的思想枯竭。学术的多样性乃是探索真理的必要性所决定的，因为"学术不同，正以见道体之无尽也"③。坚持思想探索，倡导独立精神，赞赏学术个性，鼓励流派纷争，这是黄宗羲留给我们最有价值的思想启示。

自黄宗羲之后，以学案体撰写学术史者虽然不少，但能够与其比肩者却绝无仅有。且不说清人徐世昌《清儒学案》和唐鉴《清学案小识》这类以堆积资料为目的的著作，它们既无宗旨之精炼提取，又无学脉之总体把握，即令是今人钱穆之《朱子新学案》、陆复初之《王船山学案》、杨向奎之《新编清儒学案》、张岂之之《民国学案》等现代学

---

① 黄宗羲：《黄梨洲先生原序》，《明儒学案》，中华书局，1985年版，第10页。
② 黄宗羲：《黄梨洲先生原序》，《明儒学案》，中华书局，1985年版，第10页。
③ 黄宗羲：《明儒学案序》，《明儒学案》，中华书局，1985年版，第7页。

术史著作，虽在思想评说、范畴辨析、问题论述及资料编选诸方面各有优长，但在学脉梳理及论述深度上皆难以达到《明儒学案》的高度。

在文学领域的学术史研究中，有两套丛书近于学案体的特征，它们是陈平原主持的"20世纪中国学术文存"（湖北教育出版社）和陈文新主持的"中国学术档案大系"（武汉大学出版社）。前者共拟出版20种研究论集，自21世纪初至今已基本完成；后者动议于十年之前，如今也已出版有十余种。从编写目的看，二者都重视文献的保存，都以选择优秀成果作为主体部分，这可视为是对《明儒学案》原著摘编方式之继承。从编写体例上，"文存"由导论、文选和目录索引三个部分组成，"学术档案"则由导论、文选、论著提要和大事记四部分构成。导论相当于《明儒学案》的总论部分，但由于是针对一代学术而言，不如《明儒学案》的简要精炼。目录索引与大事记是受现代学术观念影响的结果，故可存而不论。至于论著提要则须视各书作者之学术眼光与概括能力而定，就本人所接触的几册看，大致以截取各书之内容提要而来。如果以黄宗羲的明宗旨与别源流的两个标准来衡量这两套丛书，它们显而易见是远远没有达到《明儒学案》的水平。因为文选部分尽管通过选优而保存了名家的代表作，却必须通过每位读者自己的阅读体味来了解其学术特色。"学术档案"的情况略有改变，其选文之后附有作者生平、学术背景、内容简介与评述、作者著述情况等，但大多是情况介绍而乏精深之论[①]。至于别源

[①] "学术档案"各书体例不甚统一，选文后有的是情况简介，有的则是对选文的学术评价，如王炜的《〈金瓶梅〉学术档案》的每篇选文之后都有一篇学术导读，就该文及学术思想、研究方法进行评价，应该说是基本达到了"明宗旨"的要求。

流更是这两套丛书的短板,就我所接触到的导论部分而言,只有王小盾在《词曲研究》的导论中简略提及了任二北的师承关系及台湾高校的注重师承传授,其他著作则盖付阙如,似乎别源流已经被置于学术史研究之外。当然,在此需说明两点:一是在此并没有责备丛书主持人和各书作者之意,因为其他的学术史著作也都没有关注此一问题;二是别源流的问题之所以被现代学术史研究所遮蔽,是因为学术研究中的师承观念与学派意识逐渐淡化,从而难以为学术史研究提供丰富的研究案例与内容。但又必须指出,学术研究中师承观念与学派意识的缺位并不能完全成为学界忽视该问题的借口,因为寻找研究中存在的问题与缺陷同样是学术史研究的重要组成部分。对此将留待下节展开论述。

三、学术史研究的三个层面:总结经验、寻找缺陷与提出新的学术增长点

黄宗羲是明清之际的大思想家,《明儒学案》是中国历史上的经典学术史著作,所以应该对其进行认真研究,从中受到有益的启示。但是,学案体毕竟是古代的产物,面对更为丰富复杂的研究对象,就不必从体例上再去刻意模仿这样的著作,而是要吸取其学术思想与撰写原则,从而弥补当今学界学术史研究之不足。就现代学术史研究看,我认为有三个层面的内容必须具备并对其内涵进行认真的辨析。

首先是总结经验。其实也就是通过对学术研究过程的清理使读者明白前人提出了何种观点,解决了哪些问题,运用了什么方法,取得过什么成就,存在过什么教训,等等。既然是学术史,就需要具备"史"的品格,也就是必须写出历史的真实内涵,包括历史现

象的真实反映和历史发展过程中关联性的揭示。其实,黄宗羲所归纳的明宗旨和别源流两个原则正是反映真实与揭示历史关联性的精炼表述。需要指出的是,《明儒学案》只是明代儒学发展的学术史,属于思想史的范畴,因此其主要目的便是总结提炼各家的主要思想创获以及学派之间的关系。而现代学术史所面对的研究对象要更加丰富,因而对其历史真实内涵的把握与关联性的揭示也更为复杂。

就现代学术史写作的一般情况看,学界大都采取纵向以时间为坐标而分期叙述,横向则以地域、学者或问题作为基本单元进行分类介绍。此种历史与逻辑相结合的结构方式乃是学术史写作的主要套路,基本能够承担学术经验总结的叙述功能。但也并非不存在问题,因为无论是以作者为基本单元还是以问题为基本单元,都需要经过作者的筛选与拣择,那么什么能够进入学术史的叙述框架就成为作者所操持的话语权力,不同立场、不同眼光、不同标准,甚至不同师承与学派,就会有理解判断的差异,争议的产生也就在所难免。于是,便有了学术编年史的出现。编年史的好处在于以编年的方式将与学术相关的内容巨细无遗地网罗其中,能够全面展示学术发展的过程。只不过这种学术编年史的写作目前还仅限于中国古代,而且也只有梅新林等人的《中国学术编年》这一部书。能否用编年史的方式进行现代学术史的写作,当然可以继续进行讨论与实验,但可以肯定的是,编年史无论如何也不能代替传统的学术史研究,因为突出重点几乎和展示全面同等的重要,否则黄宗羲以突出主要学脉的《明儒学案》也不会受到学界的广为赞誉了。

从总结经验的角度看,目前存在的最主要的问题不在于学术史的编写体例,而是对于明宗旨与别源流的把握是否到位。从明宗旨的角度,存在着一个突出主要特征与全面反映真实的问题。无论是一个历史时期、一个流派还是一位学者,其学术研究都会存在这样的矛盾。作为学术史研究,就既要抓住主要特征以显示其学术观念、研究方法及研究结论的独特贡献,又要照顾到其他方面以把握其完整面貌。比如在研究民国时期现代文学观念的形成时,人们自然会更多关注受西方文学理论与方法影响较深的那些学者,以探索中国现代学术史是如何从中国传统的文章观念而转向现代纯文学观念的学术操作的。但是同时又不能忽视,当时还有许多学者依然在运用传统的文章观进行研究。那时既有刘经庵只把诗歌、戏曲与小说作为研究对象的《中国纯文学史》,因为作者的文学观念是"单指描写人生,发表情感,且带有美的色彩,使读者能与之共鸣共感的作品"[①]。但也有陈柱收有骈文甚至八股文的《中国散文史》,因为作者的文学观念是"文学者治化学术之华实也"[②]。从当时的学术观念看,刘经庵是进步与时髦的,但从今天的学术观念看,陈柱也未必没有自己的道理。如果从提供历史经验上看,二者都有其学术价值;如果从展现历史真实上看,就更不能忽视非主流声音的存在。从别源流的角度,目前的学术史研究可能存在的问题更大。尽管现代学术史上真正形成学术流派的不多,但却不能忽视学术思想的传承与分化,甚至一个学者也会有学术思想形成、发展和变化的过程。学术思想的变化往往会导致其研究对象的选择、学术方法的使用以及学术立场的改变等等变化。只有把这些变化过程交代清楚了,才能从中总结学术研

[①] 刘经庵:《中国纯文学史》,江苏文艺出版社,2008年版,第1页。
[②] 陈柱:《中国散文史》,江苏文艺出版社,2008年版,第1页。

究与时代政治、环境风气、研究条件之间的复杂关系等历史经验,同时也才能把历史发展的过程性梳理清楚。无论是在所接受的学术训练的系统性上,还是所拥有的研究条件上,我们的时代都要更优于黄宗羲,理应在明宗旨和别源流上比他做得更好,但遗憾的是在许多方面黄宗羲依然是我们无法超越的楷模。

在总结历史经验上,目前的学术史研究还存在着一个更大的误区,这便是对于历史教训的忽视。几乎所有的学术史在写到"文革"十年时,都用了"空白"二字来概括本时期的特征,而内容上更是一笔带过。有不少学者甚至在处理建国后十七年的学术史时,也采取了类似的态度。从成果选优的角度,这样做当然有其道理,因为你无法在此时找到值得后人学习与参考的学术成果与学术方法。然而,学术史研究不同于学术研究,学术研究上没有价值的东西未必在历史经验的总结上也毫无价值。学术史研究中要淘汰和忽略的是大量平庸重复、缺乏创造力的书籍文章,也就是黄宗羲所说的"倚门傍户""依样葫芦"的低劣制作,而不是缺陷和错误。因为从学理上讲,历史乃是一个连续不间断的时间链条所构成的,如果失去其中的一个链条,哪怕是一个有问题的链条,也将会破坏历史发展的连续性。一位新诗研究专家在谈到自己的研究经验时说:

> 在撰写《中国新诗编年史》过程中,我越来越感到,面对20世纪的新诗,只是从艺术和诗的角度进入会感到资源十分匮乏,像新民歌运动、"文革"诗歌等,20世纪很大一部分新诗作品并不是艺术或诗的,但如果站在问题的角度加以审视,其独特和复杂怕是中国诗歌史上任何一个时期都不能相比的。我力求这部编年史能更多地包含和揭示近一个世纪新诗发展过程中的问题

及问题的复杂性。①

这是就文学史研究而言的,其实学术史研究又何尝不是如此。站在学术价值的立场看"文革"或十七年,固然是研究史的低谷甚至"空白",但站在总结教训与探索问题的立场上,也许包含着繁荣期难以具备的研究价值。比如说建国后一直以极大的声势批判胡适的新红学,可是新红学所确立的自传说与两个版本系统的学术范式却始终左右着《红楼梦》研究界,最后反倒是新红学的主要成员俞平伯对新红学的研究范式提出了颠覆性的看法。这其中所包含的政治与学术研究的关系到底有何价值?又比如在所谓"浩劫"的年代,许多学者辍笔不作或跟风趋时,钱锺书却能沉潜学问,写出广征博引、新见时出的百余万言的《管锥编》,这是他个人例外呢,还是其他人定力不够?也是一个值得研究的问题。在人文学科研究中,闭门造车固然封闭保守,趋炎附势肯定丧失品格,那么在社会关怀与学术独立的关系中学者到底如何拿捏才是恰当?这些都是研究学术中的重大问题,也是至今学者必须面对的问题。从此一角度讲,对于历史教训研究的价值绝不低于对于研究成绩的表彰。可惜在这方面我们以前的关注实在太少。

其次是寻找缺陷。所谓寻找缺陷就是检点现代学术史研究中存在的不足,其中大到研究范式的运用、研究价值的定位、学术盲点的寻找,小到某个命题的把握、某一材料的安排、某一术语的使用等等。在目前的学术界,无论是对学术史的研究还是当今的学术批评,往往是赞赏多而批评少,总结经验多而寻找缺陷少。究其原因,其中既有

---

① 刘福春:《还原历史的丰富与复杂》,《文学评论》2014年第4期。

水平问题,也有学风问题。但是对于学术史研究来说,寻找缺陷的意义绝不低于总结经验,因为寻找不出缺陷就不能提出新的学术路径,也就不能进一步提升研究的水平。

其实在学术史研究中确实还存在着很多需要纠正的弊端与不足,就其大者而言便有以下数种。

(一)研究模式的缺陷。比如现代文学史的研究模式是建立在西方的学术理念与研究方法的学理基础上,从根本上说是西方近代以来理性主义思潮的产物。这种理性主义的研究范式以逻辑的思维与证据的原则作为其核心支撑,用中国古人的话说叫做言之成理与持之有故。没有这样的研究范式,中国的学术研究就不能从传统的评点鉴赏转向现代的理论思辨与逻辑论证,也就不能具备现代学术品格。然而,这种理性主义思潮基本是以自然科学为依托的,所以带有浓厚的科学色彩。其中有两点对现代学术研究具有根深蒂固的负面影响,这便是生物学上的进化论与物理学上的规律论。表现在历史研究中,就构成以文体创造为演进模式的"一代有一代之文学"的文学史理论,而表现在研究目的上则是寻找各种各样的文学史规律,诸如唐诗繁荣规律、《红楼梦》创作规律、旧文学衰亡规律等等。直至今日,这种研究模式依然在发挥巨大的影响力而左右着学者的思维方式。其实,自然科学的理论在进入人文学科领域时,是需要进行检验和调整的,否则就会伤害到学科自身。因为文学史研究不能以寻找规律为研究目的,他必须以总结历史上人们如何以审美的方式满足其精神需求作为探索的目标,然后才可能对当今的精神生活提供有益的历史经验。同理,"一代有一代之文学"的线性进化理论也不符合文学发展的实际,因为随着人类社会的发展,日益丰富的生活带来人们更为丰富的情感世界,于是也就需要更多的文学样式与方法来满足其精神需求,那么文学史的发展过程就只能呈现为文体如滚雪球般的日益复杂多样,而不是进化论式的相互替代。不改变这种研究范式,我们只能依然沿着冯沅君的老路,把诗歌史只写到宋代,而永远找不到明清诗文研究的合法性来。

(二)流派研究的缺失。学术史研究是对学术研究实践的描述与归纳,这乃是学界的常识。从此一角度说,现代学术史研究中流派观念的淡漠与研究的弱化似乎是必然的。黄宗羲《明儒学案》在别源流方面之所以做得足够出色,是因为明代思想界学派林立、论争激烈,从而保持了巨大的思维活力,黄宗羲面对如此活跃的学术实践,当然将流派研究作为自己的主要特色。清代缺乏这种思想活力,建国伊始便禁止文人结社讲学,当然也形不成学界的流派。研究清代的学术史,似乎也理所当然地写不出《明儒学案》那样的著作。那么,现代学术研究是否也可以因学术流派的缺少而走清人的老路,自动放弃流派的研究?这里又是一个误区。学术研究实践中流派的缺乏只能导致经验总结的缺位,因为没有这样的实践当然无法去归纳与描述。然而,正因为研究实践中缺乏流派的意识与现实,学术史研究才更应该去指出这种致命的缺陷。因为思想创造的动力来自于流派的竞争,学术研究的活力也来自于流派的论争,因此缺乏流派的学术研究是没有活力、没有个性的研究。作为学术史的研究,理应去发掘学术史上珍贵的流派史实,探讨流派缺失的原因,并强调形成新的学术流派之于学术研究的重要。就此而言,学术史研究不仅仅是学术实践经验的反映与总结,也应该肩负起纠正学术研究弊端的重要职责。

(三)人文精神的缺失。自现代学科建立以来,追求科学化与客观化一直成为学界的目标,这既与科学主义的影响有关,也与建国后政治时常干预学术的政治环境有关,更与研究手段的日益技术化有关。学术研究的这种科学化倾向也深深影响了学术史的研究,使得学术史研究不仅未能纠正此一缺陷,反而变本加厉地强化了这种倾向。其实,以人文学科的研究属性去追求科学性与客观性,本身就陷入一种尴尬的悖论。反思一下中国的历史,哪一种重要的思想流派不具备经国济世的人文关怀?拿最为后人所诟病的强调思辨性的程朱理学与偏于名物训诂考证的乾嘉汉学,其实也并不缺乏社会的使命感。理学固然重视修身,但《大学》的八条目依然从格物致知通向治国平天下的终极目标;乾嘉学派固然重视名物的考证,但其大前提依然是"反经"以崇尚实学的济世胸怀。从现代史学理论看,科学性与客观性受到日益巨大的挑战,正如美国史学理论家海登·怀特所言:"近来的'回归叙事'表明,史学家们承认需要一种更多地是'文学性'而非'科学性'的写作来对历史现象进行具体的历史学处理。"[1] 无论从历史的事实还是学科的属性,人文学科的研究都应该拥有区别于自然科学与社会科学的特征。但是令人遗憾的是,面对20世纪以来日益严重的科学化与技术化倾向,学术史的研究并未能尽到自己的责任。尤其是在文学研究领域,本来是最具有情感内涵和人文精神的学科,如今却随着计算机技术的运用变成了靠数理统计与堆砌材料以显示其客观独立的冷学科。我曾经在《中国古代文学研究转型期的技术化倾向及其缺失》一文中说:"如果中国古代文学的研究既缺乏理性思辨的智慧之光,又没有打动人的人文精神,更没有流畅生动的阅读效果,而只是造就了一大批头脑僵硬的教授与

---

[1] 〔美〕海登·怀特著,陈新译:《元史学:十九世纪欧洲的历史想象》,译林出版社,2004年版,第5页。

目光呆滞的博士,这样的古代文学研究不要也罢。"①不过,要真正纠正这种人文精神的缺失,尚须整个学界的努力,尤其是学术史研究的努力。

以上三点只是作为例子来说明学术史研究中寻找缺陷的重要,至于更多更具体的研究缺陷,需要投入更多的精力。而重要的是学术史研究者需要具备挑剔的眼光与批评的勇气,将学术史研究视为推动学科发展的动力而不是表彰优秀分子的光荣榜。

其三是提出新的学术增长点。从近二十年所呈现的学术史研究成果来看,其主体部分大都是对已有成果的介绍与评价,一般也都会在最后有一部分文字表达对未来的瞻望,但对于现存问题的检讨就要明显薄弱一些。正是由于对现存问题的分析认识不够具体深入,因而对未来的瞻望也大多流于浮泛,更不要说提出新的学术增长点了。其实,未来瞻望与提出新的学术增长点并不是同一层面的内容。未来瞻望具有全局性与宏观性,表达了学术史研究者的一种愿望或理想;提出学术新增长点则是对下一步研究的观念、方法与路径的认真思考,因而必须与当前的研究紧密衔接。

就《文心雕龙》的研究看,目前已出版三部学术史著作,可以将其作为典型个案以讨论提出学术增长点的问题。张文勋《文心雕龙研究史》的导论部分设专节"《文心雕龙》的未来走向",提出了三点努力的方向:一是面向世界以弥补西方理论之不足,二是面向现代以建设新的文学理论并指导创作,三是面向群众普及以扩大影响②。这是典型的理想表达,基本都是在"实用"的层面,与专业研究存有

---

① 《文学遗产》2008 年第 1 期。
② 张文勋:《文心雕龙研究史》,云南大学出版社,2001 年版,第 6—10 页。

较大距离,也就未涉及学术增长点问题。张少康等人撰写的《文心雕龙研究史》在其结语"《文心雕龙》研究的未来展望"中,设有六个小节:1.发展史料与理论并重的研究;2.从文化史角度看《文心雕龙》;3.从中西比较的角度来研究《文心雕龙》;4.从理论联系实际的角度,用历史的比较的方法研究《文心雕龙》;5.让"龙学"研究走向世界;6.培养青年"龙学"家,扩大和加强《文心雕龙》的研究队伍①。在这六个小节中,前三个方面是对已有研究特点的总结与强调,后两个方面是一种希望的表达,真正属于新的学术增长点的乃是第四小节,作者要求《文心雕龙》范畴研究要与实际创作乃至其他艺术领域结合起来,不能就理论而研究理论。李平《文心雕龙研究史论》在其绪论部分的第四节"'龙学'研究存在的问题与发展前景",尽管所用文字不多,但在行文方式上却颇有特色,即作者已将学术增长点的提出与未来瞻望分两段文字写出。在学术研究方面提出三点建议:一是继续研究思想、理论上有争议的问题,二是做好总结性的工作,三是应加强对港台及海外《文心雕龙》研究成果的介绍和翻译工作。而在瞻望部分则提出:一要培养后续力量,二要更新理论方法,三要创造良好学风,四要加强国际合作交流。李平的好处是思路清晰,大致将学术建议与理想表达区分开来。其不足在于提出的建议较为浮泛,反不如张少康的意见更有针对性。之所以会出现思路清晰而建议浮泛的矛盾,乃是由于作者尚未发现研究中存在的深层问题,比如他认为《文心雕龙》研究现存问题是:1.成果数量减少;2.成果质量

---

① 张少康等:《文心雕龙研究史》,北京大学出版社,2001年版,第587—596页。

下降;3. 研究队伍后继乏人①。这些问题当然是真实存在的,但是却均属现象描述,并未深入至学术研究的学理层面,当然难以提出具体的解决办法了。

  从以上这些学术史著作写作经验的总结中,可归纳出以下关于提出新的学术增长点的一些原则:第一,学术增长点的提出范围应该是专业的学术问题,而且必须有很强的现实针对性。所谓针对性,乃是建立在对前人学术研究中所存留问题的清醒认识之上的。没有对前人研究缺陷的发现与反思,就不可能提出有价值的学术增长点。第二,提出新的学术增长点必须对于当前的学术发展大势具有清醒的判断与认识,任何学术的进展与转型都不是孤立进行的。就拿《文心雕龙》研究来说,它理应与中国古代文论研究甚至中国古代文学研究的发展紧密关联。20世纪的中国古代文论研究,必须首先借鉴西方的理论方法才能建立起自己的体系,而西方理论方法也会留下与中国古代研究对象不能完全融合的弊端。因此,近二十年来的学术转型就是要回归中国文论本体,寻找到适合中国古代研究对象的理论方法。在《文心雕龙》研究中,几十年来一直运用西方的纯文学观念去解读归纳刘勰的文章观。如此研究,可能会导致越精细而距离刘勰越远的尴尬局面。从专业研究的层面讲,所谓国际化、世界化的提法都是与此学术转型背道而驰的。《文心雕龙》首先要解决的乃是学术理念与研究方法的问题,此一点不解决,《文心雕龙》研究不可能走出误区。第三,新的学术增长点的提出必须具有实际可操作性。对于那些无法实现或者过于高远的希望,最好不要在学术增长点里提出来,因为这无助于问题的解决和研究水平的提升。比

---

① 李平:《文心雕龙研究史论》,黄山书社,2009年版,第19—21页。

如要解决《文心雕龙》研究中以现代文学理论观念比附刘勰文章观的问题,仅仅倡导回归中国本体是远远不够的。我们更要提出回归的具体方法与路径。我曾经在《文体意识、创作经验与〈文心雕龙〉研究》一文中提出,对于像"神思"这一类谈创作构思的理论范畴,最好能够结合中国古代相关的文体和刘勰本人的创作经验进行讨论,方可能揭示其真实的内涵。我认为这是研究《文心雕龙》的基本路径,因为刘勰的理论观点是以其自我的创作经验和熟悉的文章体裁作为思考对象的,离开这些而妄加比附就会流于不着边际。如果用以上这些原则来衡量目前的学术史研究,可能大多数成果还不够尽如人意。

总结经验、寻找缺陷与提出新的学术增长点,这是学术史研究互为关联的三个基本层面。尽管由于学术史写作的目的、规模与专业的不同,或许会在三者的比例大小上多有出入,但如果缺乏任何一个层面,我认为就不能称得上是严肃的学术史研究,或者说就会成为对于推动学术研究发展起不到应有作用的学术史研究。

四、学术史研究者的基本条件:学术素养与研究经验

目前学界关于学术史的研究存在着两种流行的误解。一是认为学术史研究的价值低于专业问题的研究,二是认为学术史研究相对比较容易。而且二者互为因果,造成了许多学术的混乱。比如博士论文的选题,近年来许多人都选择了研究史、接受史及影响史方面的题目,其中原因固然复杂,但重要原因之一乃是认为学术史研究较之本体研究相对容易一些。就目前所呈现的成果而言,学术史类的博士学位论文的确显得较为浅显易做,很多人也以此取得了学位。但我认为博士学位论文的选题依然不宜选研究史方面的题目,原因便

是其选题动机是建立在以上两点误解之上的。讨论学术史研究与专题研究价值的高低本身就是一个伪命题,因为不同性质的研究所体现的价值是完全无法放在同一层面比较高下的。专题研究从解决某领域的学术问题上是学术史研究无法相比的,而学术史研究对于学科的自觉、观念方法的总结与初学者的入门等方面,又是专题研究所无法做到的。从这一角度说,两类选题的难易程度也难以一概而论,专题研究需要的是研究深度,而学术史研究需要的是综合系统。因此,我一直认为博士论文选题不宜选择学术史方面的题目,原因就是博士生最重要的目标乃是对专业研究能力的培养,这种培养当然也离不开学术史的清理工作,但其主要精力要放在文献解读、问题发现、论题设计与系统论证上。而且博士生属于刚入学术门径阶段,他们无论专业修养还是学术眼界,都还缺乏驾驭全局的能力,使其无法写出真正合格的学术史论著。我想借此说明的是,学术史研究并不是什么人和什么学术阶段都可以随便涉足的,它需要具备应有的基本条件。这个条件包括学术素养与研究经验两个方面。

先说学术素养。所谓的学术素养简单地说就是学养,也就是长期的学术积累所形成的专业知识、认识能力、学术视野以及学术判断力等等。因为在从事学术史研究时,研究者必须要面对两类强劲的对手,一类是学术研究的对象,一类是学术实力雄厚的学界前辈或同仁。学术史研究者必须要具备与之接近的学养,才有资格与之进行学术对话并加以评说。所谓学术研究的对象,就是指历史上那些杰出的思想家、历史学家、文学家、批评家等等,他们无论在思想的深邃性、知识的丰富性乃至感觉的敏锐性上大都是一流的人物。如果学术研究者要判断其他学者对这些人物的研究评说是否合适到位,首先自身必须对这些历史人物有基本的理解与认识,否则便只能人云亦云。比如说《文心雕龙》一书,历来被称为体大思精的中国古代文论名著,研究这部著作的论文已有四千余篇,论著数百部,其中存在许多有争论的问题。如果要做《文心雕龙》的学术史研究,需要什么样的学养呢? 这就要看作者刘勰拥有何种学养才能写出《文心雕龙》,我们又需要何种学养才能阅读和认识《文心雕龙》。罗宗强曾写过一篇《从〈文心雕龙〉看刘勰的知识积累》的文章,专门探讨刘勰读过什么书,构成了什么样的学养。文章认为,刘勰几乎读遍了他之前和同时的所有经、史、子、集的著作,并能够融汇贯通,从而形成了自己丰富的思想体系与敏锐的审美感受力,所以能够对前人的著作理解准确、评价精当。其中举了关于刘勰"折中"思想的例子,学界对此曾展开过学术争议,先后发表了周勋初的《刘勰的主要研究方法——"折中"说述评》[1]、张少康的《擘肌分理,惟务折中——论刘勰〈文心雕龙〉的研究方法》[2]、陶礼天《试论〈文心雕龙〉"折中"精神的主要体现》[3]、高华平《也谈"惟务折中"——刘勰〈文心雕龙〉的研究方法新论》[4]等论文,或言崇儒,或言重道,或言近佛,各执己见,难以归一。罗宗强在详细考察了刘勰的知识涉猎与思想构成后说:"我以为周先生的分析抓住了刘勰思想的核心。我是同意的。同时,我也注意到其他学者的分析在结论之外,实际上接触到思想发展过程中的复杂现象。诸种思想在刘勰知识积累的过程中不知不觉地交融形成了他自己的见解。正因为此一种交融,才为学术界对《文心》的

---

[1] 《古代文学理论研究》第十一辑,上海古籍出版社,1986年版。
[2] 《学术月刊》1986年第2期。
[3] 《镇江师专学报》2000年第1期。
[4] 《齐鲁学刊》2003年第1期。

许多理论观点做出不同的解读提供了可能。"①我想,如果没有深厚的文史修养,是无法对学界的不同观点做出这种圆融的评判的。中国历史上有不少这样的大家,像"读书破万卷,下笔如有神"的杜甫,儒释道兼通的苏轼,以及百科全书式的《红楼梦》等等,都不是可以轻易对其拥有发言权的。既然对研究对象没有发言权,那又有何权力对研究他们的学者说三道四呢!

学术史研究者除了要面对历史上的各种大家之外,他还必须同时要面对学界许多实力雄厚的一流学者。以一人之力要去理解、论述和评价众多学有专长的研究大家,其难度可想而知。在此一层面,不仅学术史研究者需要具备雄厚的专业基础,更需要具备现代的各种理论素养以及对于不同学派、不同领域以及不同研究方法的相关知识。要读懂一本著作,不仅需要弄懂其学术结论的创新程度与学术贡献,更需要了解其所运用的学术方法以及背后所支撑研究的学术理念。这就是学界常说的,阅读学术著作和论文,要具有看到纸的"背面"的能力。凡是真正做过研究的人都清楚,要真正了解掌握一种研究理论都不是一件容易的事情,更何况要去理解把握各种理论方法与学术流派?比如说,在现代学术史上对于胡适学术研究的评价争议甚大,除了其中的政治因素外,对其"大胆假设,小心求证"的学术思想的理解也有直接关系。胡适处于中西文化交流的时代大潮中,其学术观念与研究方法也试图将中国的乾嘉之学与西方的实证主义结合起来,并用之于研究实践中。陈维昭《红学通史》就专列一节谈"新红学"的知识谱系,认为胡适学术思想的核心是"以'科学精神'演述乾嘉学术方法,以'自然主义''自叙传'去演述传统的史学

---

① 罗宗强:《晚学集》,南开大学出版社,2009年版,第18页。

实录观念"。正是由于有了这样的认识,所以才会有如下评价:"胡适所演述的传统学术理念有二:一是实证,二是实录。实证以乾嘉学术为代表;实录则是传统史学的基本信念与学术信仰。实证的'重证据'的科学精神有其现代性。但是'实录'显然是一种违背现代史学精神的陈旧观念。"①这样的评价不能说可以被所有人所接受,但起码它是一种学理性的分析,是真正的学术史研究,比前人仅从意识形态角度的否定更令人信服。而要进行如此的评价,则不仅需要研究者具有古代小说专业研究的素养,而且还要具备中国古代史学史的修养以及把握当代史学理论的进展,同时还需要了解中国现代学术建立的具体过程。我们必须明白,凡是在学术上取得突出成就与影响巨大的学者,肯定有其独特的学术理念与研究方法,如果对其缺乏认知,则对他们的研究评论无异于隔靴搔痒。

学养是任何一个专业研究领域都需要具备的,但作为学术史研究的学者,需要更为宽广的知识背景与学术视野,因为他会面对更多的一流研究对象与一流学者,如果不能具备相应的学养,就缺乏与之进行交流的资格,更不要说去评价他们。可以毫不客气地说,没有一流的学养,就不会是一流的学术史研究者。也正是在此一角度,我认为刚进入学术门径的年轻学者不宜单独进行学术史的研究。

再说研究经验。所谓的研究经验,是指凡是要从事某个学术领域学术史研究的学者,应该对该领域具有较为丰富的专业研究体验及成果,尤其是对本领域的学术理念与学术进展有较为深切的把握与体会。研究经验与学术素养既有联系又有区别,学术素养是学术史研究的基础,主要体现为对于研究对象的理解能力与概括能力。

---

① 陈维昭:《红学通史》,上海人民出版社,2005年版,第144—146页。

研究经验则是对某研究领域的熟悉程度与参与过程,主要体现为对于本领域学术重点与研究难度的深刻认识,尤其是对于其学理性与前沿问题的把握。之所以要求学术史研究者拥有一定的研究经验,是由下面两个主要原因所决定的。

第一,只有拥有研究经验,才能将该领域中有创造性的成果与观点选择出来并作出恰当评价。比如唐代文学的研究,已经具有悠久的历史与大量的研究成果,而且依然会有大量的成果不断涌现。目前学术界最大的问题,也是学术史研究的最大难度,乃是对于重复平庸研究成果的淘汰,以及对于有创造性成果的推荐。这些工作都不是仅靠一般的材料是否可靠与文字论证水平的高低可以轻易识别的,而必须对该领域具有长期的沉潜研究的经验,才能沙里淘金般地识别出那些有贡献的优秀成果。这就是黄宗羲所说的明宗旨的环节,有无宗旨可以靠学养去提炼概括,而宗旨之有无独创性则要靠所拥有的学术前沿领域的研究经验来加以辨认。关于此一点,可以从目前学界名人写序这种现象中得到说明。现在的学术著作序言近于学术评价,可以视为是该书最早的学术史研究成果。但遗憾的是,真正评价恰当者却寥寥无几,溢美之词倒是比比皆是。更严重的是,在以后的学术史研究中,许多缺乏研究经验者又会以这些"学术大佬"的评价为依据,去为这些著作进行学术定位,从而造成积重难返的学术虚假评价。为什么会造成此种"谀序"的现象?其中除了人情因素之外,我认为作序者缺乏该领域的研究经验乃是主因。当年李贽曾讽刺其论争对手耿定向是"学问随着官位长",现在则是学问随着职称长或者叫学问随着年龄长,以为成了博导和大佬就什么都懂,于是就到处写序。殊不知术业有专攻,每个人都有属于自己的专业领域,离开自己熟悉的专业领域而去评价其他学术著作,自然不能真正认识该书的学术创获。但"学术大佬"毕竟是有学养的,可以驾轻就熟地说一些虽不准确但又不大离谱的门面话,于是似是而非的序言也便就此诞生。缺乏研究经验的学术史研究就像名人作序一样,看似头头是道,实则言不及义。

第二,只有拥有研究经验,才能真正了解该领域的学术难点,并提出新的学术研究方向。按照上节所言的学术史研究的总结经验、寻找缺陷与提出新的学术增长点的三个层面,缺乏研究经验的学者在总结经验层面或许可以勉为其难地进行操作,但一旦进入第二、三层面,就会陷入茫然无知的境地。比如关于明代诗歌史的研究,明清两代学者始终处于如何复古的讨论之中,而进入现代学术史之后,依然在沿袭明清诗评家的传统思路,围绕复古与反复古的论题展开论述。岂不知明诗研究的最大问题是,几乎所有人都在按照一个凝固的标准也就是唐代诗歌的标准来衡量明诗创作,而忽视了自晚唐以来产生的性灵诗学的实践与理论,明清诗论家视性灵诗为野狐禅,而现代研究人员也深受《四库全书提要》以来传统观念的影响,只把性灵诗学观念作为反复古的一端加以肯定,而对其建设性的一面却多有忽视。其实,从中国诗歌发展的全过程来看,从中国古代诗歌与现代诗歌的关联性看,性灵诗学都是具有不可忽视的正面价值,是以后应该大力加强研究的学术空间。我想,只有真正从事过明代诗歌研究的人,才会具有这样的体验,才会提出这样的问题,才能开辟出新的学术研究空间。其实,岂但明诗研究如此,看一看目前的几部诗歌研究史,几乎都将叙述的重点集中在汉魏唐宋,而到了元明清的诗歌研究多是略而论之,草草了事。我们不能说这些学术史的作者缺乏学养,而是缺乏元明清诗歌史的研究经验。因为从来没有真正进入过这些领域从事专业的研究,所以无论是在对该时期诗歌史的价值判断,还是研究难度,都不甚了了,当然会作出大而化之的处理。因此,在我看来,要成为合格的学术史研究者,既要有足够的学养,又要有足够的研究经验,而且经验比学养更重要。

在目前的学术史研究中,情况相当复杂。从作者身份看,既有著名学者领衔的大型学术史写作,也有专题研究者在科研项目、学位论文研究中的学术史梳理,更有一些初学者无知者无畏的试笔之作;从成果形式看,既有多卷本的大型丛书,也有各领域的专门学术史论著,更有形形色色的综述、述略及史论的论文。这些研究除了低水平的重复之作外,应该说对于各领域的学术研究都有一定程度的贡献。但是,在我看来,我们真正需要的学术史是:研究者需要具有明确的学术原则与研究目的,他所提供的研究成果应对各领域的学术研究的学术观点、研究方法、学术贡献及发展过程作出了清晰的描述,对学术研究中存在的方向偏差、理论缺陷、不良学风及学术盲点进行了清楚的揭示,对将来的学术研究中可能解决的问题、采用的方法及拓展的新空间进行明确的预测,从而可以将当前的研究提升至一个新的层面。而要实现这样一种目标,学术史的研究者就必须拥有足够的学术素养与研究经验。

五、中国诗歌研究史:学术史写作的新实验

"中国诗歌研究史"是我们承担的教育部重点人文社会科学研究基地的重点项目,从2005年立项至今已有将近九年的时间。在此过程中,学界已经出版了余恕诚的《中国诗学研究》(2006)和黄霖主编、羊列荣撰写的《20世纪中国古代文学研究史(诗歌卷)》(2006),如今再推出这样一套诗歌研究史的著作,其意义何在?难道是因为它有220万字的巨大规模,从而对学术史的梳理更加细致而具体吗?

一部学术著作的价值与贡献,理应由读者和学界去评判,而不是由作者饶舌。但是,在此有两点还是有必要事先作出交代。

首先是本项目不是一个孤立的课题,而是互为补充的三个重点项目中的一个。它们是"中国诗歌通史"(国家社科基金重点项目)、"中国诗歌研究史"和"中国诗歌研究资料汇编"(教育部重点人文社会科学研究基地重点项目)。"中国诗歌通史"已由人民文学出版社于2012年出版,用11卷的篇幅描述了中国诗歌从先秦两汉至当代的发展过程,其中包括了少数民族的诗歌创作。"中国诗歌研究资料汇编"是选编20世纪的优秀诗歌研究成果以及全部学术成果的目录索引。"中国诗歌研究史"则是对于20世纪中国诗歌研究经验的总结,尤其是学理性的探讨。按照黄宗羲学术史的撰写原则与模式,"中国诗歌研究史"的重点在于"明宗旨"与"别源流",即对20世纪中国诗歌研究的主要发展线索与重要研究成果进行比较详细的梳理与介绍,当时所设定的目标是:"第一,结合时代变化和社会思想变化,以中国诗歌研究范式的演变为经,侧重于对学术理念、理论内涵与研究方法的发掘,整理出一条清晰的中国诗歌史的研究过程;第二,采取广义的诗歌概念,写出一部包括词曲等各种诗体在内的系统完整的中国诗歌研究史;第三,打通古今与中西,以最新的学术视野,站在21世纪的学术高度,从学理性上总结中国诗歌研究从古代走向现代、从单一封闭走向中西融合的历史进程。"至于是否实现了当初的设想,可由读者进行检验。三个项目中的"中国诗歌研究资料汇编"则相当于黄宗羲的论著言论摘编,其目的是保存20世纪中国诗歌研究的优秀成果与论著出版发表信息,同时读者也可以借此来检验诗歌研究史的提炼与评价是否准确。三个重点项目的完成既是首都师范大学中国诗歌研究中心一个阶段工作的小结,也是我们个人学术研究的阶段性交代。

其次是本书作者队伍的特殊情况与独特的编撰模式。正如上面所说,本项目是与另外两个项目互为支撑的,其中重要的一点就是它们是同一个作者群体。尽管在研究过程中也曾有个别的调整与变动,但其主体部分始终保持了完整与稳定。在此我要特别强调的是,这个作者群体是完全符合上述所言学养与经验这两项学术史研究者的必备资质的。从学养上看,几乎所有的撰写者与主持人都是目前活跃在学术研究前沿的成熟学者,其中许多人是各领域的国内一流学者,具有各自鲜明的学术思想、研究方法与学术背景,并都拥有丰富的研究成果。我想,这样的学养保证了他们的学术眼光与判断力,有资格对其研究对象的成果进行学术分析与评价。从研究经验上看,这个作者群体与《中国诗歌通史》几乎是完全一致的。他们的学术史研究乃是和相应历史段落的诗歌史研究交替进行的。从2004年"中国诗歌通史"立项到2012年最终完成,曾经召开过9次编写组的学术研讨会,每次都会对研究中存在的问题展开充分的讨论,同时也会对诗歌研究史的各种疑难问题进行讨论。应该说各卷负责人都具有丰富的研究经验,都始终处于各自研究领域的学术前沿,都对各自领域中的学术进展、难点所在及创新之处了然于胸。在诗歌通史的写作中,有过许多新的想法,也遇到过种种困难,更留下过些许遗憾,而所有这些都可以留待学术史的研究中去重新体味与总结。我想,此一群体所撰写的学术史,虽不敢说是人人认可的,但都应该是他们的真切体验与学术心得,会最大限度地避免空虚浮泛与隔靴搔痒。如果说在学术史研究中经验比学养更重要的话,广大读者不妨认真听一听这些学者的经验与体会,或许不至于空手而归。

在这将近十年的学术生涯中,尽管夜以继日地学习与工作,潜心地进行思考与研究,但数十人的劳动成果也就是这样三套著作,不免陡生白驹过隙的焦虑与感叹。作为个人,用了十年的时间思索,对于学术史研究才有了上述的点点体会,而且还很难说都有价值,真是令人有光阴虚度的感觉。

左东岭

2014 年 8 月 12 日完稿于北京寓所

目 录

中国诗歌研究史
汉代卷

20 世纪汉代诗歌研究综论 ………………………………（ 1 ）
第一章　20 世纪 80 年代之前的汉乐府歌诗研究 ………（ 5 ）
　　第一节　1949 年以前的汉代乐府歌诗研究…………（ 6 ）
　　第二节　1950 年到 1979 年的汉乐府歌诗研究 ……（ 18 ）
第二章　20 世纪 80 年代以后的汉乐府歌诗研究 ………（ 29 ）
　　第一节　汉乐府机构设立问题研究……………………（ 29 ）
　　第二节　西汉乐府三大乐歌研究………………………（ 35 ）
　　第三节　汉乐府清商三调与大曲研究…………………（ 45 ）
　　第四节　汉乐府歌诗作品研究…………………………（ 49 ）
　　第五节　汉乐府歌诗综合研究…………………………（ 56 ）
第三章　20 世纪的汉代五言诗研究………………………（ 68 ）
　　第一节　关于西汉五言诗真伪问题的讨论……………（ 68 ）
　　第二节　文人五言诗起源问题研究……………………（ 88 ）
　　第三节　汉代文人五言诗艺术成就研究………………（ 99 ）
第四章　四言诗、骚体诗与七言诗研究……………………（112）
　　第一节　20 世纪的汉代四言诗研究 …………………（112）

1

第二节　20世纪汉代骚体诗研究……………………（124）
第三节　20世纪的汉代七言诗研究…………………（139）
结语………………………………………………………（162）

20世纪汉代诗歌研究综论

  我们这里所说的汉代诗歌,指的是从公元前205年至公元195年这400年间,也就是从西汉高祖元年到东汉献帝兴平二年之间的诗歌。从历史朝代的更替来讲,东汉的最后灭亡要算到公元220年,即汉献帝延康元年(建安二十五年)。但人们却习惯于把汉献帝建安元年(196年)以后到东汉灭亡的一段时间称之为建安文学,并把它放在魏晋文学史中来论述。[①] 这一方面说明文学史的分期与朝代的分期不完全一致,同时也说明文学的发展归根到底还是与社会的重要政治变革紧密关联的。汉代诗歌是中国诗歌发展史上的一个重要阶段,它是中国上古诗歌的结束,中古诗歌的开端。自秦代开启的封建中央集权帝国到汉代得到了完善与巩固,由此而奠定了此后一直到清末的两千年的社会政治制度。作为这一时期的诗歌,以其丰富的内容反映了这一新的历史时代,开创了中国诗歌的新气象。与秦汉帝国同时成长起来的古代"文人",也从此时起以其全新的精神面貌出现于中国诗坛,并逐渐成为中国诗歌创作的主要力量,引导着中国诗歌艺术的发展方向。

---

  ① 按:把汉代诗歌史的时间做这样的划分只是为了表述方便,在诗歌史的写作过程中,有些具体问题的处理还有一个习惯问题。如孔融、曹操的诗有些作于建安之前,但是一般都把它放在建安文学中来论述。《孔雀东南飞》最早只能产生在建安时代,文学史一般都把它放在汉代乐府诗中来论述。

汉代诗歌承前启后的历史地位,首先是从艺术形态和文体形式上呈现出来的。从艺术形态上讲,先秦诗歌与音乐紧密结合,我们可以将其称之为诗乐合一的艺术。从汉代开始,诗歌与音乐开始有了明显的分流,出现了以歌唱为主的诗(歌诗)与以诵读为主的诗(诵诗)这样两种基本形态,这也成为自汉代以后中国诗歌的两条基本线索。从文体形式上看,先秦时诗歌的主要体式是诗骚体,从汉代以后则变为以五七言为主,奠定了魏晋以后中国诗歌的基本体式。

歌诗与诵诗的分野,诗骚体与五七言的区别,不仅体现了汉代诗歌与先秦诗歌的时代区分,也是汉代诗歌所以被后人特别关注的重要因素。纵观历朝历代的汉代诗歌研究,基本上也是以这种鲜明的艺术形态与文体形式为特征得以展开的。《文心雕龙》里有《明诗》与《乐府》两篇,刘勰虽然各自溯其源头到上古,但是汉代的五言诗与乐府诗在其中的重要承启地位,刘勰已经有过充分的表述。自此迄今,乐府诗与以五言为主的诵诗一直成为人们研究汉代诗歌的两个重点。

相比较而言,汉代乐府诗在20世纪受到了更多的关注。乐府本是汉代宫廷的一个礼乐机构,在汉初就已设立,汉武帝时代扩大其职能范围,用于郊祀天地之礼,汉哀帝时罢废。后人把汉代在乐府演唱的歌诗也称之为乐府,再后来则泛指汉代所有可以歌唱的诗歌。这些诗歌内容丰富,形式多样,以满足社会各阶层的审美娱乐为主。古代对这些诗篇的评述,也多从其艺术形式入手。可是在"五四"开始的文学革命中,汉乐府诗却作为"平民文学"和"白话文学"而受到当时以胡适为代表的新派学人的称誉。由此进一步发展,甚至连"乐府诗"这一传统名称,也一变而成为"乐府民歌"。关注《孔雀东南飞》、《陌上桑》、《东门行》、《妇病行》这一类以叙事为主的作品,阐释这些作品的社会批判意义,由此而认可其文学史价值,成为20世纪汉乐府诗歌研究的主流思潮。直到80年代后期,这种以社会内涵为主体的研究模式才逐渐淡化,汉乐府的研究开始走向多元化的时代,并且取得了突出的成就。在20世纪汉乐府研究的过程中,我们可以特别清楚地看到时代文化思潮对于文学研究所产生的巨大影响。

而以《古诗十九首》和苏李诗等为代表的汉代文人五言诗,在20世纪却是另外一种不同的境遇。这些文人古诗究竟产生于何时,历史记载不详,六朝时代的学者们就心存疑问。不过他们还是将这些作品归入汉代,并且从总体上认可传说中所谓"枚乘杂诗"、"李陵诗"和"苏武诗"等说法,并且由此建构了他们的知识谱系。刘勰《文心雕龙·明诗》曰:"又古诗佳丽,或称枚叔。其《孤竹》一篇,则傅毅之词。比采而推,两汉之作乎?"钟嵘在《诗品·序》中也说:"逮汉李陵,始著五言之目矣。'古诗'眇邈,人世难详。推其文体,固是炎汉之制,而非衰周之倡也"。20世纪的学者们在这一问题上则产生了较为激烈的争论,一部分人继续肯定传统的说法,认为古人的记载不可轻易怀疑,要尊重历史。但是还有一部分学者却不以这些历史记载为然,他们更相信自己的所谓实证研究和理性判断。受进化论和疑古思潮的影响,他们从多个方面对这些作品的产生时代进行质疑,认为所谓"枚乘杂诗"、"李陵诗"、"苏武诗"、"班婕妤诗"等诗都是靠不住的,是后人伪作的,《古诗十九首》这些作品最早也只能产生于东汉末期,这一说法在相当长的时间内成为20世纪学术界所认同的观点。同样也是到了80年代以后,学者们对于这些大胆地否定前代说法开始进行新的思考,也对这种疑古的学术思潮进行新的质疑。可以说,20世纪学人对于文人五言诗的研究,基本上是围绕着这些争论而展开的。学人们对它的艺术分析,也由20世纪前期重在政治的批判而转向视角的多元。

我们对20世纪汉代诗歌研究史的描述,也同样以此作为两个大的方面而展开。前两章介绍20世纪汉乐府歌诗的研究状况,后两章介绍汉代诵诗的研究状况。在20世纪汉乐府歌诗研究中,呈现出明显的时段特征,80年代以前可为一个大的时段,其中又可以分为前后相连的两个时段,80年代以后则为另一个时段。因此,以时间为线索,以问题为导向,就成为我们叙述20世纪乐府歌诗研究史的基本方式。我个人以为,在乐府歌诗研究中,80年代以后取得了非常突出的成就,这也成为本文叙述的一个重点。

后两章介绍20世纪汉代诵诗的研究状况,本文以文体划分的方式来进行叙述。这其中,关于汉代文人五言诗的研究是一大热点,我们专列一章进行了比较详细的讨论,介绍了历史上关于这些争论产生的来龙去脉,20世纪的不同学人在这个问题上的各种观点,并试图剖析这一争论背后所隐含的社会思潮与研究方法。四言诗、骚体诗与七言诗,是汉代诵诗中另几种重要形式,它们虽然不太受20世纪学者们的重视,但是相关的争论也有不少,有一些重要成果问世,而且涉及到这几种文体在汉代及其以后的发展演化。本文对此也做了较为详细的讨论,希望引起治汉诗者的关注。

本文所论为20世纪的汉代诗歌研究,叙述对象主要是大陆地区从1901到2000年的汉代诗歌研究成果,在叙述个别问题时适当介绍21世纪初年的发展趋向,但基本不论述21世纪的汉代诗歌研究动态,以保持体例上的完整性。

本人虽然在汉代诗歌研究上浸润多年,但是受学历水平所限,自知错误难免。有不当之处,敬请读者批评指正。

第一章　20世纪80年代之前的汉乐府歌诗研究

"乐府"与"歌诗",分别是汉代诗歌发展中两个重要的概念。所谓"乐府",本是自秦朝创立的一个国家礼乐机构,汉承秦制,这一机构在汉初就已经存在,到汉武帝时代得到了新的扩充与发展。因为其影响巨大,所以后人把汉代那些可以歌唱的诗歌统称之为"乐府"。从这一角度讲,所谓"汉乐府诗",乃是后人对汉代那些所有入乐歌唱的诗歌的总称。而对于汉代人来讲,他们则把这些可以歌唱的诗统称之为"歌诗"。班固在《汉书·艺文志·诗赋略》中,将汉代的诗歌作品分为两种类型,一类是"不歌而诵"的"赋",另一类则是可以歌唱的"歌诗"。在这两类作品当中,由于"不歌而诵"的赋逐渐成为一种独立的文学艺术样式,以至于后人多把它排除于狭义的"汉诗"之外,所以,汉代的"歌诗",亦即乐府在汉代诗歌史上的地位益发显得重要,也成为后人关注汉代诗歌的重点所在。事实上从班固的《汉书》开始,就有《礼乐志》专述汉代乐府产生的经过。以后《晋书》、《宋书》亦有记述,其中以《宋书·乐志》最值得重视,中间有一卷专记汉魏晋以来的相和歌辞,还有一卷中记录了汉代的杂舞曲辞和《鼓吹铙歌十八曲》,这为后人详细了解汉代乐府诗的发展提供了较早较为可靠的资料。唐代以后,关于汉代乐府的发展演变情况,以杜佑的《通典·乐典》、郑樵的《通志·乐略》、马端临的《文献通考·乐考》记载较详,是我们研究汉乐府及其沿革的重要文献。关于汉乐府诗方面的最重要著作,当推宋代郭茂倩的《乐府诗集》。此书除搜罗的作品完备之外,另一特点是对其中的每一类、甚至一些重要篇章都有解题。这部兼有研究性质的乐府诗总集,为后人研究打下了坚实的基础。在汉以来的乐府诗研究著作里,六朝时陈人释智匠的《古今乐录》,则是唐以前关于汉乐府诗歌及其演唱、器乐等情况的最为详备的记录,具有极高的史料价值①。其后,则有唐人吴兢的《乐府古题要解》、刘悚的《乐府解题》(《旧唐书·刘悚传》说刘著有《乐府古题解》一卷),也保留了许多重要材料②。除此之外,在晋人崔豹的《古今注·音乐》一门里有十八个条目专讲乐府歌曲的本事及缘起,也是后世颇为重视的文献材料③。明清以来的研究著作,主要有朱乾的《乐府正义》、庄述祖的《汉短箫铙歌曲句解》、陈本礼的《汉乐府三歌笺注》、谭仪的《汉铙歌十八曲集解》(江氏湖南使院清光绪二十一年[1895]灵鹣阁丛书本)、王先谦的《汉铙歌释文笺正》(長沙王氏虛受堂,1872)等著作。

第一节　1949年以前的汉代乐府歌诗研究

由于乐府诗在汉代诗歌史上的重要地位,20世纪的汉代诗歌研

---

① 《古今乐录》清时辑本主要有两种,一是王谟的《汉魏遗书钞》本,一为马国翰的《玉函山房辑佚书》本。

② 《乐府古题要解》,今人可以参考的最为方便的本子见丁福保编《历代诗话续编》,中华书局1983年版,第23页。刘悚的《乐府题解》,可见《说郛》卷一百。

③ 崔豹:《古今注》,今有四部丛刊影宋本和浙江人民出版社影印扫叶山房重编《百子全书》本。

究,自然也以乐府诗为重点。作为传统学术的沿续,20世纪30年代前后,汉代乐府诗的笺注仍然受到学者的重视。如沈伯时的《乐府指迷》(《国粹学报》6卷5期,1910年5月)、吴烈的《乐府在中国文学史上的地位》(《国民文学》2卷2期,1915年5月)、孔德的《汉短箫铙歌十八曲考释》(《东方杂志》23卷9期,1926年5月)、朱希祖的《汉三大乐歌声调辨》(《清华学报》4卷2期,1927年12月)、古直的《班婕妤〈怨歌行〉辨证》(《语历所周刊》4卷41期,1928年8月)、黄穆如(1891—1965)的《乐府源流》(1932年河北省立一师刊本)、《汉代乐府校释》(《文史学研究所月刊》1卷4、5期,1933年4、5月)、《汉代乐府释音》(《文史学研究所月刊》2卷1、2期,1933年10、11月)黄节、朱自清的《乐府清商三调讨论》(《清华周刊》39卷8期,1933年5月)、吴慧星的《乐府古辞考》(《中国文学》(温州中学)2期,1934年12月),这些论著,涉及到了汉代乐府的产生、来源、流变、辨伪、文字训诂、演唱方式等诸多方面,有关汉乐府研究中的诸多疑难问题,几乎都有讨论,为以后的研究奠定了基础。

但真正带来20世纪汉代乐府歌诗研究突破的,还是"五四"运动以后带来的学术观念的更新。其开风气之先者当为胡适。他大张"文学革命"之大旗,倡导白话文学和平民文学,对汉代乐府诗评价极高,在1921年拟定的讲义,也就是后来出版的《白话文学史》(1928年)里,说它们表现的是"真的哀怨,真的情感",并认为这才是"一切新文学"的起点。[①] 出版于1924年的徐嘉瑞的《中古文学概论》[②],该书为一

---

① 胡适:《白话文学史》,东方出版社,1996年版,第19、12页。
② 徐嘉瑞(号梦麟,云南昆明人,1895—1977)著:《中古文学概论》,上海亚东图书馆,1924年版。

部以叙述"平民文学"为主的断代文学史,年代为从汉到唐,非专论汉诗,但汉诗作为中古文学的开端,却论述颇详。第一编绪论先界定贵族文学与平民文学、平民化的文学、音乐与文学的关系等,第二编论汉魏的平民文学,实际是专论汉乐府的鼓吹曲、横吹曲和相和歌辞。此书的特点,一是用平民文学的观念来评价汉代乐府诗,第一次把汉代平民乐府看成是比贵族乐府更有价值的东西;二是看重文学和音乐的关系,并把音乐看成是研究汉代乐府的重要门径。这两者的结合,使本书对汉诗的论述耳目一新,成为"五四"以后在汉诗研究方面第一部体现了新方法、新观念的著作,因而受到了胡适的很高评价,专为此书写了序言,说它"总是一部开先路的书"。乐府诗本是汉代诗歌中的重要组成部分,历代都有研究者,但是,像胡适、徐嘉瑞这样把它在文学史上的地位看得如此重要,却是从"五四"以后才出现的现象。因为有了这样一个新的文学观念,在20年代以后的中国文学研究中,汉乐府诗得到了前所未有的重视,胡怀琛的《中国民歌研究》(1925)、(周群玉的《白话文学史大纲》(1928)、陆侃如、冯沅君的《中国诗史》(1930)、郑宾于的《中国文学流变史》(1930)、陈钟凡的《汉魏六朝文学》(1931)、王易的《乐府通史》(1933)、郑振铎的《中国俗文学史》(1938)等书,都有关于汉乐府的深刻论述。后出转精,这其中,梁启超的《中国之美文及其历史》(1938)、罗根泽的《乐府文学史》(1931)[①]、朱谦之的《中国音乐文学史》(1935)、萧涤非的《汉魏六朝乐府文学史》(1944)最值得重视。他们一方面吸收

---

① 梁启超的《中国之美文及其历史》虽然出版较晚(中华书局1936年出版),可是写成却在1924年,早在罗书之前,罗根泽在《乐府文学史》自序中曾说他的写作参考了他的老师梁任公先生的著作。

了胡适等人看重汉代民间乐府的时代新观念,同时又逐渐克服了过于贬低贵族乐府的偏激观点,对汉代乐府诗的产生渊源、发展流变及其艺术成就等进行了全面的梳理论证。

梁启超的《中国之美文及其历史》[1],在该时期的汉乐府研究中占有重要地位。按作者所言:"本卷所叙录,以汉乐府为中坚,而上溯古歌谣以穷其源,下附南北朝短调杂曲以竟其委。"书中对汉诗所论甚详,可作为穷源竟流的汉代诗歌史来看。书中把刘邦《大风歌》之类也称之为歌谣,与现在流行概念不同,其实却正是古代歌谣二字的本义。作者由此论述歌谣与诗的区别,认为"歌谣是不会做诗的人(最少也不是专门诗家的人)将自己一瞬间的情感,用极简短极自然的音节表现出来"的,而诗则是人工雕琢的产物。"简单说,好歌谣纯属自然美,好诗便要加上人工的美。""但我们不能因此说只要歌谣不要诗,因为人类的好美性决不能以天然的满足,对于自然美加上些人工,又是别一种风味的美。譬如美的璞玉,经琢磨雕饰而更美;美的花卉,经栽植布置而更美。原样的璞玉、花卉,无论美到怎么样,总是单调的,没有多少变化发展。人工的琢磨雕饰布置,可以各式各样月异而岁不同。诗的命运比歌谣悠长,境土比歌谣广阔,都为此故。后代的诗,虽与歌谣画然异体,然歌谣总是诗的前驱,一时代的歌谣往往与诗有密切的影响,所以歌谣在韵文界的地位,治文学史的首当承认。"[2]梁启超的这段话见于本书的序言,表面看起来并不是专论汉乐府,却表达了他治诗歌史的主张,强调"歌谣"与诗并重且各有地位。全书由此而定名为"中国之美文及其历史",这与"五

---

[1] 梁启超(1873—1929),字卓如,号任公,别署饮冰室主人,广东新会人。
[2] 梁启超:《中国之美文及其历史》,东方出版社,1996年版,第1—2页。

四"时期胡适等人片面强调白话诗歌的价值地位大不相同，实际有一种纠偏的作用。而此书也正是按照这样的观点来考察中国古代的发展变化，第一章专论古歌谣与乐府的关系，第二章周秦时代之美文，第三章论魏时代之美文（未完）。沿着这一思路，作者把汉乐府看成是从歌谣到诗的中间环节。因为在作者看来，"歌谣自然是用来唱的，但严格论之，歌与谣又自有别。《诗经·魏风·园有桃》篇：'我歌且谣。'《毛传》云：'合乐曰歌，徒歌曰谣。'然则有乐谱者谓之歌，无者谓之谣。虽然，人类必先有歌而后有乐，凡歌没有不先自徒歌起者。及专门音乐家出，乃取古代或现代有名的歌谣按制成谱。于是乎有合乐之歌，则后世所谓乐府也。""诗并不是一定用来唱的，'不歌而诵'也是诗之一体。但音乐发达的时代，好的诗多半被采入乐，几乎有诗乐合一之观。"①"乐府起于西汉，本为官署之名，后乃以名此官署所编制之乐歌。浸假而凡入乐之歌皆名焉，浸假而凡有此种格调之诗歌无论入乐不入乐者皆名焉。"②正因为如此，梁启超认为，"要之，乐府一体，自西汉中叶始出现，至东汉末年而消沉，乐府在汉代文学史的地位，恰如诗之在唐，词之在宋，确为一时代之代表产物"③。由此我们可以把握梁启超这部著作的主旨，他用这样的文学史观来统摄汉代诗歌的发展，将汉乐府分为"郊庙乐章"、"郊庙乐章以外之汉乐府在魏晋间辞谱流传者"两类分别叙述，进而考察其真伪及传说本事。严格来讲，梁启超这部书对汉乐府的研究还是相当粗略的，但是，他对歌谣与诗二者关系的分析，对于乐府诗在汉代

---

① 梁启超：《中国之美文及其历史》，东方出版社，1996年版，第2页。
② 同上引第27页。
③ 同上引第3页。

第一章 20世纪80年代之前的汉乐府歌诗研究

诗歌史上的地位的把握,的确是比较准确的。同时,以梁启超在当时的文化名人地位,加强了这部著作的学术影响力。

罗根泽的《乐府文学史》[①],可以算是20世纪第一部乐府文学史,论述从汉到唐的乐府诗歌。作为梁启超的学生,他的这部著作,恰恰是在梁启超的影响下写成的。作为一部首创之作,此书中关于乐府的论述也比较简单。但此书沿梁启超的思路,对汉乐府做了新的定义,指出古乐府三种成分:"(1)民间歌谣、(2)文人诗赋(二种大概须经音乐家修改)、(3)音乐家自制歌词。"此为"创制者",后又有"仿效者",后世流变,又有"入乐者"和"不入乐者"的区分。这就对复杂的乐府创作现象做出了一个很有条理的概括。在论两汉乐府中,作者将《房中歌》、《郊祀歌》、《铙歌》称之为"三大乐府",对之进行了简要介绍。将"三大乐府"之外的其它汉乐府诗,统称之为"乐府古辞",一一进行了辨伪考证,并对乐府诗形式发展进行了较细致的考察,有较明显的进化论倾向,而且就形式而论形式,没有考虑汉乐府的音乐演唱特征,因而其概括有失简单。

出版于1935年的朱谦之的《中国音乐文学史》,是这一时期研究汉代乐府诗的一部重要著作。虽然这部书不专论汉乐府,但是从音乐文学的角度来讨论汉乐府,则的确与梁启超等人的著作不同。乐府诗本是入乐可歌的艺术,对此学人有明确的认识。但是,由于古代并没有留下有关汉乐府演唱的声音材料,留下的只是那个时代的歌词文本和相关的文字记载,所以今人的研究不得不从文字入手,许多人无意中把这种研究变成了徒诗研究,纯粹的文本研究。如上文

---

① 罗根泽(1900—1960),字雨亭,河北深县人,其所著《乐府文学史》,北平文化学社1931年出版。

介绍的罗根泽的著作,虽然名为"乐府文学史",但是在论述乐府诗体发展演变的过程中,基本没有考虑音乐在其中所起的重要作用。朱谦之的《中国音乐文学史》,无疑具有重要的开创意义。作者在第一章中热情洋溢地抒写了研究的缘起,自称在无意中受到了音乐的感动,因而有了"音乐文学"的灵感。由此而生发,从时空的角度对艺术进行新的分类,发现文学与音乐天生属于时间的艺术,它源于我们的世界,因为它本身"就是一个永远不息的'真情之流'"[1]。由此来考察中国文学,原来早在《尚书》中就有了"诗言志,歌永言,声依永,律和声"之说,这就是"中国最古的文学定义"。"由上便知中国文学与音乐的密切关系,所谓诗歌即是音乐,所谓《诗经》即是乐经。可惜这个最古的文学定义,在郑渔仲时代,已经很少有人懂得,到了现在,讲中国文学的更越发糊涂了,越发走向反音乐的路上去了。"[2]应该说,作者对于中国文学史的这一认识、特别是对于中国早期诗歌艺术本质的认识,是符合历史事实的,也是深刻的。他呼吁人们从音乐的角度来关注中国文学的发生发展。由此,作者不仅从音乐的源流角度考察了先秦诗乐,考察了楚声,从音乐的角度对汉代的诗歌也有一个新认识。他将汉代乐府诗从音乐的角度做出一个新划分,第一是如郊庙歌辞一类的"贵族音乐",第二是以横吹曲和鼓吹曲为代表的"外国音乐",第三是以相和歌辞等为代表的"民间缓歌慢舞的音乐"[3]。并对它们的发展流变、汉乐府诗的演唱方式、乃至汉乐府与五言诗的关系作了初步的探讨。遗憾的是,从音乐的角度来研究

---

[1] 朱谦之:《中国音乐文学史》,商务印书馆,1935年版,第2页。
[2] 同上引第15、19页。
[3] 同上引第133页。

汉乐府的问题,所面临的困难实在太多,朱谦之所作的探讨只是一个开始,几乎所有的问题都没有来得及深入,由他所开创的现代音乐文学研究,在20世纪的好长时间内没有得到中国文学研究界的积极响应。

萧涤非的《汉魏六朝乐府文学史》是这一时期最有创获的成果。[①] 此书原为作者1933清华大学研究院毕业论文,后经修改出版。本书第一编绪论对乐之起源、先秦乐教、乐府的产生与沿革、界说与分类、乐府变迁大势等进行论述,描述了一条比较清晰的乐府发展源流。第二编论两汉乐府,第一章先论乐府声调,作者把它分为雅声、楚声、秦声、新声四种,很值得重视。以下三章分汉初贵族乐府、两汉民间乐府、东汉文人乐府三类,其分类标准有重要参考价值。内中对班婕妤《怨诗》的考辨,立论稳妥。和同时期的著作相比,此书在文献资料的掌握上多有自己读书所得,不人云亦云。如作者认为,汉乐府的三类"亦可视为汉乐府之三个时期。自汉初迄武帝,为贵族乐府时期。自武帝迄东汉中叶,为民间乐府时期。自东汉中叶迄建安,为文人乐府时期。第一期作品无全篇五言,第二期五言与杂言半,第三期则几纯属五言。大抵汉乐府发轫于廊庙,盛极于民间,而渐衰于文人之占夺,此其大略也"。此说与胡适等人说法大相径庭,值得注意。其论《铙歌》时说:"吾国诗歌之有杂言,当断自汉《铙歌》始。以十八曲无一而非长短句,其格调实为前此诗歌之所未有也。……《铙歌》不独在诗体上独树一帜,自成一派,其文字亦时挟奇趣。"如此独出已见处颇多,是至今仍有价值的一部重要著作。其导师黄节

[①] 萧涤非(1907—1988),原名忠临,江西临川人,其所著《汉魏六朝乐府文学史》,重庆中国文化服务社1944出版,现有人民文学出版社1984年新排版。

在《审查报告》中说:"统观成绩全部,皆能从乐府本身研究。知变迁,有史识;知体制,有文学;知事实,有辨别;知大义,有慨叹,此非容易之才。"并非虚言。可以说,此书是上个世纪50年代以前在汉代乐府诗研究方面最有代表性的成果。

除以上著作之外,这一时期在汉代乐府诗研究中值得注意的是一系列讨论《孔雀东南飞》的文章①。这一讨论从1923年开始,主要在《学灯》副刊上(上海《时事新报》)展开,以后逐渐扩展到其它刊物,延续到1933年前后,许多知名学者,如梁启超、胡适、黄节、陆侃如等人都参加了讨论。讨论的主要内容是关于《孔雀东南飞》一诗产生的时代。坚持六朝论者的代表人物是张为骐和陆侃如,这一说法的始作俑者是宋人刘克庄,他在《后村诗话》(前集卷一)中说:"《焦仲卿妻》诗,六朝人所作也。"但并没有论证。陆侃如根据《酉阳杂俎·礼异》和《北史·齐本纪》认定此诗中"新女入青庐"的"青

---

① 如张文昌的《读"孔雀东南飞"后的批评》(《学灯》1923年11月28日)、周大赉的《读"孔雀东南飞后的批评"后的一点意见》(《学灯》1923年12月27日);胡云翼的《孔雀东南飞辨异》(《学灯》1924年4月17日);张文昌的《再论孔雀东南飞》(《学灯》1924年4月30日);田楚侨的《研究孔雀东南飞的我见》(《学灯》1924年5月1—3日);黄晦闻、陆侃如的《孔雀东南飞之讨论》(《学灯》1925年5月22日);陆侃如的《孔雀东南飞考证》(《学灯》1925年5月7—8日);胡适的《孔雀东南飞的年代》(《现代评论》6卷149期,1927年10月);张为麒的《孔雀东南飞年代祛疑》(《国学月报》2卷11期,1927年11月);胡适、张为麒的《孔雀东南飞年代的讨论》(《国学月报》2卷12期,1927年12月);张为麒的《论孔雀东南飞致胡适之先生》(《现代评论》7卷165期,1928年2月);胡适《跋张为麒〈孔雀东南飞〉》(《现代评论》7卷165期,1928年2月);张为麒《再论孔雀东南飞答胡适之先生》(《现代评论》7卷180期,1928年5月);伍受真《论孔雀东南飞》(《现代评论》7卷182期,1928年6月);王越的《孔雀东南飞年代考》(《文史学研究所月刊》1卷2、3期,1933年2、3月)。

庐"是北朝新婚时所用的青布幔,是北朝时的名词。据《宋书·臧质传》和《乐府诗集》所载刘宋时随王诞的《襄阳乐》,断定"四角龙子幡"是南朝风尚。而诗中"两家求合葬,合葬华山傍",则是受宋少帝的《懊恼曲》中的华山畿故事的影响,因而认定此诗是南北朝时代的产物。张为骐则列举"交广市鲑珍"、"下官奉使命"、"足下蹑丝履"等等,说明诗中有许多建安以后的词汇。而黄节则认为,"此诗盖汉人所作,而经六朝人增改润饰者",也提出了几条理由,例如从各种版本文字差异可以看出后人增改润饰的痕迹,诗中许多古拙之句与六朝不类,有些字的写法如"骆驿"两字从马是汉儒通借,篇中还有些句子如"登车出门去,涕落百余行"等为魏文帝、陈思王、王仲宣诸人模仿。胡适则认为:"我以为《孔雀东南飞》的创作大概去那个故事本身的年代不远,大概在建安以后不远,约当三世纪的中叶。但我深信这故事流传在民间,经过三百多年之久,方才收到《玉台新咏》里,方才有最后的写定,其间自然经过了无数民众的增减修削,滚上了不少的'本地风光',吸收了不少的无名诗人的天才与风格,终于变成了一篇不朽的杰作。"①梁启超对此也有怀疑,赞同六朝说,后来则不再坚持。他说:"我从前也觉此说新奇,颇表同意,但仔细研究,六朝人总不会有此朴拙笔墨。原序说焦仲卿是建安时人,若此诗作于建安末年,便与魏的黄初紧相衔接。那时候如蔡琰的《悲愤诗》、曹植的《赠白马王彪诗》,都是篇幅很长。然则《孔雀东南飞》也有在那时代成立的可能性,我们还是不翻旧案的好。"②关于《孔雀东南飞》的这些讨论考证,很能看出那个时代以疑古求真为特点的学术

---

① 以上并见上引诸家之文章。
② 梁启超:《中国之美文及其历史》,东方出版社,1996年版,第87页。

理念。最终还是梁启超、胡适等人的观点被大家接受,也成为此后文学史处理这篇作品的原则,即基本上都把它放在汉末诗歌中来论述。

在这一时期的汉代乐府歌诗研究中,还有几篇论文引人注目。如余冠英的《乐府歌辞的拼凑与分割》①、《汉魏诗里的偏义复词》、《说"公输与鲁班"》,《说"小子无官职,衣冠仕洛阳"》,②这几篇文章,对汉乐府诗歌的语言形式与特殊词语进行了细致的考证。例如他引证朱乾《乐府正义》之说,认为"公输与鲁班"非指两人,而是汉乐府里的重叠句法,"不仅有加重语气的效果,还有些诙谐意味,可以见出民间文学的活泼性"③。他解释"小子无官职,衣冠仕洛阳"乃是汉乐府演唱时乐工的祝颂之语,"无官职"是现在,"仕洛阳"是将来,"译为白话就是:'小少爷在目前虽没有一官儿半职,将来少不得在洛阳做个京官。'"④他总结汉魏乐府中许多复合词都是偏义复词,在汉乐府诗的具体语境中使用时往往偏重其中一个字的意义,如"死生",死也(《乌生》)。"东西",东也(或西也),"嫁娶",嫁也(《白头吟》)。"松柏",松也(《艳歌行》南山篇);"公姥",姥也;"父母",母也;父兄,兄也(俱见《孔雀东南飞》)。这对于我们理解汉乐府歌诗很有帮助。特别是《乐府歌辞的拼凑与分割》一文,作者从以下几个方面指出汉乐府诗的这一特点:(一)本为两辞合成一章,(二)并合两篇联以短章,(三)一篇之中插入他篇,(四)分割甲辞散入乙辞,(5)节取他篇加入本篇,(六)联合数篇各有删节,(七)以甲

---

① 该文发表于《国文月刊》61期,1947年11月。
② 以上三篇分别写成于1948、1947年,后收入作者的《汉魏六朝诗论丛》,中华书局,1962年新1版。
③ 余冠英:《汉魏六朝诗论丛》,中华书局,1962年版,第51页。
④ 同上引第57页。

第一章　20世纪80年代之前的汉乐府歌诗研究

辞尾声为乙辞起兴,(八)套语。最后作者得出结论说:"从上举各例看来,可以知道,古乐府歌辞,许多是经过割截拼凑的,方式并无一定,完全是为合乐的方便。所谓乐府重声不重辞,可知并非妄说。评点家认为'章法奇绝'的诗往往就是这类七拼八凑的诗。"①作者通过对汉乐府歌辞细致的分析,最后得出"乐府重声不重辞"的重要结论,这对于我们深入认识汉代乐府诗的艺术本质具有重要价值。遗憾的是作者没有对这一现象进行更为深入的研究,片面强调了汉乐府诗"拼凑分割"的特点,其实这正是早期说唱文学的一个重要特征,值得我们深入研究。同样,萧涤非也从音乐的角度,指出了汉乐府中那些"民间作品"的恢谐性,并进而指出"乐府与一般古诗的不同","欣赏或批评一篇乐府和欣赏或批评一篇古诗也应当是不同的"②。

游国恩《论陌上桑》一文是这一时期另一篇重要的文章。③《陌上桑》是汉乐府中的名篇,历代受人关注。但是,对这首诗中所蕴含的大量的文化信息,以往并没有人进行过系统的梳理。该文提出了三个问题,第一是题材问题,第二是时代问题,第三是本事问题。文章梳理了从《诗经》开始的与采桑有关的诗歌与先秦的采桑故事,指出了《陌上桑》与这些故事的关系,认为"他不过是我国民间故事的典型——一个农业社会里的民歌题材的典型罢了。"至于它的产生时代,通过诗中"罗敷"名字与"使君"之名的考察,"推测《陌上桑》的时代在前后汉之间,或者与事实不相甚远"。"倘若我们愿意指定《陌上桑》这首歌曲就是武帝立乐府时所采的民歌,也就是所谓'赵代秦楚

---

①　余冠英:《汉魏六朝诗论丛》,中华书局,1962年版,第37页。
②　萧涤非:《乐府诗的恢谐性》,《国文月刊》,1948年第36期。
③　原文发表于1946年《开明书店二十周年纪念文集》,后收入《游国恩学术论文集》,中华书局,1989年版。

之讴'一群诗歌中的一首,大概是可以说得过去的。"至于《陌上桑》里的故事与其它采桑女的故事所以大同小异,则是由于民间传说版本的多样以及采录与演唱过程的改动。这些看法眼光独到且富有创见,时至今日,对于我们认识《陌上桑》这首名诗,仍然具有极大的启示意义。

第二节　1950年到1979年的汉乐府歌诗研究

1949年中华人民共和国的成立,开创了中国历史的一个新时代,汉乐府歌诗的研究也开创了新的局面。其中最引人注目的,是用马克思列宁主义的阶级理论强化了对于汉乐府的产生、流变及歌诗内容的分析。追溯历史,试图用马克思主义的理论来研究汉代诗歌,从30年代就已经开始。出版于1935年的张希之的《中国文学流变史论》,就是一个有益的尝试。刘大杰的《中国文学发展史》(上册,1939年出版),对汉代乐府诗里所反映的劳动人民的苦难生活,给予了更多的关注与分析。50年代以后,这种注重乐府诗思想内容的研究越来越深入,同时强调它的人民性与现实性,并以此来确立它的文学史地位。如王瑶所言:"汉魏六朝乐府诗的基本精神是直接继承《诗经》的,它的精华部分都是当时的人民口头创作,内容反映了人民生活的各方面,有很丰富的现实性;艺术风格也是非常新鲜朴素的。就文学史发展说,不只中国诗的主要形式五七言的诗体都是由乐府诗发展而来的,而且很多有成就的著名诗人也都从这里吸收了刚健清新的文学营养,形成了他们创作中的有机部分,从而推动了文学的向前发展。"[①]如郑孟彤的《汉代乐府诗里所反映的社会生活》一

---

① 王瑶:《乐府诗》,《语文学习》,1954年第8期。

文,就从反战争、反饥饿、反压迫、反礼教等四个方面对汉代乐府诗进行分析,进而指出它的现实主义精神和在中国文学史上的价值[①]。王运熙的《汉代的俗乐和民歌》一文,除了对汉代乐府诗的产生进行了较为详细的考证,证明其中的"民歌"大都产生于东汉之外,也特别详细地分析了汉乐府民歌"反映了广阔的现实,暴露了封建社会内部的矛盾和冲突,具有丰富的思想内容",并指出其"感于哀乐,缘事而发"的创作精神、现实主义传统和高度的艺术成就[②]。而代表性的成果分别为詹安泰等人与游国恩等人主编的《中国文学史》。

詹安泰的《中国文学史》的编写始于 1953 年,为中山大学中国文学史教学所用讲稿,1957 年由高等教育出版社出版[③]。该书在第九章论述汉乐府歌谣中,引人注意的是对于汉乐府歌谣采集与流传等问题的论述。作者认为,现存的汉乐府之所以得到保存,是因为自汉武帝设立了乐府机构采集各地歌谣,"所谓'观风俗,知厚薄',实际上就是很概括地去了解民间的情况,了解当时的人民大众对于统治政权的施行是怎样的看法。""统治阶级掌握了这些情况,对于缓和阶级斗争和巩固统治政权是有很大的作用的。""尽管统治阶级采集民歌的意图是为了自己的阶级利益,尽管他们对原来的民歌可能有润色或窜改,但当时的民歌因此就有写定的机会,有流传广远和保存长久的可能。那么,把采集民歌作为主要任务之一的'乐府'的设

[①] 郑孟彤:《汉代乐府诗里所反映的社会生活》,《光明日报·文学遗产》第 43 期,1955 年 2 月 27 日。
[②] 王运熙:《汉代的俗乐和民歌》,《复旦学报》1955 年第 2 号。
[③] 詹安泰、容庚、吴重翰编:《中国文学史》(先秦两汉部分),高等教育出版社,1957 年版,第 3 页。

立,在中国文学史上的贡献很大,这是不容否认的。"①这一论述在今天看来,显然过于渲染了汉代统治阶级的政治意图,同时对于汉武帝立乐府采歌谣的目的也有些误解,但是却代表了当时大部分学者的基本看法。②该书中另一处值得关注的是对于现存汉代乐府"民歌"里为什么东汉多于西汉问题的讨论。作者认为,这里面的原因虽然不少,但是最重要的原因是汉哀帝罢乐府时把乐府里829人中的414人裁掉后,从而使他们流落民间。"这四百多个人员,是演奏民歌的能手,可能是由民间征集来的,一旦初裁革了,就可能回到民间去演奏他们的'拿手好戏'。我们可以想象得到,他们演奏起来一定是受人民大众的欢迎的,他们为了维持他们的'职业',丰富他们演奏的内容,有许多民间的口头创作就会由他们记录下来,他们也可能适应听众的爱好写出许多新作品。这时候,他们已由'乐府'里的'讴员'转变成为民间的歌手了。民间增加了这四百多个经过一番训练的歌手,你想,他们可以发生多大的作用!""所以我们可以这样说:西汉的民歌因'乐府'机构的设立而得到写定的机会;东汉的民歌因'乐府'机构的解散而增强新生的力量。"③对乐府机构与从业人

---

① 詹安泰、容庚、吴重翰编:《中国文学史》(先秦两汉部分),高等教育出版社,1957年版,第232页。

② 当时也有学者不同意这种看法。如杨公骥教授就认为"'武帝立乐府,采歌谣'的目的,是利用民歌调子制作诵神歌。""由于武帝采诗的目的是为了编制新乐章,他们仅保留民歌的调子而阉割其内容,这样,便使这些诗歌没有一篇完整地流传下来。"(杨公骥《汉代文学讲义》,1948年稿第197—198页。后收入《杨公骥文集》,东北师范大学出版社,1998年版第288页。)

③ 詹安泰、容庚、吴重翰编:《中国文学史》(先秦两汉部分),高等教育出版社,1957年版,第233页。

员在汉乐府歌诗创作中的地位给予特别的关注,并从音乐传播的角度来讨论汉乐府歌诗的存在情况,这一论述虽然带有很强的推测性质,却可以引发我们的思考方向。

在50年代的汉乐府歌诗研究中,学者们对汉乐府名篇《陌上桑》、《羽林郎》、《孔雀东南飞》展开了热烈的讨论,这些文章被作家出版社编辑部编成《乐府诗研究论文集》出版。

50年代关于《陌上桑》的讨论,其焦点是对王季思《"陌上桑"的人物》一文的批评。王季思从原诗中关于罗敷的穿戴,认为她可能是一个贵族妇女;"故事里罗敷的丈夫既是'专城居'的,又是统率着'东方千余骑'的,显然他是镇守辽东一带的郡守和边将。"由此,王季思进一步指出这篇作品的主题,"是人民利用统治阶级内部一部分进步的力量来打击另一部分落后力量"[1]。这篇文章发表之后,马上受到了很多人的批评,任维哲、彭梅盛两人的批评尤为严厉,任维哲一方面指出王季思关于"东方千余骑"的考证是"实用主义"的"钻牛角尖",另一方面指出王季思关于这首诗主题的分析是"主观唯心的趣味主义"[2]。彭梅盛则认为王季思最大的问题是"把'陌上桑'中的人物看作历史上的真人真事来考的,是误认艺术的形象创造为历史的记载了"[3]。今天看来,王季思的考证的确存在着问题,但任维哲的批评把这篇文章说成是"资产阶级思想向我们进攻",这反映了那个时期学术研究的政治化倾向。而彭梅盛批评了王季思"误认艺

---

[1] 王季思:《"陌上桑"的人物》,《语文学习》,1954年12月号。
[2] 任维哲:《关于"'陌上桑'的人物的讨论"》,《乐府诗研究论文集》,作家出版社,1957年版,第70—75页。
[3] 彭梅盛:《"陌上桑"的人物和主题思想》,《乐府诗研究论文集》,作家出版社,1957年版,第76—79页。

术形象创造为历史的记载"的缺点,同时也将这首诗完全变成了随着自己主观意愿的理解。尽管这种理解在当时得到了大多数学者的认可,说明"故事本身就是人民的创造,美丽的形象是人民纯洁的灵魂的体现"。但是这一说法同样得不到有力的证明,只能是时人对于这篇作品的主观理解,带有很强的阶级观念。

关于《羽林郎》一诗的讨论,则主要集中在对俞平伯的批评展开。早在1951年,俞平伯发表了《说汉乐府诗'羽林郎'》一文,在这篇文章中,俞平伯试图通过对"贻我青铜镜,结我红罗裾,不惜红罗裂,何论轻贱躯"几句诗的字词考证,证明这首诗表现了"温柔敦厚"的特点,就自有"凛然难犯之意。诗人的立场可以说是接近人民的"[1]。1954年,《语文学习》7月号又发表了卞慧《辛延年:"羽林郎"》一文,强调此诗中的这四句有明显的爱赠,特别是后两句,指的是酒家胡"不惜牺牲红罗,更不惜牺牲生命",并指出了这篇作品在写作上的三个特点[2]。就此,许多学者展开了讨论,虽然有不同的理解,但没有本质上的区别。但不久柳虞慧发表文章,认为俞平伯等人的解释中使用的是"资产阶级唯心论的'训诂'"[3]。葛楚英也批评俞平伯在研究《羽林郎》时"运用的观点与他研究'红楼梦'的观点是完全一致的","认为俞平伯有必要彻底检查一下自己的思想"[4]。萧涤

---

[1] 俞平伯:《说汉乐府诗'羽林郎'》,《人民日报》,1951年5月6日,《人民文艺》第99期。

[2] 卞慧:《辛延年:"羽林郎"》,《语文学习》,1954年7月号。

[3] 柳虞慧:《"羽林郎"解释中的资产阶级唯心论的"训诂"》,《乐府诗研究论文集》,作家出版社,1957年版,第107—114页。

[4] 葛楚英:《对于"再说乐府诗'羽林郎'"的意见》,《乐府诗研究论文集》,作家出版社,1957年版,第115—120页。

非也批评俞平伯"没有或者说没有完全站在人民的立场上","完全漠视了《羽林郎》的社会性、现实性、脱离了它的主题"①。这可以看出50年代汉乐府诗研究逐渐政治化的倾向。

关于《孔雀东南飞》的讨论是这个时期讨论的另一个热点,许多著名学者如俞平伯、王汝弼、游国恩、唐弢、孙望、徐朔方、余冠英、孙殊青等人都参加了讨论。这一讨论涉及了《孔雀东南飞》的写作技巧,人物和思想,历史本事、写作年代、地理背景等诸多方面,可以看作是在20年代相关讨论基础上的继续,其突出特点是强化了对于这篇作品思想性的认识,突出了对刘兰芝、焦仲卿两个人物的评价。如游国恩指出,这篇作品从三个方面反映了当时的社会关系,"首先我认为焦仲卿妻刘氏的遭遇是代表着封建社会一般农村妇女普遍的命运","刘兰芝又是一个封建社会残酷的礼教枷锁上的牺牲者","刘兰芝这可怜的女子是在不合理的社会习惯和制度下牺牲的"。同时这篇作品也表现了作者对这一题材的处理态度,"第一是尽量暴露阶级社会的罪恶","第二是对于婚姻自由或恋爱神圣的看法"②。唐弢重新批评了20年代陆侃如等人关于这首诗产生于六朝时代的看法,认为这首诗"是焦仲卿夫妇死后不久写成的,可能经过后代文人的修改和润色"。并认为"作为民间文学伟大的诗篇之一,《孔雀东南飞》通过现实主义的表现方法,暴露了封建宗法统治的罪恶,记录了一千七百年前人民的真实的感情"③。孙殊青则进一步讨论了《孔

---

① 萧涤非:《评俞平伯在汉乐府"羽林郎"解说中的错误立场》,《文史哲》,1955年第3期。
② 游国恩:《论"孔雀东南飞"的思想性及其他》,《民间文艺》,1950年第1册。
③ 唐弢:《谈故事诗"孔雀东南飞"》,《解放日报》,1954年3月28日。

雀东南飞》产生的社会基础，人物形象刻画，这首诗的人民性和艺术成就，认为它是"现实主义和积极浪漫主义的结合"，"在这种乐观积极、对明天充满希望的理想火花的照耀下，刘兰芝和焦仲卿变成了一对自由幸福的鸳鸯，朝朝暮暮相聚在一起，永远生活在梧桐松柏之间，生活在人民的理想与愿望中间，成为黑暗社会中的一线光明和自由婚姻、幸福爱情的理想的艺术象征"[1]。这些观点，代表了上个世纪80年代以前对这首诗的基本评价并且被写进各种文学史著作中。当然，在上述的讨论中同样带有批判，如徐朔方对孙望关于《孔雀东南飞》地理背景的考证就提出了严厉的批评。这同样是那个时代的特点[2]。

集中代表50年代汉代乐府诗研究成果的，是游国恩等五人主编的《中国文学史》。这部著作是在当时国家政府的支持下，汇集全国各地著名学者集中力量编写的高等院校中文系教材，1963年正式出版。这部著作将汉乐府中的大部分诗歌称之为"汉乐府民歌"，重点从三个方面指出了它们的思想性：1、"对阶级剥削和压迫的反抗"。2、"对战争和徭役的揭露"。3、"对封建礼教和封建婚姻制度的抗议"。同时，指出"汉乐府民歌""最大最基本的特色是它的叙事性"。其最主要艺术性则主要表现在以下几点："通过语言和行动来表现人物性格"；"语言的朴素自然而带感情"；"形式的自由和多样"；"浪漫主义的色彩"[3]。从阶级斗争的角度如此强调汉乐府的思想

---

[1] 孙殊青：《论"孔雀东南飞"的人民性和艺术性》，《新建设》，1955年11月号。
[2] 两人的文章分见《光明日报》1954年9月7日《文学遗产》第19期和《光明日报》1955年1月16日《文学遗产》第37期。
[3] 游国恩等主编：《中国文学史》（一），人民文学出版社，1963年版，第158—169页。

性,并且用"现实主义"和"浪漫主义"等词汇进行艺术分析,体现了那个时代的鲜明特征。上个世纪80年代以后,经过深刻的学术反思,这样的学术观点和艺术分析方式已经逐渐被人们放弃,但是这部著作中对汉乐府的评价,直到今天还在发挥着影响。

在50年代的汉诗研究中,杨公骥(1921—1989)的《汉巾舞歌辞句读及研究》是一篇具有开创意义的重要文章[①]。巾舞《公莫舞》为汉杂舞歌诗,最早见于《宋书·乐志》,声辞杂写,自东晋以来就"讹异不可解",1600多年来无人读通,甚至连舞名的由来都发生了误会。杨公骥先生根据古辞往往声辞杂写的前例,又考虑到是舞曲,怀疑其中杂有动作的记号,在标点时留心其中动词的位置和互相关联,经过认真的思考,终于把这篇作品解读出来,发现这原来是产生于西汉的一个歌舞剧脚本,表演的是一个儿子将要出外谋生,和家中母亲离别的悲惨故事。接着,作者又结合历史文献,考证巾舞中的和声、舞蹈动作及产生年代等,并基本把这些问题做了初步解决。这在20世纪的汉诗研究中,可以称得上是一大贡献,也是最杰出的成果之一。因为这篇文字是中国现存最早的一个歌舞剧脚本,对它的解读,其意义不仅在于解决了一个1600多年的疑难问题,更在于让我们发现了一件极为珍贵的历史文献,从而把中国古代歌舞演唱情况的了解,一下子提早到了西汉时期。它的解读,必将会重新改写我们现行的中国歌舞史和戏剧史,纠正以往我们对于中国戏剧史上的一些看法。杨公骥先生发千载之覆,破解了这一历史难题,让人们一睹中国历史上现存最早的歌舞剧文字原貌,为研究中国文学史和戏曲史提供了一种极有价值的文献资料,其意义之大是难以估量的。遗憾的

---

① 杨公骥:《汉巾舞歌辞句读及研究》,《光明日报》,1950年7月19日。

是受极左思想的影响,此文在当时没有产生多大影响。自90年代以后,这篇文章的巨大价值,才逐渐被人重视。

丘琼荪的《汉大曲管窥》是这一时期比较重要的一篇文章,文章对《宋书·乐志》里所列的15首汉大曲在魏晋时期的流变及其演唱形式等问题进行了比较详细的研究,认为其中有九首是"汉大曲","其余六首,虽属曹氏祖孙辈所作,而乐曲则犹是汉代之旧,即那篇晋乐所奏的《白头吟》,也是汉代传下来的旧曲,所以也应该一并列入'汉大曲'之内。"文章还对汉大曲在清商三调中的归属进行了排比,讨论了"艳"、"曲"、"趋"、"乱"在大曲中的位置和表演特点。认为汉大曲的组织共有四个乐段:艳、曲、趋、乱。并认为汉大曲都是歌舞相兼之曲①。在这一时期的汉乐府研究中,杨荫浏的《中国音乐史稿》也是一部值得关注的著作。该书的上、中两册1964年出版。本书第四编第五章主要论述汉代音乐,其中值得注意的是对汉武帝时代的音乐家李延年在音乐史上的贡献给予充分的肯定。对鼓吹曲的演奏方式,特别是对相和大曲的表演形式,如解、艳、趋、乱等进行了较为细致的探讨:"最为完备的大曲曲式,可分成三个部分:1、前段为'艳',一般在曲前,有时在中间。音乐婉转抒情,舞姿优美。2、中段为主体,包括多节歌曲,每解歌曲后加'解'。歌曲部分偏重抒情,'解'的部分偏重力度。歌曲比较缓慢,'解'比较快速。两者轮流相间,造成一慢一快,一文一武,反复对比的艺术效果,可能舞蹈的缓、急、软、健,也与之相称。3、末段可用'趋',感情内容比较紧张,用较快的歌曲配合较快的舞步。"②汉乐府是表演的艺术,研究了解其表

---

① 丘琼荪:《汉大曲管窥》,《中华文史论丛》,1962年第1辑。
② 杨荫浏:《中国古代音乐史稿》上册,人民音乐出版社,1981年版,第119页。

第一章 20世纪80年代之前的汉乐府歌诗研究

演程式,是全面深入研究汉乐府歌诗不可缺少的环节。只有从音乐艺术的角度入手,我们才会对这些作品的本质特征有更为准确的把握。

王运熙关于汉代乐府的系列论文,是这一时期在这一研究领域所取得的重要成果,其中包括汉魏乐府沿革的考略、关于黄门鼓吹乐、汉代鼓吹曲、杂舞曲辞的考证等,为研究者供了很好的资料[1]。此外,陈直的《汉铙歌十八曲新解》[2],游国恩的《西汉乐府歌辞和文人五言诗的创作》[3],阴法鲁的《汉乐府与清商乐》等[4],是这一时期汉乐府研究中的好文章。要而言之,20世纪50—70年代的汉代乐府诗研究,强调了它的"民歌"特征,并以阶级斗争学说为理论指导,对这些作品的政治思想内容以及其艺术特点做了深刻的阐释。客观地讲,文学艺术来自于现实生活,自然也会反映现实生活中的各种矛盾,揭露社会中各种不合理的现象,它在现实生活中也会承担起一定的批判现实的责任。在特殊的历史条件下,对这些作品做出这样的阐释,既有它的理论上的合理性,也有着为现实服务的积极意义。但是,像汉乐府这样的文学艺术作品,在汉代社会到底承担着什么样的社会功能?即便是相和歌辞中如《陌上桑》这样的作品,它们真是就是"劳动人民口头创作的民歌"吗?它真的仅仅被社会的"广大劳动人民"当成批判现实的工具来使用吗?事实恐怕未必是这样。由此而言,50—70年代的学者们对于汉乐府歌诗的艺术本质的理解似乎

---

[1] 王运熙:《乐府诗论丛》,中华书局,1962年版。
[2] 陈直:《汉铙歌十八曲新解》,《人文杂志》,1959年第4期。
[3] 游国恩:《西汉乐府歌辞和文人五言诗的创作》,《教师报》,1956年9月11、25、28日。
[4] 阴法鲁:《汉乐府与清商乐》,《文史哲》,1962年第2期。

还存在着相当严重的问题。艺术可以反映一定的现实内容,但是艺术本身就是艺术,它并不是阶级斗争的工具。从这个角度来讲,这一时期的学者们对于汉乐府歌诗艺术的整体把握就发生了严重的偏差,这使他们夸大了汉乐府歌诗的社会批判功能,因而对汉乐府歌诗的认识也是不全面的,有时甚至是牵强附会、带有强烈的主观成见的,是把自己的政治观点强加于古人,这是这一时期汉乐府歌诗留给后人的深刻教训。

第二章 20世纪80年代以后的汉乐府歌诗研究

20世纪80年代以后是汉乐府歌诗研究的黄金时代,改革开放促使学者们的思想发生了解放,对汉乐府歌诗展开了全方位的研究。从研究对象来讲,不仅涉及到此前研究的一些热点,而且包括汉乐府歌诗的各个方面,特别是不被人关注的《安世房中歌》与《郊祀歌》,有了比较深入的研究。对以相和歌辞为代表的"民间乐府",也有了更为全面的把握。更为重要的是,学者们突破了前三十年的理论局限,摒弃了以政治思想为标准的价值评判体系,更加深入地探讨汉乐府歌诗的艺术生成及其本质问题,对汉乐府在中国诗歌史上的地位做出了新的全面的评估,在一些历史问题的考证上也有了新的突破。其发展一直持续到21世纪初年,全面地推进了汉乐府歌诗的研究。下面我们分几个重要专题进行介绍。

第一节 汉乐府机构设立问题研究

无论在中国文学史和文化史上,汉乐府的兴废问题都具有重要意义。班固在《汉书·礼乐志》中说:"至武帝定郊祀之礼,祠太一于甘泉,就乾位也。祭后土于汾阴,泽中方丘也。乃立乐府,采诗夜诵,有赵、代、秦、楚之讴。"在《汉书·艺文志》和《两都赋序》中也有相似的说法。以此而言,汉乐府应该是在汉武帝时代才开始设立的。然而同在《汉书·礼乐志》中,班固又说过这样的话:"高祖乐楚声,故《房中乐》楚声也。孝惠二年,使乐府令夏侯宽备其箫管,更名曰《安世乐》。"《史记·乐书》也说:"高祖过沛诗《三侯之章》,令小儿歌之。高祖崩,令沛得以四时歌舞宗庙。孝惠、孝文、孝景无所增更,于乐府习常肄旧而已。"如此说来,至迟到惠帝时,汉朝已设有"乐府"。面对两种矛盾的说法,有的学者相信《史记》的记载,如宋人王应麟等,认为汉惠帝时已有乐府。有的学者认为汉武帝始立乐府之说更为可从,如刘勰在《文心雕龙·乐府》中就说:"暨武帝崇礼,始立乐府。"还有的学者将两说折中,如,宋人郭茂倩在《乐府诗集·新乐府辞》中亦曰:"乐府之名,起于汉魏,自孝惠帝时,夏侯宽为乐府令,始以名官。至武帝,乃立乐府,采诗夜诵,有赵、代、秦、楚之讴。"今人萧涤非也说:"乐府之制,其来已久。……然乐府之名,则始见于汉。……则高祖之时,固已有乐府之设。到惠帝二年,乃以名官,……然乐府之立为专署,则实始于武帝。"[1]但是此说也有矛盾,试问,如果汉初没有乐府官署,何来乐府令这一官名呢?于是有人又另作解释,如沈钦韩在《汉书疏证》中就说,《汉书》中之所以又有汉惠帝时"乐府令夏侯宽"的记载,那是"以后制追述前事"。何焯在《义门读书记》中认为"乐府令应为太乐令",今人王运熙则认为"《史记·乐书》的'乐府',《汉书·礼乐志》中的'乐府令'都是泛称",并举了好多后世文献的旁证来证明[2]。但是,此说也有两点矛

---

[1] 萧涤非:《汉魏六朝乐府文学史》,人民文学出版社,1984年版,第5页。
[2] 王运熙:《汉武始立乐府说》,见《乐府诗述论》,上海古籍出版社,1996年版,第177—179页。

盾：其一，班固在《汉书·礼乐志》中既提到了"乐府"，又提到了"乐府令"，把一篇历史文献中的"乐府"当成是专称，而把"乐府令"却解释为"泛称"，于理不通。其二，汉乐府官署自西汉哀帝时已经罢废，东汉以后的人所使用的"乐府令"一词只是习惯性说法，本身就不准确，不能证明《汉书·礼乐志》里的"乐府令"也是泛称。

面对着历史文献记载的矛盾，人们期待着发现新的证据。幸运的是，1977年在陕西考古中发现了刻有"乐府"二字的秦代错金甬钟，这是关于秦代已经设立"乐府"的最有力的证据。回头再看班固《史记·乐书》《汉书·百官公卿表》等文献，可知乐府始于秦代，应是不易的事实。乐府始立于汉武帝的说法被彻底打破①。据陈直《汉封泥考略》一文考证，在齐地出土的百官封泥四十八枚当中，有"齐乐府印"封泥一枚，当为西汉菑川王和齐懿王（前153—132年在位）时物②。无独有偶，1983年在广州市象岗发掘南越王墓出土8件铜钩镶，每件上都刻有"文帝九年乐府工造"字样。南越王文帝九年当汉武帝元光六年（前129），由此可证，"南越乐府的肄习乐章当系仿自汉廷"③。西汉时代的交通极不方便，南越王国与齐国相距遥远，在此时期都有相应的"乐府"官署存在的文物，这更可证明西汉初年已经设立乐府的事实。至此，秦代已设有乐府官署，汉代初年就有乐府的说法，已经成为大多数学者们的共识。可以说，这是上个世纪70年代以来在这个问题上取得的最大突破。

虽然相关历史记载和出土文献都证明汉初乐府就已经存在，但

---

① 寇效信：《秦汉乐府考略》，《陕西师范大学学报》，1978年第1期。
② 陈直：《文史考古论丛》，天津古籍出版社，1988年版，第344—345页。
③ 黄展岳：《南越王墓出土文字资料汇考》，载《先秦两汉考古与文化》，台湾允晨文化实业股份有限公司，1999年版，第283页。

是这时的乐府到底是个什么样的官署,当代学者却有不同的看法。如刘永济说:"考百官公卿表:奉常,掌宗庙礼仪,属官有太乐令丞。少府,掌山海池泽之税,以给供养。属官有乐府令丞。二官判然不同。盖郊庙之乐,旧隶太乐。乐府所掌,不过供奉帝王之物,侪于衣服宝货珍膳之次而已。"①这一说法近年来得到李文初的申说。他认为,在汉武帝以前,"乐府"主要是一个负责制造乐器的官署,而不是掌管音乐的机构。因为据《汉书·百官公卿表》,乐府属于少府,而少府下属的十六个官署均为朝廷聚敛、制作与供养而设,乐府设在上林苑里,也是一个制作乐器的工官②。刘永济和李文初只就《百官公卿表》的话进行分析,看似有一定道理,但是并不符合事实。另有孙尚勇不但否定了《史记·乐书》、《汉书·礼乐志》、贾谊《新书》相关的历史文献记载,认为它们或者是文字脱误,或者是经过了后人的修改,而且认为出土的秦代编钟,南越王铜钩䥖和齐官印封泥等刻有"乐府"字样的文物与汉初乐府都没有关系,仍然坚持汉武帝始立乐府之说。例如他认为南越王墓中出土的铜钩䥖虽有"乐府"二字,但这是南越王国受秦文化影响的结果,而与汉文化无关。事实上,汉文帝时陆贾出使南越,就曾恢复两国之间的往来,以后南越王与汉朝的来往并未中断,那么,南越王文帝亦即汉武帝时期刻有"乐府工造"的乐器,怎么能证明它不是受汉文化的影响而是受秦文化的影响呢?③总之,从目前所发现的出土文献与相关的历史记载相参验可以证明,乐府在汉初就已经设立,汉武帝时代大加扩充并且增加了它的职能。

---

① 刘永济:《十四朝文学要略》,黑龙江人民出版社,1984年版,第92页。
② 李文初:《汉武帝之前乐府职能考》,《社会科学战线》,1986年第3期,此处引自李著《汉魏六朝文学研究》,广东人民出版社,2000年版。
③ 孙尚勇:《乐府文学文献研究》,人民文学出版社,2007年版,第45—56页。

与此相关,对班固《汉书·艺文志》所说的"自汉武立乐府而采歌谣"这句话的认识,八十年代以来的学者们也都更加深刻。姚大业指出:"'乐府'官署里面采集全国各地的民歌,是为了制乐的需要。同时,我们在史籍中又找不到汉武帝观赏民歌的具体事件,这就很难说它对我国文学的发展起到过什么积极的作用。如果只是看到'乐府'官署采集民歌这一点,不作全面的考查,就硬说它对我国文学的发展起了划时代的作用,那是靠不住的事情。"①张永鑫对这个问题更有详细的考证。他从多个方面考证了乐府在汉初就已经设立的事实,认为"所谓'武帝乃立乐府',应该包含着武帝定郊祀之礼与立于乐府这样两层意思"。"汉武帝时代乐府的采诗,其中有一个内容,则是选择那些适用于郊祀祭仪的曲调与曲辞,或加改制,或创新曲,而这两方面都与民间性质的关系不大。把'采诗夜诵,有赵、代、秦、楚之讴'全部当作是采集民歌和保存民歌,那完全是一种误解。"②而造成这一误解的另一个原因,是当代学人往往把古书中记载的"歌谣"与当下的民歌概念相混同。对此,赵敏俐有过辨析,他说:"'歌谣'在古代也是一个含混的概念。《诗经·魏风·园有桃》:'心之忧矣,我歌且谣。'《毛传》:'曲合乐曰歌,徒歌曰谣'。《乐府诗集》卷八三引《韩诗章句》:'有章曲曰歌,无章曲曰谣。'《尔雅·释乐》:'徒吹谓之和,徒歌谓之谣'。刘熙《释名》:'人声曰歌。'《国语·晋语》:'辨妖祥于谣。'韦注:'行歌曰谣。'是歌谣之意义,仅在于有无章曲、和乐或者徒歌,原本并不是'民歌'的意义。"③张永鑫将

---

① 姚大业:《汉乐府小论》,百花文艺出版社,1984年版,第4页。
② 张永鑫:《汉乐府研究》,江苏古籍出版社,1992年版,第53页、第63页。
③ 赵敏俐:《两汉诗歌研究》,台北文津出版社,1993年版,第228—229页。

《汉书·艺文志》所著录的"歌诗二十八家"共三百一十四篇作品进行了细致的分类,认为其中有"九十六篇,从它们有主名以及从它们的性质而论,这一大类均可断定为非民间歌诗无疑"。此外那些采录于京畿附近并带有声曲折的一百六十多篇作品,"很有可能是周王室所存的遗诗。所以,那些表面上冠以地名的无主名歌诗,并不能排除其中有一批是汉武帝时代的乐府所保存的周代的旧诗歌章,这些旧诗歌章的民歌性也还不能加以肯定"。又据《汉书·王莽传》载,曾有遣大司徒陈崇等风俗使者"言天下风俗齐同,诈为郡国造歌谣"。"他们所采观的三万言歌谣,当然都出自各地区的官府、文人的伪造。所以,武帝时代的乐府所保存的歌诗,是否为郡国所献者,也是应该存疑的。"[①]其实,这也就从文献学的角度对所谓汉武帝立乐府采歌谣就是采民歌之说给以事实上的驳斥,这在汉代乐府歌诗研究史上有拨乱反正的意义。

此外,关于汉哀帝罢乐府之后,东汉国家的乐官制度建设情况如何,以及如何认识所谓"汉乐四品"的问题,学界也存在着不同的意见。如王运熙就认为,"东汉乐府官署,也分两部门。其一为太予乐署,相当于西汉的太乐。……其二为黄门鼓吹署"。并认为太予乐署掌管的是雅乐,黄门鼓吹署掌管的是俗乐[②]。而赵敏俐则认为,汉哀帝罢乐府之后,整个东汉时代并没有重新设立一个与之相对应的乐官机构。之所以如此,主要原因是因为汉武帝时代的乐府乃是一个比较特殊的机构,它在当时所承担的职责并不符合传统的礼制,它

---

① 张永鑫:《汉乐府研究》,江苏古籍出版社,1992年版,第63—64页。
② 王运熙:《说黄门鼓吹乐》、《黄门鼓吹考》,并见《乐府诗述论》,上海古籍出版社,1996年版。

是在特殊的情况下的一种特殊建置。当时的情况是雅乐名存实亡，郊祭天地的礼乐制度在此之前又没有建立，所以汉武帝才采取了一种非常的措施，让乐府采用新的民间曲调来为郊祀之礼配上新声曲。这使得自战国以来兴起的新乐郑声堂而皇之地进入雅乐之堂，推进了新声俗乐在汉代的发展。汉哀帝罢乐府之后，虽然一直到东汉末年再也没有重新设立"乐府"，乐府造成的影响却仍然存在。东汉蔡邕所说的"汉乐四品"，名义上是雅乐，但是在每一品中，都包含着俗乐的成分。特别是在天子娱乐群臣的黄门鼓吹当中，俗乐已经占有相当大的比重；而所谓的短箫铙歌，更是由西汉时期的俗乐雅化而成。至于那些大量的流行于宫廷贵族、达官显宦、富商大贾家中主要用以享乐的俗乐，在东汉以后演变为以相和歌为主要的艺术形式的音乐，这与两汉时代礼乐制度的建设也有相当大的关系。后人把自汉代以后那些与音乐歌舞相结合的艺术称之为乐府，正是汉代社会乐府制度建设在客观上对中国古代歌诗艺术发展做出贡献的最好说明[①]。

第二节　西汉乐府三大乐歌研究

西汉乐府三大乐歌，指的是《安世房中歌》十七章、《郊祀歌》十九章、《汉鼓吹铙歌》十八曲。其中《安世房中歌》诗十七章和《郊祀歌》诗十九章，是汉代留下来的两组宗庙祭祀乐章。20世纪研究者多认为这些作品辞意深晦，内容空洞，都是用来颂神、祝祷、赞美祖先、教化人民，为统治阶级服务的，形式呆板，文学价值不大。所以相

---

① 赵敏俐：《汉代乐府官署兴废考论》，《文献》，2009年第3期。

对于汉乐府歌诗中其它作品,研究者对《郊庙歌辞》关注得较少。如萧涤非就认为"《房中歌》对于后来诗歌之影响,不在其内容与描写,而在其句式与体式"。"《郊祀歌》大都皆无文学价值,其对于后世之影响,亦只限于贵族乐章。"[1]这代表了当时人的基本观念。最早关注汉代郊庙歌辞并撰文进行评论的是李纯盛。他在《汉房中郊祀二歌考》中简述了《安世房中歌》和《郊祀歌》十九章的性质,分析它们的文学特色,并梳理了诗歌嬗变的痕迹,认为这些诗篇格韵高严,规模简古,仍有三百篇的遗风。他还在文中提出了一个新颖的观点:汉代的郊祀歌大半是新声曲和赵音,因为郊祀歌由李延年制谱协律,延年系北方乐伶,邯郸多倡,从而推测李延年必在邯郸依赵声制曲。继而对郊庙歌辞的研究进行提倡的是傅冬强,他注意到"五四"之后对《郊祀歌》与《安世房中歌》艺术价值的评价多重在句法与体式,他的《汉郊庙歌评价商榷》一文则从内容和风格上具体分析了《练时日》和《日出入》的艺术价值,认为它们不失为中国诗歌史上的精品。他还考察了《安世房中歌》和《郊祀歌》对后世文人创作的影响,最后提出对汉乐府中的郊庙歌我们应采取的态度是可以无情地鞭挞其糟粕,但对其中的成功之处则要予以实事求是的评价。[2]

这一时期对《安世房中歌》和《郊祀歌》十九章给予较为系统研究的是郑文。郑文将《安世房中歌》各章的内容做了梳理,指出了它们之间的内容关系,并从历史的角度进行了肯定。他说:"总十七章看来,是在歌颂高帝能够以孝治天下,并承受天意施德于人民,而平

---

[1] 萧涤非:《汉魏六朝乐府文学史》,人民文学出版社,1984年版,第36页、第47页。

[2] 傅冬强:《汉郊庙歌评价商榷》,《杭州大学学报》,1990年第2期。

定内乱,安抚外邦,使下民受福于无穷。至于人民应该服从他的统治,意在言外。""这样的主旨,在今天看来,无疑是应该批判的,但她站在汉王朝的立场和局限于当时历史条件,则认为是正当的。""就表现方法说,首先是它用质朴的语言,作恳切的宣喻,很少用华丽的辞藻,作过分的渲染;其次是写得严肃庄重,大大方方,没有一般妇女忸怩作态的习气,而篇幅简短,显出它是源于楚歌。其次是一十七章,各章的立意虽然有别,共同的趋向则又一致。这就由单章独立的楚歌,发展成为一十七章的组诗。这在先秦诗歌中是没有的,在汉初也是独特的。"①这是当代学者对《安世房中歌》第一次进行系统的研究并给予正面的评价,有很重要的学术意义。对于《郊祀歌》十九章,郑文做了更详细的研究。作者首先考证了各篇的产生的时代:"《天马》作于太初四年(前101),《景星》、《齐房》作于元封二年(前109),《后皇》、《华烨烨》作于元鼎四年(前113),《五神》、《惟太玄》《志》云作于元鼎五年,实应作于元鼎六年(前111),《日出入》、《象载瑜》作于太始三年(前94),《天门》作于元封元年(前110),《天地》作于元鼎六年(前111),《朝陇首》作于元狩元年(前122)。其余如迎神曲《练时日》,送神曲《赤蛟》以及《帝临》、《青阳》、《朱明》、《西颢》、《玄冥》七章不知作于何时,以理推之,约在延年以好音见武帝之前,有可能是相如等作的。"按《汉书·礼乐志》在说到汉武帝定郊祀之礼时,有"多举司马相如等人造为诗赋"的话,所以一般学者便认为《郊祀歌》十九章应该是司马相如等人参与制作的结果。但是经过郑文的考证我们可知,《郊祀歌》十九章的大部分作品都是在

---

① 郑文:《汉诗研究》,甘肃民族出版社,1994年版,第31页。按,郑文还有《〈汉安世房中歌〉试论》一文,载《甘肃社会科学》,1985年第2期,可参看。

司马相如死后才创作出来的,而且在史书中大都有比较明确的制作年代,这对于我们认识这组诗歌的产生是有重要作用的。郑文还详细考察了《郊祀歌》十九章与楚歌的关系,太一神的产生以及各篇诗作产生的具体史实,对各篇的内容以及其艺术形式作了详细的分析,实为在此领域里的一篇力作①。此后,赵敏俐对《安世房中歌》的作者、时代问题进行了考证,他反驳了有人提出的《安世房中歌》是汉武帝时代李夫人所做的说法②,并对《安世房中歌》以"孝""德"为核心的创作主旨的历史进步意义给予了充分肯定,认为这是"汉初统治者在总结亡秦的教训之后,由暴政转向德政,也必然由法家观念倾向儒家观念。因此,在汉初的统治者看来,除了在政治上实行无为而治的黄老学说之外,同时也要辅以儒家的以德治国和以孝治国。""其次,在农民反抗暴秦的统治之下,陈胜、吴广首先发出了'王侯将相宁有种乎'的呐喊,这对传统的君权神授观念无疑是个严重的挑战。""因此,汉代统治者要想把自己确定为继亡秦而为天下的当然统治者,也必然把自己打扮成德政的化身。"③在同书中,作者还对《郊祀歌》十九章产生的历史原因做了深刻的分析。他认为,汉武帝之所以要定郊祀之礼,是时代的要求:"经过七十余年的休息与发展,汉代社会已经出现了空前的繁荣。同时,伴随经济的高度发展,也出现了给汉代统治者带来威胁的封国与豪强势力,以及潜藏的社会危机。这要求武帝必须加强中央集权制,定思想于一尊,也必须打破宗教神学上五帝并峙的祭祀局面,建立一位与新的社会状况相适

---

① 郑文:《汉〈郊祀歌〉浅论》,《文史》第二十一辑,中华书局,1983年版。
② 赵敏俐:《汉代诗歌史论》,吉林教育出版社,1998年版,第49—54页。
③ 同上引第44—45页。

应的新的上帝,以宗教神学思想为旗帜,来表明汉帝国统治天下的合理性。"同时,作者还将《郊祀歌》十九章从形式上分成四言体、楚辞体和杂言体三种类型进行了细致的分析,指出它们在诗体选择与内容配合上的一致性,从而对它们的艺术成就也给以肯定:"从总的情况看:《郊祀歌》十九章的创作,确是经过诸多文人精心推敲的结果。无论在诗体的选择,词语的锤炼,还是铺陈、排比、描写等艺术手法的使用,都和内容紧密结合。这不但构成《郊祀歌》十九章独特的艺术成就,而且使我们从中看到中国诗歌在西汉发展的一些轨迹。""正是从这一点出发,我们应该给《郊祀歌》十九章的创作以足够的重视。"①

关于《安世房中歌》与《郊祀歌》十九章,张强也先后发表了几篇文章。他认为《郊祀歌》的辞作者有汉武帝、司马相如、匡衡、汉宣帝等。歌(曲)作者有李延年、邹子,并且吸收了民间的鼓舞乐②。张强认为《安世房中歌》鼓吹"孝"、"德"。"孝"、"德"是功利性极强的伦理道德观念,它贯串于《安世房中歌》的实质是高扬善的旗帜,突出西汉统治者安排的政治秩序。《安世房中歌》全面地反映了西汉宗教神学发展的流变过程,以音乐发微着西汉初期的宗教神学信仰,宣扬着汉应天命的内容③。

这一时期关于《安世房中歌》与《郊祀歌》十九章的研究,还有多篇论文发表。张宏从宗教与文学创作关系的角度,通过爬梳整理汉武帝重用神仙方士、制定郊祀之礼的活动过程,比较全面、系统地分析了《郊祀歌十九章》表现的"逝昆仑"、"登蓬莱"、"延寿命,永未

---

① 赵敏俐:《汉代诗歌史论》,吉林教育出版社,1998年版,第153、158—164、165—166页。
② 张强:《〈郊祀歌〉考论》,《淮阴师院学报》,1998年第3期。
③ 张强:《〈安世房中歌〉教化思想考论》,《江苏社会科学》,2000年第7期。

央"的游仙长生旨趣,并提出了汉武帝望祀蓬莱的活动,是与封禅大典一样重要而频繁的祭祀活动。文章还从宗教体验和艺术灵感的角度,重点分析了《郊祀歌》在表现祀神迎仙、天人感应的神秘境界,以及歌咏祥瑞灵物上的艺术特色,对其在诗歌创作艺术史上的地位做了实事求是的评价①。叶岗通过考察汉代儒学的历史发展和原始神巫文化的作用,结合武帝信神求仙的心理愿望,探讨了谶纬之学对《郊祀歌》的影响②。而胡晓明《论郊祀歌与儒家乐论的关系》则采取了不同角度。他将《郊祀歌》与汉儒思想贯通起来看,依循汉代人思想中的本来脉络,将汉儒的还给汉儒,借儒家乐教的精义,重新发掘《郊祀歌》古老僵硬的语言外壳底下,汉代人活的精神生命;同时也借《郊祀歌》,去发现和印证儒家乐论对宇宙之美自然生命的歆赞与感受③。王启才认为,《安世房中歌》在汉开国之初别有用意地鼓吹孝道、德教,肇端孝治,明显地带有儒学特色。汉朝统治者倡导并实施以孝治天下,是为了在君统上强调父死子继,在观念和心态上引导全社会形成一种普遍的顺从的精神,达到家庭和谐、社会稳定,防止"逆"和"乱"的目的,这是封建宗法社会、小农经济在思想意识方面的必然要求④。阮忠对《安世房中歌》和《郊祀歌》进行了比较研究,进而发现它们所表露的宗教情绪之间的差异。汉代郊庙歌产生于祀神而娱神的传统中,《安世房中歌》的宗教崇拜主要体现为具有伦

---

① 张宏:《汉〈郊祀歌十九章〉的游仙长生主题》,《北京大学学报》(哲学社会科学版),1996年第4期。
② 叶岗:《汉〈郊祀歌〉与谶纬之学》,《绍兴师专学报》,1996年第1期。
③ 胡晓明:《论郊祀歌与儒家乐论的关系》,《文艺理论研究》,1993年第4期。
④ 王启才:《从〈安世房中歌〉看汉初儒学的发展》,《阜阳师范学院学报》,2000年第1期。

理、政治意识的祀祖敬天情绪;《郊祀歌》不重在表现宗教形象,而把浓厚的宗教情绪贯穿在现实功利的欲求中①。对《郊祀歌》十九章的赏析中,人们关注最多的是《日出入》一章。除了欣赏它的艺术价值之外,主要是对于它的内容存在争议。此前萧涤非、陆侃如、冯沅君、王运熙等人都认为这首诗是歌颂日神的,并经常将它与《九歌·东君》相提并论。对此熊任望有不同观点。他认为《日出入》的内容不是祀日神的颂歌,而是叹时光易逝,人命危浅,希望乘神马登仙。作品中出现的永恒的太阳,是与人的短暂生命进行对照的物,而不是作者所歌颂的神。《九歌·东君》的主旨是颂日,诗中表现了日神的英雄气概和大公无私精神;而汉《郊祀歌·日出入》的主旨是登仙,其中抒发的是愚妄者的非分之想。二者内容不同,性质迥异,不能随意比附②。

《汉鼓吹铙歌》十八曲,向来是汉代诗歌研究的难点。由于文辞难以读通,20世纪的学者们多在这方面用力,50年代以前,孔德、闻一多等人曾做过有关的文字考释③,50年代以后,陈直结合出土文献的考释也取得了相当的成就④。80年代以后,徐仁甫在个别文字考证上也下过相当的工夫⑤。易建贤对这组作品也有较为详细的梳理,二人在对个别诗篇的内容及其中一些难解的词句都有一些新见,

---

① 阮忠:《论汉代郊庙诗的宗教情绪和人生意蕴》,《华中师大学报》(哲学社会科学版),1995年第2期。

② 熊任望:《〈郊祀歌·日出入〉与〈九歌·东君〉风马牛》,《中州学刊》,1990年第5期。

③ 孔德:《汉短箫铙歌十八曲考释》,《东方杂志》,1926年第23卷第9号。闻一多:《乐府诗笺》,《闻一多全集》第五卷,湖北人民出版社,1993年版。

④ 陈直:《汉铙歌十八曲新解》,《人文杂志》,1959年第4期。

⑤ 徐仁甫:《古诗别解》卷四《汉鼓吹铙歌十八曲别解》,上海古籍出版社,1984年版,第118—150页。

值得关注①。然而关于《鼓吹铙歌》十八曲的性质,人们却一直争论不休。这组作品最早著录于沈约的《宋书·乐志》,又别称之为"铙歌"或"短箫铙歌"。这是一组内容庞杂的作品,有的叙战阵,如《战城南》,有的表武功,如《上之回》,有的写宴飨,如《上陵》,有的抒私情,如《有所思》。这里"有武帝时的诗,也有宣帝时的诗,有文人制作,也有民间歌谣"②,其产生年代大体都可以确定在西汉武宣之时,无疑是西汉乐府诗中最有代表性的一组作品。然而,这一组内容复杂的作品何以被称之为"汉鼓吹铙歌"?沈约并未做详细说明。他只是在《宋书·乐志》中称:"鼓吹,盖短箫铙歌。"并引蔡邕《礼乐志》云:"军乐也,黄帝、岐伯所作,以扬德建威,劝士讽敌也。"这个说法,与《汉鼓吹铙歌》十八曲的内容显然不合。因此,自明清以来,学者们对这种名实相异的现象此进行了许多解释,都很难圆通。当代一些学者对此也有论述,大都因袭清人的观点,并没有深入的考证。如余冠英说:"大约铙歌本来有声无辞,后来陆续补进歌辞,所以时代不一,内容庞杂。"③杨生枝说:"大约铙歌开始只是一种壮其声势的音乐,奏其乐而不歌其辞,在不同场合运用这一音乐时,或先乐后歌,或歌乐相间,流传既久,歌名便替代了乐名。也可能因为乐人以声相传,在演唱时,或补进新歌,或借用歌词,所以其辞不必皆叙战事。今所传的铙歌十八曲,也可能多为后起之作。"④或附会陈本礼

---

① 易健贤:《周诗振雅曲,汉鼓发奇声:〈汉鼓吹铙歌十八曲〉新解之一》,《贵州教育学院学报》(社科版),1991年第2期;《悲歌可以当泣,远望可以当归:〈汉鼓吹铙歌十八曲〉新解之二》,《贵州教育学院学报》(社科版),1991年第3期。

② 余冠英:《汉魏六朝诗论丛》,中华书局,1962年版,第8页。

③ 同上引。

④ 杨生枝:《乐府诗史》,青海人民出版社,1985年版,第56页。

的说法，把它视为后人编成的汉杂曲①。也很难说通。萧涤非说："《铙歌》以西汉初用途至广，故内容亦杂，并非由沈约杂凑而成。《铙歌》之声价，自明帝列为四品之一，始渐抬高，故魏晋以下遂全变为雅颂诗。"但是没有具体考证②。赵敏俐赞同萧涤非的观点，并进行了系统的研究与新的阐发。首先考察了鼓吹乐在汉代应用的情况，接着考察了汉代乐府制度的变迁以及《鼓吹铙歌》十八曲名称的演变过程，从而认为，"《汉鼓吹铙歌》十八曲，这一组在西汉本来属于应用于各种场合的鼓吹乐曲，随着鼓吹乐在东汉明帝以后的应用专门化，也走了一条由俗变雅的道路。至汉末曹魏、孙吴以其篇名而拟作军乐，后人遂把西汉时的鼓吹乐也当作单纯的军乐。于是才有了清人各种各样的推测。殊不知，《汉鼓吹铙歌》十八曲，原不过是西汉创作的一组统一于鼓吹之下的普通诗歌而已"。不仅如此，作者还根据汉代鼓吹乐受外来文化影响的历史记载和《鼓吹铙歌》十八曲的形式特点研究，讨论了这组作品在中国文学史上的意义。"这些诗篇产生于社会各个阶层，出于各样人物之手，它们又都统一于'鼓吹铙歌'这一名称之下，仅此，就可知这一新的异族音乐形式，在两汉社会被人们广泛接受和欣赏的程度。它不但以其多变的句式形成杂言体，同时，它的创作本身也是对传统诗骚体式的巨大冲击。这对于中国后世诗歌的影响作用是不可低估的。因此该文认为，对于《汉鼓吹铙歌》十八曲，我们不仅应该把它当作一组具有独特风格的作品来研究，而且应该把它当作文学史和文化史上的现象来研究。它说明，中华民族以其特有的开阔胸怀，很早就具备吸收乃至同化异

---

① 王汝弼：《乐府散论》，陕西人民出版社，1984年版，第1—2页。
② 萧涤非：《汉魏六朝乐府文学史》，人民文学出版社，1984年版，第59页。

族文化的能力和气度。它同时也说明,中国的诗歌艺术形式,早在汉代初期就已经受到异族文化的冲击,并在文学史上产生了深远而又广泛的影响,这是我们应该关注的大事。"①以后,赵敏俐又在此文的基础上进一步扩展,结合前人的研究成果,对《鼓吹铙歌》十八曲的内容做了新的梳理,并对这些作品所以难以读通的原因做了分析,概括为三个方面,第一是"与产生的时代与传唱方式有关"。"至于那些不可解处,或者是由于时代的久远而造成的语言文字上的变化,或者是由于乐工只记其声而误写其字,或者有的是声辞不分,而所有这些,在今天我们都难以区分清楚。"第二是"解读的思路有问题","解释《汉鼓吹铙歌》十八曲,要首先考虑这种由记声而引起的文字讹误的不可解读性,而不能轻易地用一般的音训之法去委曲求证。"第三是"句式的多样化所造成的解读困难。《汉鼓吹铙歌》十八曲之所以难解,另一个原因是因为其句式的多样化。这十八首诗中几乎没有一首完整的齐言诗,句式变化不定,再加上乐工以声记词,不免其中有些别字或借字,断句本身就成为一大难题,由此进一步造成了理解的困难,以至于歧说纷出"。所以作者认为对于这些作品应该慎重对待,而不要强作解人②。这种讨论,是有一定的方法论意义的。

要之,20世纪80年代以后,关于《安世房中歌》和《郊祀歌》十九章的研究成为汉乐府歌诗研究中的一个热点,研究也已经取得了很大进展,如作品的时代、作者、章法句式、内容性质以及所反映的道德观念、政治功利思想等方面,研究者都提出了不少有价值的观点。

---

① 赵敏俐:《〈汉鼓吹铙歌〉十八曲考论》,《青岛大学学报》,1989年第1期。
② 赵敏俐:《〈汉鼓吹铙歌〉十八曲研究》,《文史》,2002年第4期。

它填补了以往研究的不足,对于全面认识汉乐府歌诗有莫大的助益。在《鼓吹铙歌》十八曲的研究方面也有新的进展。从总体显示了这一时期研究者理论思考的进步和研究方法的更新与思维的周密。

第三节　汉乐府清商三调与大曲研究

本时期的汉乐府研究,一个讨论的热点是关于清商三调的讨论。这个问题,自上世纪30年代梁启超、黄节、朱自清等人就有过讨论,60年代以后邱琼荪、杨荫浏等人也发表看法,但是都没有形成共识。进入80年代以来,研究有了很大的深入与拓展。

曹道衡认为,在郭茂倩《乐府诗集》中关于"清商曲"的概念似乎比较混乱,常常将《相和歌辞》和《清商曲辞》混为一谈。南朝人的记载中《相和歌》和《清商三调》并不是一个概念,从现有的材料来看,《相和歌》和《清商三调》在演奏时所使用的乐器不大一样,《清商三调》除管弦乐以外,还可以用钟磬来伴奏。"清商"的"商"字,本属于乐律中的五声之一,所以"清商"之名应该和乐律有关,不像《相和歌》那样,仅取其"丝竹更相和"而得名。"商"作为一种乐调是很悲凄的。"清商"归于俗部乐,和掌管宗庙朝廷之乐的"太乐"不是一个官署。自曹魏至刘宋,"清商"已经由曲调名成为官署之名。清商既已成为官署之名,所谓《清商三调》即清商署中演奏的三种曲调,至于后来"清商曲"的含义,那就不限于三调,而多少有点像"乐府诗"了。这说明"清商乐"的含义有一个发展的过程。晋代"清商乐"已不限于"三调",东晋南渡之后,部分"吴声歌"已经被"清商乐"所吸收,到南朝,曲调和歌辞也常有增减,至于南朝后期所谓"清商乐"或

"清乐"的内容,就和"清商三调"大有区别了①。

逯钦立则辨析了乐府曲调名最为混淆的"相和"、"清商三调"及"大曲"。沈约《宋书·乐志》、《古今乐录》引王僧虔《技录》、《通志》、《乐府诗集》四家的分目都不相同,使得近代人对于乐调的区分发生许多异论。逯钦立先生从各曲调的制作,演奏型式及本身的相互关系上来分析"相和歌"、"清商三调"及"大曲"。首先,他认为"清商三调"仍为"相和歌","三调"由"相和歌"变化出来。"三调"与"相和歌"的相同部分是曲头的"引和",不同的地方是"相和"歌辞用清唱,"三调"歌辞是配"弦"分"解"的所谓"行"了。其次,他还考察了"清商三调"的音律问题。认为平调以宫为主,是"雅声"的旧音混合齐音而成,音节柔和,是魏代绍复先代古乐的结果;清调以商为主,是魏时的秦音,慷慨高昂;瑟调以徵调为主,楚声激越,声高调哀。除此之外,他还区别了"大曲"与"瑟调曲"。"瑟调"成立在前,"大曲"成立在后,"大曲"是"瑟调"的变体。它跟"瑟调"不同的地方是:曲前有"艳",曲后有"趋"或者"乱"。最后,逯钦立先生将"相和歌""清商三调"及"大曲"曲调的特色,总结如下:1、凡以丝竹的"和"曲起头,而且与清歌间作的,即叫做"相和歌"。2、凡"相和歌"有"弦"、"歌弦"及"送声弦",而只以"相和"起曲的,就是"清商三调"。3、凡"瑟调"以"艳"为"引和",以"趋"为歌尾"送声"者,就是"大曲"。"大曲"是"瑟调"的变体,"三调"是"相和歌"的变体②。

王运熙首先讨论了清商三调与相和歌的关系,通过对相和歌的性质特点,《宋书·乐志》、《乐府古题要解》、《乐府诗集》、《通志·

---

① 曹道衡:《相和歌与清商三调》,《文学评论丛刊》第9辑,1981年版。
② 逯钦立:《"相和歌"曲调考》,《文史》第十四辑,中华书局,1982年版。

乐略》等书记载的分析,得出结论,认为清商三调与相和曲同是以丝竹伴奏、比较轻松通俗的乐曲,三调是汉代相和旧歌孳生出来的新的曲调,但仍属于相和歌范围。吴兢、郭茂倩、郑樵等把清商三调归入相和歌,主要是根据南朝张永、王僧虔、智匠诸家著作的记载。这些记载产生时代较早,而且提法一致,应当是可信的。《宋书·乐志》并没有把清商三调与相和歌视为并列的两个类别,郑樵诸人也并没有误会《宋书·乐志》。其次梳理了清商曲的产生和发展。曹魏、西晋时代,清商曲指清商三调;到六朝时代,清商曲又兼指吴声歌曲、西曲歌等南方新兴乐曲。《乐府诗集》把清商三调归入相和歌辞,清商曲辞则专收吴声歌曲、西曲歌等南方新声。①

王小盾《论〈宋书·乐志〉所载十五大曲》也涉及到对清商三调的讨论,并围绕着十五大曲的产生展开论述。王小盾认为大曲是歌、乐、舞的配合,其产生需要有一定的条件,也有一个历史过程。"在上古至后汉这一漫长的历史时期中,中国音乐一直在徒歌和相和歌曲的范围中发展,虽然产生了较高水平的乐舞配合形式和歌舞配合形式,但成熟的乐歌形式却未形成。""十五大曲采诗合乐,虽然它的歌辞基本上产于汉魏,它的时代却应按其乐曲的演奏情况来确定,它们应当称作'魏晋大曲'。""大曲是在曹魏清商署中产生的。清商乐工采集汉代流行于中原的相和歌入唱,配合他们所熟稔的艳歌、趋曲、乱声,为求统一,奏入瑟调,遂成就了大曲。""它们意味着:中国音乐史上第一次辞与乐器的完全配合,是在清商曲中实现的。"他的这些观点,都与逯钦立相近并有所发展(逯钦立认为大曲最后的形成是在晋宋之际,这一点与王小质略有不同),同时文章批评了邱琼

---

① 王运熙:《相和歌、清商三调、清商曲》,《文史》第三十四辑,1992年版。

苏关于"汉大曲"的观点。①

　　关于清商三调的有关讨论,还有杨生枝的《乐府诗史》,他认为"由于汉世有'清商三调',又有'相和曲',因此在《隋书·经籍志》中有'相和三调歌辞'五卷。审其题名,'三调'并非为'相和'的一部分,这里将它们并列相提,显然说明'相和'和'清商三调'是两类歌曲。以后又有'楚调'、'侧调',才有人把这两调与'汉世谓之三调',总谓之'相和调'。到了宋代,郑樵的《通志》和郭茂倩的《乐府诗集》在乐府歌诗的分类中,便将'相和歌'作为一个大类的名称"②。要之,关于清商三调的讨论,虽然有多名学者撰写过重要文章,但是由于这个问题过于复杂,相关的文献材料又少,因而各家对于同样材料的解释与理解就有很大的不同,自然也有观点上的差异。不过,上述诸家的研究,还是大大深化了对清商三调的认识,并且就某些方面形成比较一致的意见。如大家一致认为汉代的相和歌与清商三调有别,清商三调中的一部分歌辞来源于汉代。清商三调形成应该在曹魏之际,汉代的清商三调与曹魏时期的清商三调既有联系又有区别,与晋宋以后的清商曲辞有更大的区别。在这一讨论过程中,对于汉魏清商三调的表演方式与一些专有名词如"解"、"艳"、"趋"、"乱"等也有大致相同的看法。当然这里面还存在着许多难以解决定论的问题,如中国古代的歌诗音乐在汉代到底发展到一个什么样的程度?是不是此前没有"辞与乐器完全配合"的音乐?汉大曲到底歌舞曲还是歌曲?清商三调中提到的"歌弦"、"歌弦六部"、"歌弦四部"等到底是什么意思?此后还有人提出不同的看法③。但是上述这些研

---

① 王小盾:《论〈宋书·乐志〉所载十五大曲》,《中国文化》,1990年第3期。
② 杨生枝:《乐府诗史》,青海人民出版社,1985年版,第68页。
③ 此处可参看赵敏俐《汉代乐府制度与歌诗研究》,商务印书馆,2009年版。

究,的确是这一时期汉乐府歌诗研究中的一大收获。

第四节　汉乐府歌诗作品研究

由于历史的原因,留传到今天的汉乐府歌诗作品并不多,但其中不乏文学史名篇,历代多有评述,80年代以来,对这些汉乐府名篇的讨论仍然是学术界常谈常新的话题,如刘邦的《大风歌》、项羽的《垓下歌》、汉武帝的《秋风辞》,相和歌辞的《鸡鸣》、《东光》、《薤露》、《江南》、《长歌行》、《东门行》、《妇病行》、《孤儿行》、《长安有狭邪行》、《陇西行》、《白头吟》、《饮马长城窟行》,杂曲歌辞的《羽林郎》、《上山采蘼芜》、《枯鱼过河泣》,《铙歌十八曲》中的《战城南》、《上邪》、《有所思》、《朱鹭》等,都有专门的文章探讨。不乏新见,如关于刘邦的《大风歌》,以前的学者多认为这是一首胜利者的凯歌,但这一时期有人从汉初的政治格局、刘邦的个人心态等角度重新立论,指出其中所包含的悲凉情怀[1]。如关于《江南》一诗,历来被人称赏,对这首诗的主题也有劳动愉悦说、爱情隐喻说等多种说法。周坊认为,西汉时居住在江南原野里的是越人、采莲捕鱼是西汉江南越人的重要生产,历史文献中曾有人说到这首古辞从越语翻译过来,因而《江南》一诗应是西汉时江南越人欢庆丰收互相唱和的歌诗[2]。说法新

---

[1]　如赵敏俐《猛士如云唱大风》,《北京日报》1993年2月18日;范天成《刘邦〈大风歌〉情感底蕴新探：兼论汉初翦灭异姓诸侯王之得失》,《人文杂志》1994年第3期;万秀梅、沈立东《知人论世读〈大风〉：刘邦〈大风歌〉主题辨析》,《盐城教育学院学报》1997年第2期;张林祥《〈大风歌〉与汉初政局》,《甘肃理论学刊》1997年第6期;张京华《〈垓下歌〉与〈大风歌〉史解》,《学术界》2000年第1期。

[2]　周坊:《"江南"古辞析疑》,《昆明师院学报》,1983年第5期。

颖,可供人参考。值得注意的是关于《乐府诗集》所录《饮马长城窟行》古辞的讨论,费秉勋指出,汉乐府诗题目与内容都是相合的,但《饮马长城窟行》却是思妇之词,无一字提到"饮马长城窟",其风格与"古诗十九首"如出一辙,所以它不是本辞。建安文人采用乐府古题写的诗,一般与题意无关,从不劈头袭用古乐府的原句,但陈琳的拟作不但完全切题,而且首句就重复题目,让人怀疑。《水经注》郦道元引已佚的《物理论》,提到一首民歌,"生男慎莫举,生女哺用脯。不见长城下,尸骸相支拄"。这更证明陈琳这首《饮马长城窟行》本来就是民歌。且它更与汉代其他相和歌辞的杂言风格相近,而不是"青青河畔草"那样显然出于文人之笔的五言诗。因此,属《乐府诗集·相和歌辞》的《饮马长城窟行》本辞不是那首"青青河畔草",而是历来署名为陈琳所作的那首"饮马长城窟,水寒伤马骨"[1]。傅如一也有同样的观点,他认为《相和歌辞·瑟调曲》中题为《饮马长城窟行》的古辞,是一首无题诗,与《饮马长城窟行》无关,不是本辞。本辞应该是署名陈琳的《饮马长城窟行》[2]。80年代初期,王季思、李增林、萧涤非、段熙仲等人曾经对《东门行》一诗的文本问题有过讨论,问题虽小,却涉及到汉乐府歌诗的传承、演变及版本诸多问题,80年代后期和90年代中期还有人对这个问题继续写文章讨论,也是这一时期汉乐府研究中值得注意的一个问题[3]。

---

[1] 费秉勋:《〈饮马长城窟行〉本辞探实》,《学术文摘》,1985年第5期。
[2] 傅如一:《乐府古辞〈饮马长城窟行〉考索》,《文学遗产》,1990年第1期。
[3] 王季思:《不要以误传误》,《光明日报》,1980年2月6日;李增林:《关于〈东门行〉的校刊问题(与王季思先生商榷)》,《宁夏大学学报》,1980年第2期;萧涤非:《〈东门行〉并不存在"校刊"问题(答王季思先生)》,《光明日报》,1980年5月21日;王季思:《〈东门行〉的校点和评价问题(答萧涤非先生)》,(转接下页)

在80年代以来的汉乐府歌诗研究中,《陌上桑》一直都是研究的热点,从1980年到2000年,发表的有关论文将近100篇。研究内容涉及到《陌上桑》的题材、本事、时代、人物形象、主题思想、民歌的独特风格等各个方面。讨论最多的自然还是罗敷的身份问题,她到底是劳动女子还是贵族女子。这个问题从50年代就有争论,80年代早期,多数学者坚持认为罗敷是劳动女子,认为非此不能正确认识这首诗的价值。显然还是50年代以来极左思潮的余绪,用阶级分析的方法去看待文学艺术中的人物,将文学看成了阶级斗争的直接反映。但这种观点到80年代中期以后逐渐受到质疑,研究思路也得到了新的拓展。如赵敏俐从采桑女故事题材的三种类型考察后认为:"显而易见,在这三类故事中,都没有把采桑女当作劳动阶级来歌颂。第一类赋家赞扬女子之美,源出于当时人对理想美女的艺术想象,所表现的是当时的一种审美观念。第二、三两类则表现了汉时的妇女伦理道德观念。其中第二类写士大夫调戏采桑女,采桑女以各种方式拒绝,其重点都在突出女子的道德操守。相应的,那调戏采桑女的士大夫,在这些故事中也不是作为采桑女的阶级对立面出现的,而是把他们当作封建伦理道德的反面人物来批判的。第三类则是褒扬女子的贞静专一。一句话,宣扬伦理道德观念,宣扬妇女的贞洁操守,是二、三两类故事的中心主题。"在文章中,作者还考察了汉代的社会情况,认为这首诗产生于最强调封建伦理道德的东汉,同时体现了汉代夸耀富贵竞相奢侈的城市风习。从罗敷的打扮看,她是一位

(转接上页)《光明日报》,1980年8月27日;段熙仲:《关于〈东门行〉的读法质疑》,《光明日报》,1980年10月15日;李固阳:《汉乐府〈东门行〉新解:向余冠英、王季思、萧涤非诸先生请教》,《许昌师专学报》(社科版),1988年第2期;叶桂桐《〈东门行〉"咄"字考》,《古籍整理研究学刊》,1996年第1期。

当时城市中代表风俗时尚的贵族或富商家的女子。罗敷出城采桑，表现了东汉时期炫耀富贵美貌之风。她对使君的拒绝方式，表现了当时城市中那种夸耀富与贵的情趣。而罗敷的个性就是当时城市富贵女子的自夸与自傲。《陌上桑》不是一首"体现了人民反压迫，反剥削斗争精神"的诗，而是表现汉代妇女道德观念的诗。在罗敷身上，既表现了汉代社会对妇女伦理道德的一般要求，又体现了汉代城市崇尚奢侈浮夸之风下形成的一种审美情趣[①]。黄崇浩则认为《陌上桑》题材来源的民俗背景与古代的"空桑崇拜"、"桑中之风"有关，进而剖析了这种背景正反映了侵犯采桑女的丑恶行为。在肯定秦罗敷是民间女子的同时，也实事求是地指出当时并不罕见的官吏妻女参加采桑劳动的客观现象[②]。崔际银认为罗敷的美是从多个采桑女题材的集中与升华，罗敷的美穿越了时代和阶级的障碍，得到了普遍的欣赏与认同。罗敷光彩照人的形象和她的择偶标准，既折射了汉代社会的现实情景，又是众多采桑女形象的提纯，深化与升华的结果，从而使《陌上桑》成为桑中题材的绝唱[③]。总之，将作品尽可能地还原于历史时代来进行文化的考察，并从文化原型、艺术品的欣赏与接受等多种角度进行研究，代表了对《陌上桑》的新的研究方向。

在20世纪的汉乐府歌诗研究中，《孔雀东南飞》一直是关注的热点。据我们的不完全统计，一百年来，仅在我们统计并不完整的公开发行的报刊杂志上发表的相关论文就有375篇，这其中将近300

---

① 赵敏俐:《汉乐府〈陌上桑〉新探》，《江西社会科学》，1987年第3期。
② 黄崇浩:《"桑中故事"与〈陌上桑〉》，《黄冈师专学报》(文科版)，1993年第4期。
③ 崔际银:《"采桑"新解：兼谈〈陌上桑〉的主题》，《河北大学学报》(社科版)，1999年第3期。

第二章　20世纪80年代以后的汉乐府歌诗研究

篇发表于80年代以后,这还不包括各类文学史及研究专著中的相关论述。如果说,上个世纪二三十年代对这篇作品讨论的中心是它的产生年代问题,50—70年代讨论的中心是这篇作品反封建主题的问题,那么,80年代以后的讨论则显得更为多元也更为活跃。从微观到宏观,包括对这首诗中的字词理解、章法分析、比兴手法、语言特色、修辞艺术、结构探讨、故事发生地点、成诗年代、人物性格、矛盾冲突、戏剧特点、文体性质、艺术特征、与汉代文化的关系、与古代婚俗的关系、悲剧性质、人物心理分析、美学意义、文化意蕴、道德内含、人格意义等等。一首诗歌受到如此的关注,这在中国诗歌史上是少见的。值得注意的是这一时期对作品主题的新的理解,如有的人认为焦母与兰芝的冲突实际上是"母爱与妻爱"的冲突。这种冲突应该从作为寡妇的焦母的"变态心理"或"倒置了的俄狄普斯情结"即"母恋子"的潜意识中寻找答案,并认为这是一种变态心理[1]。还有的人认为这首诗所表现的是婆媳不和而造成的家庭悲剧,冲突的起因在于兰芝夫妇的"无子嗣",冲突的性质是"强调感情的"、"比较进步的婚姻观、性爱观",与焦母的"传宗接代"的"种族婚姻性爱观"之间的冲突[2],还有人认为焦、刘两家之所以做出一遣媳一逼嫁的事情,蕴含着时代因素,并非仅仅相关礼教[3],等等。对于这一现象,学者们也

---

[1]　《论〈孔雀东南飞〉心理结构的矛盾冲突》,《武汉大学学报》1988年增刊。欧阳超:《刘兰芝被遣原因新说》,《娄底师专学报》,1990年第3期。陈晓芸:《焦母的病态人格——〈孔雀东南飞〉焦母形象剖析》,《漳州师范学院学报》,2000年第1期。

[2]　《〈孔雀东南飞〉悲剧根源再探讨》,《文学遗产》,1990年第2期。

[3]　郭全芝:《〈孔雀东南飞〉的时代烙印——析焦刘婚姻悲剧成因》,《淮北煤师院学报》(社会科学版),1997年第1期。

做了深入的思考，如潘啸龙撰文，对《孔雀东南飞》所触及课题的多重性、这首诗在不同时代的价值偏移，学者们对这首诗中的人物探讨争议都进行了较为详细的讨论。最后指出："《孔雀东南飞》不仅在思想内蕴上存在着'多义性'，就是在人物形象塑造上，也包含着多种认识的潜在可能性，试图用单一'主题'说来限制它，用一成不变的'价值'来评判它，或者只从一个侧面来认识解释其人物表现的意义，都不能充分揭示其实际内涵。""所以，每一时代的人们，应该充分考虑到这一特点，力图从历史发展中，从当代的时代水平上，对过去的文学作品不断进行新的探索，做出既符合作品内涵，又富于时代感的新的解释。"[①] 这说明当代学者在《孔雀东南飞》一诗认识上的发展，也说明 80 年代以后学术思想的活跃与研究方法的多元共存。另外，这一时期的学者们对这首诗在艺术上的诸多特点也进行了较为细致的分析，还有人提出了这首诗的不足：一病兴起无由，二病叙事无端，三病言而不实，四病叙事不明，五病详略不当，六病悖于情理，七病违于事实，八病不能举要[②]。对《孔雀东南飞》在艺术上存在的不足，前人亦有论述，但是对一篇文学史上名篇提出如此多的不足，这种情况还是少见的。

在这一时期的汉乐府歌诗研究中，关于《巾舞歌辞》的研究也是一个值得注意的热点。杨公骥的文章《汉巾舞歌辞句读和研究》，原刊发于《光明日报》1950 年 7 月 19 日，后经修改，名为《西汉歌舞剧巾舞〈公莫舞〉的句读和研究》，刊发于《中华文史论丛》1986 年第 1 辑。此后，有多名学者对这篇作品进行了研究，基本上都是在杨公骥

---

① 潘啸龙：《〈孔雀东南飞〉主题、人物争议论略》，《安徽师范大学学报》，1991 年第 1 期。
② 刘毓庆：《〈焦仲卿妻〉八病说》，《文艺研究》，1996 年第 4 期。

文章基础上的开展。赵逵夫的文章虽然在细节的讨论上与杨公骥的文章有一些不同,但是在对原文的断句这一关键点上却是基本一致的,因而可以看成是在杨文研究的基础上而写成。赵逵自己亦承认他的观点与杨公骥"不谋而合"。叶桂桐虽然不同意杨公骥将这首诗的内容解释为母子分离,而认为是夫妻分离,但是在原文的断句上也从杨文那里吸收了基本的成果。此后,叶桂桐对自己的看法有所修正,认为《公莫舞》有一男一女两个人物:男子就是歌词中的"客",其身份为"使君";女子很可能是一位舞女歌妓。男女之间不是真正的夫妻,而是"露水夫妻"。《公莫舞》的主题是男子要出行三年,女子为之送行,歌舞表现了二人难舍难分、两情依依的送别情状。《公莫舞》虽然由两个人物表演,但其体制仍然是歌舞,而不是歌舞剧。此文说明叶桂桐修正了自己的观点,虽然在对人物身份的认定上不同,但是在作为歌舞表演这一点实际上已经接受了杨公骥的观点[①]。在继承杨公骥先生研究成果基础上继续做出贡献的是姚小鸥。他先后发表了数篇文章,对这篇作品进行了认真的研究与校释[②],通过这

---

① 主要文章有白平的《汉〈公莫舞〉歌词试断》,《山西大学学报》1987年1期;赵逵夫的《我国最早的歌舞剧〈公莫舞〉演出脚本研究》,《中华文史论丛》1989年第一辑;叶桂桐的三篇文章:《汉〈巾舞歌诗〉试解》,中华书局《文史》1994年第39辑;《论〈公莫舞〉非歌舞剧演出脚本——兼与赵逵夫先生商榷》,《文艺研究》,1999年第6期;《论〈公莫舞〉的人物、主题与体制》,《沈阳师范大学学报》(社会科学版),2005年第6期。

② 姚小鸥有一组文章讨论这一问题,分别是:《〈巾舞歌辞〉校释》,原载《文献》,1998年第4期;《关于〈巾舞歌辞〉的角色标识字问题》,原发于中国文学与音乐关系学术研讨会,北京,2003年;《〈公莫舞〉与王国维中国戏剧成因外来说》,原载《文艺研究》,1998年第6期;《洛道五丈渡汲水》,原载《学术界》,2001年第4期。以上诸文,后收入作者《吹埙奏雅录》一书,北京广播学院出版社,2004年出版。

些研究我们知道,《巾舞歌辞》留下来的是巾舞在舞台演出时的科仪本而非一般的文学文本,这更是一份难得的传世文献,因为通过它我们有可能复原汉代的这个歌舞剧。如这里面有大量的和声,如"吾"、"何"、"噫"、"邪"、"来婴"、"哺声"等等。如文中出现七个"哺声"和五个"辅",杨公骥推测"哺声"可能就是"辅声",也就是汉乐府中的"一人倡,三人和"的和声,姚小鸥则认为是执节者的伴唱。总之,这种和声或者伴唱的演唱形式为我们分析汉乐府的歌诗演唱提供了重要依据;这里面还记录好多舞蹈动作词汇,如"健步"、"三针[振]一发"、"弩心"、"相"、"头[投]巾"、"推排"、"转轮"、"转"等等。其中"健步"就是舞台上轻捷有力的快步,舞名"跑场","相头[投]巾","推排"为汉代常用语,在剧中表现母子拉来推去难分难舍的情景。姚小鸥根据歌辞中的"头[投]巾"的研究,还指出了巾舞中的"巾"当为古时男女随身所用之佩巾,其长度大约与当时舞人舞衣的长袖相当,这为我们认识和了解汉代的巾舞有重要启示意义[①]。同时也说明,《巾舞歌辞》里面包括着十分丰富的内容,对它的解读,也还有相当多的工作要做。

以上讨论可见,20世纪80年代以来的汉乐府歌诗具体作品的研究,应该说比同世纪的前两个历史时段取得了更大的成就,无论是在具体作品的解读还是在研究方法上,都有切实的推进。这些研究工作,是全面认识汉乐府歌诗的基础。

第五节　汉乐府歌诗综合研究

这一时期的汉乐府歌诗研究,取得更大突破的是对它的整体认

---

① 以上可一并参考杨公骥、姚小鸥文。

识与综合研究。回顾20世纪80年代以来的汉乐府歌诗研究，基本立脚点是将这些作品等同于一般的文字写作，即多从这些作品被记录下来的文字文本入手，进而阐释其思想内容与艺术特色。这本是中国古代儒家诗教观的继续，将文学视之为关乎政教的艺术载体。所不同的只是，在古代，学者们更多的是从封建正统观念出发来阐释其讽谕教化意义，而今人则多从下层民众文化入手分析其思想内容。马克思主义阶级斗争学说的引进，又进一步强化了这一阐释体系的理论基础，于是，对这些汉乐府歌诗作品，首先从作者出身的角度和内容的角度进行分类，将其分为两类不同阶级的艺术，一类是所谓为统治阶级服务的艺术，一类是人民群众的艺术。同时，又给这些在他们看来是出自于下层民众的乐府歌诗艺术起了一个新的名字"汉乐府民歌"，进而着力赞扬这些"民歌"思想的先进性和艺术的高超性，批判那些所谓为统治者服务的艺术在思想内容上的反动性和艺术上的低劣性。客观地讲，从文学作为一种历史存在的角度来看，对汉乐府歌诗做出这样的阐释也自有其合理性的一面，因为只要是用语言表达的东西，就一定具有意识形态的特征，就可以从这个角度对它进行价值判断。更何况，这些作品本身的确包含了对下层社会生活和下层民众思想的反映，这无可厚非。当中华民族从古代封建等级制社会转型到现代平民社会的历史期内，从汉乐府歌诗中开掘出对于这一历史变革有意义的思想艺术内容，也是对这个社会变革的一种推进，起了它在历史特殊时期应该起的作用。但问题是，这种历史思潮无疑是将文学的历史过度政治化了，从某种程度上也无疑是大大扭曲了文学艺术的本质，甚至也因此而曲解了汉乐府歌诗发生发展的历史事实。因而，将汉乐府的研究从政治化的倾向回归于历史发展的本真，对这些作品的艺术本质重新定性，进而对其进行新的阐释,也就标志着一个新学术时期的到来。80年代后对汉乐府歌诗的整体研究,正是沿着这条路线前进的。

赵敏俐的博士学位论文《汉诗综论》首先从历史发展的角度对汉乐府歌诗的艺术本质做了新的讨论。他从春秋后期新声的兴起与汉代社会历史新变的角度入手,认为中国诗歌到汉代走了一条新的发展道路:"娱乐性的增强,是两汉诗歌的一大特色。""现存的两汉大量乐府诗,其中如歌、行、大曲以及戏剧雏型的《巾舞》等等,都表明诗歌由政教而转向抒情娱乐的创作方向。……其中有许多诗,就是歌舞艺人游媚富贵之家的即兴表演。""汉诗是以满足新兴地主阶级抒情与娱乐需要为主的诗歌样式。""汉诗基本上是与歌舞相结合的表演艺术,其中汉乐府诗尤其如此,因而带有更多的观赏性。"[①]将汉乐府定性为以娱乐为主的诗歌样式,这等于否定了当代学者几乎众口一词的"民歌说",还原其历史存在的原生状态,当然也意味着对这些作品有了新的不同的评价标准,这显然是80年代以来在汉乐府研究中的新动向。此后,作者在他的《汉代诗歌史论》中进一步发展了这些观点,对汉代乐府诗概念进行了新的界说,从《汉书·艺文志》所辑录汉代歌诗的情况来看,它起码包括以下几类:1. 皇帝、贵族及王室近臣宫妾等所作歌诗;2. 宗庙祭祀歌诗;3. 帝王出行巡狩和军旅歌诗;4. 歌舞艺人和一般文人所作歌诗;5. 各地方歌诗。作者认为:"汉武帝立乐府采歌谣,这种歌谣中尽管会有'民歌',但'歌谣'的概念决不等同于'民歌',它同时就包括社会各阶层,尤其是中

[①] 赵敏俐:《汉诗综论》第三章《两汉诗歌新的发展道路》,1988年东北师范大学博士学位论文。该论文后由台北文津出版社出版,更名为《两汉诗歌研究》,引文见该书第109、110、115页。

下层文人的创作。从汉代的诗歌创作情况看,上有宫廷乐府、下有豪富吏民之乐伎。民间艺人与文人、贵族之作,皆可以徒歌或者配乐。《汉书·外戚传》云:'(李)夫人早卒,帝思念不已。……为作诗,令乐府诸家弦歌之。'《汉书·元帝纪》:曰:'元帝多材艺,善史书,鼓琴瑟,自度曲,被歌声,分刌节度,穷极幼眇。'是乐府所演唱的,本来就有统治者的创作。歌舞艺人李延年的《北方有佳人》,也不是今人所说的'民歌',而是歌舞艺人的即兴演唱。至于文人雅士、游子荡妇,有感而发,莫不诉诸歌诗。伪苏李诗曰:'幸有弦歌曲,可以喻中怀。请为游子吟,泠泠一何悲。丝竹厉清响,慷慨有余哀。'《善哉行》:'何以忘忧,弹筝酒歌。'是情之所至,歌无不至。故班固《艺文志》把这些采自于社会各阶层的诗统称之为'歌诗'。这说明,在汉代诗歌创作中,形成了各阶级间欣赏与制作的复杂组合性和相互渗透性。社会的各种思想、各阶级的追求,每个人的不同境遇,赋予这些诗以不同的内容,呈现出汉代社会五彩缤纷的生活画廊,都包容在乐府歌诗当中。这些,显然是远非'民歌'这一特殊概念所涵盖得了的。"[①]作者进一步指出:"在关于乐府诗的概念界说上,实际上反映了我们今天如何对古代文学作品进行评价的重要理论问题。以'民歌'概念来取代乐府诗,实际是正是特定时期内庸俗社会学倾向在古代文学研究中产生的不良影响。""因此,我们不应该把'民歌'的概念简单地套在一部分乐府诗上,去简单地肯定一部分或否定一部分,去代替历史的分析。而应该从表现历史的深度与广度的角度去认识所有的作品——结合历史的研究,去考察每篇作品的意识倾向性所能达到的历史真实性的程度,去考察这些作品共同体现的时代生活特征

---

① 赵敏俐:《汉代诗歌史论》,吉林教育出版社,1995年版,第146—147页。

和意识特征。"①事实上，作者的这两部著作，都是站在这一新理论出发点来对汉代乐府诗进行整体把握的。在《汉诗综论》中，作者指出了汉诗反映现实的新特征，"主要表现在以下三个方面：一、个人抒情的偶然机遇在汉诗创作中的作用；二、进一步突出抒情诗中的个性人物形象；三、新的美刺褒贬度和表现方式"。由此作者讨论了汉乐府诗的一些代表作，如汉武帝的《瓠子歌》、无名氏《孔雀东南飞》等，从历史的角度对它们进行了新的评价②。在《汉代诗歌史论》中，作者对以《郊祀歌》十九章为代表的庙堂之作，对西汉乐府抒情诗和东汉两类乐府诗都做了细致的论述。特别是对于东汉乐府诗中那些主要侧重于直抒个人情怀的作品，作者将其分成四类：表现及时行乐思想的（如《艳歌·今日乐相乐》）、表现祸福无常思想的（如《乌生八九子》）、表现求仙思想的（如《王子乔》）、表现游子思妇离别思想的（如《悲歌》）等一一进行了认真的分析。作者指出，东汉乐府诗中这一类诗篇，从数量上来讲比那些以描写具体社会现象为主的乐府诗还多，但是多年来却受到学术界的忽略。它们在内容上同样有重要的认识价值，是汉代乐府诗中的重要一类。只有将这些乐府诗给予同样的重视，我们才能对汉代乐府诗有一个全面的把握和认识③。

潘啸龙也看到了汉乐府的娱乐特点。通过历史的考察，他认为，"汉乐府并无'采诗'以'观风俗'的职能"，"从这些诗歌在乐府中的运用状况看，它们又主要是被用来供宫廷和上层贵族宴饮作乐的，带

---

① 赵敏俐：《汉代诗歌史论》，吉林教育出版社，1995年版，第149—150页。
② 同上引第119—133页。
③ 同上引第166—213页。

第二章 20世纪80年代以后的汉乐府歌诗研究

有浓厚的'娱乐'色彩,由此涉及乐府倡人对歌诗情节的增饰、删改,上层审美爱好在歌诗中的某种渗透,以及适应于娱乐需要而产生的艺术表现上的新变化等等,这些无疑也应引起乐府诗研究者的重视"。作者还认为,娱乐需要对乐府歌诗表现艺术的影响,主要有以下几个方面:"一是叙事性情节构思艺术的发展","二是表现方式上的恢谐性","三是在表现手段上,更讲究声色铺陈、夸张、诡喻和离奇之语的运用"[①]。其实,关于汉武帝立乐府采歌谣的目的是为了制作颂神歌,汉乐府艺术中带有恢谐性的特点,在我们前引杨公骥与萧涤非等人的论文中已有述及,但是,潘啸龙的文章在这个方面的认识显然比起先辈学者更为深入。他强调汉乐府的娱乐特点,同样是对这些作品从艺术本质上所得出的新的认识。

萧亢达的《汉代乐舞百戏艺术研究》,是这一时期的一部重要著作。乐舞百戏实际上包括了汉代的诗歌、音乐与舞蹈甚至早期戏剧,其范围超出了我们在这里所说的汉乐府诗,但是它与汉乐府又有着不可分割的血肉联系。该书分为五章,第一章绪论部分讨论了汉朝乐舞管理机构及其职能,汉代的雅乐和俗乐、汉乐四品和汉代俗乐乐人的社会身份问题,这些对于我们认识汉乐府歌诗都有非常重要的意义。如作者在讨论汉乐四品时,认为在汉代宫廷中实际上存在着重要一类,那就是"天子与其后宫亲暱者宴乐时演奏的乐舞",即所谓"宴私"之乐。这些宴私之所基本上都是以娱乐为主的俗乐,汉乐府相和歌之类亦在此列。这对于我们重新认识那些相和歌的艺术本质[②]。

[①] 潘啸龙:《汉乐府的娱乐职能及其对艺术表现的影响》,《中国社会科学》,1990年第6期。

[②] 萧亢达:《汉代乐舞百戏艺术研究》,文物出版社,1991年版,第30—36页。

作者还讨论了汉代俗乐乐人的身份问题，认为可以分为以下几种：一、属奴隶身份，二、属庶民中卑贱者，三、属庶民，多为贫苦人民。指出了这些歌舞艺人在发展汉代俗乐所做出的贡献，这对于我们认识汉乐府相和歌诗也是大有助益的①。本书的第二章专论文物资料中所见汉代乐器。第三章专论汉歌舞艺术，认为汉代的演唱艺术包括徒歌、合唱和管弦乐伴唱，说明汉代的演唱艺术已经相当成熟。舞蹈则有社会生活中的自娱性舞蹈、娱人性舞蹈，舞蹈类型则包括巾舞、鞞舞、拂舞、盘鼓舞、长袖舞、持兵器的舞蹈，以及从少数民族或国外传来的巴渝舞、越舞、翔鹭舞、羽舞、武舞等，第四章专论汉代的百戏艺术，包括杂技艺术、俳优谐戏等等。第五章余论，讨论了汉代乐舞百戏的演出场地、舞台美术、乐队的情况，以上，皆以大量的出土文物为证，为我们深入了解汉代的歌舞艺术提供了详实的资料。

张永鑫的《汉乐府研究》一书是这时期另一项重要成果。该书不仅对两汉乐府的设立，汉代的乐府活动等问题作了较前人更为详细的考证，而且专列一编详细讨论汉乐府的音乐性问题。相对于此前朱谦之的《音乐文学史》、萧涤非的《汉魏六朝乐府文学史》、杨荫浏的《中国音乐史》等著作来讲，该书特别强调汉乐府设立的主要目的是为汉王朝制礼作乐，西汉乐府制礼作乐大多与民歌无关，《汉书·艺文志》所录歌诗大多数与民歌无关，汉乐府中的歌工乐人"从各郡国、地区应召入乐府后早已脱离民间艺术活动转为宫廷专业歌舞的歌工乐人。""象李延年这样一些有名望有的技艺的艺术家，一

---

① 萧亢达：《汉代乐舞百戏艺术研究》，文物出版社，1991年版，第36—45页。

旦供职于乐府,基本上便已失去了他们原有的民间艺术家的身份。"①因为汉乐府的活动主要是以宫廷为主的歌舞活动,所以也不能把这一活动看成是"民歌"的创作活动,而是一种重新合乐的艺术审美活动。作者由此讨论了汉乐府歌辞的协律问题:"从汉乐府的情况来看,汉乐府歌辞的合乐大约有三种可能:一是采用'赵、代之讴'、'秦、楚之风'的曲调为新词协律,二是为司马相如等造作的诗赋与诗颂配制乐谱,三是李延年等音乐家或借鉴或自创新谱新词。"②但无论如何,在这种活动中所保留下来的乐府诗,即便是原来有可能来自民间,也已经失去了民歌的特质,甚至将"一首讴歌反抗封建统治者的优秀诗篇变为对统治者粉饰、怀惠畏威的封建说教诗篇。"③正因为作者对汉乐府的设立以及对乐府歌诗的性质有这样的认识,所以他也一改此前的阶级斗争论模式,而是从汉代社会发展的角度对汉乐府歌诗作出不同评价,将汉乐府视为汉代社会生活的百科全书,里面描写了汉人丰厚的物质生活,多彩的精神生活,复杂的社会生活。同时将汉乐府看成是汉人进取自信精神的反映,汉代士人精神风貌的反映,汉人民族意识增强的反映④。

倪其心的《汉代诗歌新论》一书,对汉代乐府歌诗也进行了整体性研究,也得出了与上述几人相类似的观点。作者认为,"武帝的化艺术方针其实是更新传统以统一思想,融百家于儒家,使多元归于一元,推陈出新,古为今用,以俗为雅,使俗成雅。"⑤"乐府业务具有十

---

① 张永鑫:《汉乐府研究》,江苏古籍出版社,1992年版,第65—66页。
② 同上引第133页。
③ 同上引第140页。
④ 同上引第218—248页。
⑤ 倪其心:《汉代诗歌新论》,百花洲文艺出版社,1992年版,第140页。

分明显的娱神娱人的娱乐性质","掌管这样一支文艺队伍,只能在太乐之外另立一个专门机构,表面上是分工的需要,实质上是宫廷娱乐生活的需要,帝王精神意志的满足"。"汉武帝设置乐府机构的主要目的并非采诗观风,而是他统一思想、更新传统的文化艺术方针的一种体现,主要是与郊祀巡狩、符瑞封禅相联系的天授王命思想与活动的必然结果,表现出他建立强大巩固的帝国的雄心壮志,显示他利用天地神鬼以表达自己意志的革新意图。""同时在客观上充当了以新声俗曲向古乐雅歌挑战的倡导人,成为这场历史较量前台主角。"①与赵敏俐等人相同,倪其新也不同意笼统地将汉乐府称之为"民歌"的观点,认为这一说法"失之空泛,并未切实。"同时他又提出了新说:"一般地说,'民间创作'或'民歌'的概念是指人民群众的创作与歌唱,外延十分广泛,包括非统治阶级的全体人民群众。在封建社会里,与封建地主阶级相对立的人民群众是以农民阶级为主的。但是,如果客观地考察今存古辞的实际内容,则不难发现,其中讴歌农民生活与意愿的作品甚少,而主要反映着封建都邑生活的人民的体验、情绪和愿望。也就是说,今存两汉乐府古辞的思想特点是主要反映封建都邑人民的生活与思想感情,而且更多都邑男女生活的讴歌。"②倪其心也特别强调了汉乐府的演唱特征:"应当指出,考察两汉乐府的叙事诗歌艺术必须从一个基本事实出发,就是上文一再论及的,它的基本艺术样式是供演唱的歌词。不论是一个人独唱、或一人领唱,众人和声,或载歌载舞,或无伴奏的徒歌清唱,总之是一种表演性的歌唱艺术。既然是表演性的歌唱艺术,则歌词只是其中的一

---

① 倪其心:《汉代诗歌新论》,百花洲文艺出版社,1992年版,第156、158、167页。
② 同上引第187页。

个组成部分,用语言叙述事情,使听众观众了解整个表演的内容。两汉乐府作为一个完整的艺术样式,原与今日曲艺相类,其本质是通俗文艺,不属传统典雅创作。只因在流传过程中,它们逐渐脱离歌曲,仅存歌词文本,所以看来仿佛诗歌。"①此书虽然最终还是将其作为语言艺术进行分析,但是作者承认汉乐府歌诗的演唱特点,无疑是可贵的。

钱志熙的《汉魏乐府的音乐与诗》一书,也是这一时期的一部重要著作。如本书《后记》所言,作者之关注汉乐府诗歌,是在研究魏晋诗歌艺术系统时追溯汉乐府诗歌时开始的,因为在两者的比较中,作者认识到汉乐府是"魏晋诗歌艺术系统所孕生的音乐与民间诗歌的母体"。进而发现,"对乐府诗的原生功能,一直存在着一种理解上的偏差。这是由多种原因造成的,但最根本的原因是从音乐文学到纯文学的一个变化规律所造成的"。他的这本书写作目的,就是"力求将汉乐府诗放在其原来所依附的音乐娱乐艺术体系中来把握其艺术特点"②。的确,在本书出版之前的1992年,作者就发表了《汉乐府与百戏众艺之关系考论》一文③,开始研究这一问题。在本书中,作者首先认为,"乐府是汉代社会最流行普及、最新颖有效的娱乐形式。其社会性是不言而喻的"④。由此出发,作者讨论了汉代社会与乐府艺术之间的关系,讨论了自战国以来的音乐变革、讨论了汉代各类乐府诗的艺术体制。作者认为,"乐府艺术之繁荣,是大一统帝国及其社会发展的产物,乐府的性质,仅仅从宫廷之乐或民歌两

---

① 倪其心:《汉代诗歌新论》,百花洲文艺出版社,1992年版,第215页。
② 钱志熙:《汉魏乐府的音乐与诗》,大象出版社,2000年版,第176—177页。
③ 钱志熙:《汉乐府与百戏众艺之关系考论》,《文学遗产》,1992年第5期。
④ 钱志熙:《汉魏乐府的音乐与诗》,大象出版社,2000年版,第9页。

方面去认识,不能确凿地得到它的真相。必须放在汉代社会高涨的娱乐风气的背景去了解"①。特别值得重视的,是作者在强调汉乐府的娱乐功能的同时,不但没有否定这些作品的伦理价值,而且提出了一种新阐释理论。"乐府诗正是依恃外在的乐府音乐歌舞戏形式和文本内在的各种俗文学的娱乐、审美特征来达到伦理价值的实现。前者随着音乐系统的失落而失效,后者仍然潜藏在文本中,等待一种合理的鉴赏心态去发掘。""在明晰俗文学的伦理功能通过娱乐功能来实现这一点后,我想进一步指出汉乐府歌辞这一类民间性俗文学类型伦理功能与娱乐功能之间关系的另一方面,即伦理功能与娱乐功能之间,不是一种消极的表现与被表现的关系,而是积极的相互交融、相互作用的关系。在一些淳朴、健康、真正产生于大众之中并且为大众所接受的娱乐艺术和俗文学中,不仅只有娱乐功能的圆满才能发挥伦理的功能,而且也只有与大众的伦理观念的调谐,表现了大众是非好恶的作品,才会发生圆满的娱乐效果。"②的确,对于那些优秀的大众文艺或者俗文艺,我们必须从这一角度才能有一个正确的认识。作者正是以这一理论为指导,对汉乐府的伦理价值作了新的分析,将它们看成是汉代社会的"浮世绘",其表现最突出的是爱情和汉代社会的女性群像,方仙道、平乐馆仙戏和乐府神仙诗,是汉乐府中所表现的忧生之叹和它所映的社会问题。因为有了新的历史眼光与理论支持,所以这部著作对汉乐府的总体把握都达到了一个相当的高度,对于重新认识汉乐府有重要的启发意义。

　　以上几部著作的共同特点,是从实证的角度对汉乐府实际的历

---

① 钱志熙:《汉魏乐府的音乐与诗》,大象出版社,2000年版,第27页。
② 同上引第84页。

史存在状况进行新的考察,进而对汉乐府歌诗的艺术本质有了新的认识,突显了它们与音乐歌舞的关系,它们作为"歌诗"的艺术特征,摒弃了狭隘的"阶级论"模式,对这些作品的艺术成就做出了新的评价。它们代表了20世纪汉乐府歌诗研究的学术水平,同时也开启了21世纪汉代乐府诗研究的新的方向。

第三章 20世纪的汉代五言诗研究

在汉代诗歌的各种诗体中,五言诗最有代表性。现存的汉乐府诗中,有相当多的诗篇都采用五言体,民歌谣谚中也多有五言,特别是以《古诗十九首》和传说的李陵与苏武诗,更是汉代文人五言诗的代表,对后世文人诗产生了深远的影响。但是,由于现存的历史记载不全,关于五言诗的起源问题,以及一些诗作的真伪问题历来争论不休,而这又影响了后人对于这些诗篇的具体评价。20世纪以来,这些问题仍然处于激烈的争论之中,相关成果也特别丰富。下面我们分几个方面加以论述。

第一节 关于西汉五言诗真伪问题的讨论

汉代五言诗之所以受到后人的重视,首先是因为《古诗十九首》以及传为李陵与苏武的一组诗篇对后世产生的巨大影响。为什么早自汉代,五言诗就达到了那么高的成就?连带而及,学者们自然要讨论五言诗的起源问题。但是,这些诗篇到底产生于何时?由于魏晋以前历史文献的缺失,六朝时代的学者们就已经难明其详。其中,《古诗十九首》、李陵诗三首和苏武诗四首,现在看到的最早记载是《昭明文选》,同见于该书卷二十九。萧统在《文选序》中说:"自炎汉中叶,厥途渐异。退傅有在邹之作,降将著河梁之篇。四言五言,区以别矣。"这里所说的退傅,指的是韦孟,汉高帝六年(前201年),韦孟为楚元王傅,历辅其子楚夷王刘郢客及孙刘戊。刘戊荒淫无道,在汉景帝二年(前155年)因被削王,与吴王刘濞通谋作乱,次年事败自杀。韦孟在刘戊乱前,曾为刘戊作四言《讽谏诗》,后辞官迁家至邹(今山东邹城),又作四言《在邹诗》一首。降将指李陵,李陵与苏武都是汉武帝时代的人。按《文选》的编辑体例,同一卷中的诗歌,总是按时间的先后顺序,把《古诗》十九首放在李陵诗之前,这说明昭明太子认为《古诗十九首》也应该是西汉时代的作品,其产生年代或者也应该在李陵诗之前。另有班婕妤《怨歌行》一首,亦见于《文选》卷二十七,按次序排在魏武帝之前。但是在比其书稍后的徐陵所编的《玉台新咏》中,《昭明文选》所选的《古诗十九首》中,有八首却被称作"枚乘杂诗"。刘勰在《文心雕龙》中则有这样一段著名的论述:"至成帝品录,三百余篇,朝章国采,亦云周备。而辞人遗翰,莫见五言,所以李陵、班婕妤见疑于后代也。按《召南·行露》,始肇半章;孺子《沧浪》,亦有全曲;《暇豫》优歌,远见春秋;《邪径》童谣,近在成世:阅时取证,则五言久矣。又古诗佳丽,或称枚叔,其《孤竹》一篇,则傅毅之词。比采而推,两汉之作乎?观其结体散文,直而不野,婉转附物,怊怅切情,实五言之冠冕也。"稍晚于刘勰的钟嵘,在其《诗品序》中则这样认为:"逮汉李陵,始著五言之目矣。古诗眇邈,人世难详,推其文体,固是炎汉之制,非衰周之倡也。自王、扬、枚、马之徒,词赋竞爽,而吟咏靡闻。从李都尉迄班婕妤,将百年间,有妇人焉,一人而已。诗人之风,顿已缺丧。东京二百载中,惟有班固《咏史》,质木无文。"在《诗品上》他评论《古诗十九首》时又说:"其体源出于《国风》。陆机所拟十四首,文温以丽,意悲而远,惊心动魄,可谓几乎一字千金!其外'去者日以疏'四十五首,虽多哀怨,

69

颇为总杂。旧疑是建安中曹、王所制。'客从远方来'、'橘柚垂华实',亦为惊绝矣! 人代冥灭,而清音独远,悲夫!"

对于六朝人这些记载和说法,我们梳理如下:

1. 对于《古诗十九首》的作者,《昭明文选》认为作者不明,徐陵却认为其中有八首是枚乘所作,刘勰肯定其中《冉冉孤生竹》一首是傅毅所作,对其它统称为"两汉之作",同时又指出有人认为这些作品是枚乘所作("古诗佳丽,或称枚叔")。

2. 关于苏武的诗,萧统与徐陵表示认可,但是刘勰与钟嵘都没有提及。

3. 对于李陵的诗篇,虽然《文选》、《诗品》都给予肯定,但是刘勰的《文心雕龙》却提到有人怀疑("是以李陵、班婕妤见疑于后代也")。

4. 班婕妤的《怨歌诗》,《文选》、《玉台新咏》和《诗品》都认为是班婕妤所作,刘勰没有表态,只是说有人怀疑("是以李陵、班婕妤见疑于后代也")。

可见,对于这些汉代文人五言诗,六朝人在作者问题上已经有不同的说法。

值得注意的是,以上几位学者虽然在上述诗篇的作者问题上有不同看法,但是其总体的倾向还是表示了肯定性的意见,没有给出明显的否定性的结论。仔细分析,可见刘勰的态度比较客观,他首先指明了汉代五言诗存世很少、在李陵、班婕妤诗歌前后都不见五言,二者因而受到当时人怀疑的事实。接着又表明了他自己的态度。刘勰认为,虽然李陵、班婕妤的诗歌值得怀疑,但是考察历史,早自《诗经》时代就已经有了五言"半章",春秋时期的已经有五言"全曲",汉成帝时代还有五言的"《邪径》童谣",可见五言诗的产生实在很早。

更何况，"古诗"中还有被人称之为枚乘的作品，傅毅有"《孤竹》一篇"。有这些诗作证据，"比采而推"，这些五言古诗自然是"两汉之作"。钟嵘对李陵诗持非常肯定的态度，虽然他感叹"古诗眇邈，人世难详"，但是他又说，"推其文体，固是炎汉之制，非衰周之倡也"。坚定地认为《古诗十九首》产生于汉代，而且在《诗品上》中按时代把它排在李陵诗之前。当然，钟嵘在这里也客观介绍了六朝时的一种说法，即有人怀疑"去者日以疏"等四十五首五言诗是建安中曹、王所制，不过钟嵘本身并不赞同这种说法。由此可见，对于枚乘诗、李陵诗、苏武诗、班婕妤诗等的真伪与产生时代虽然在六朝时代就有人怀疑，但是肯定这些作品为汉人所作，基本上作为一种历史的共识而被六朝以后的大多数人所接受，并将之视为五言诗的典范而学习、并从总体上达成了对汉代五言诗发展过程的历史认识：即认为五言诗的最早起源可以追溯到《诗经》时代，至西汉中叶而成熟并且出现了几位优秀的诗人。如明人胡应麟在《诗薮》内编卷二："汉称苏、李，然武帝，苏、李侪也。""古诗浩繁……炎刘之制，远绍《国风》，曹魏之声，近沿枚、李。""班姬《团扇》，文君《白头》，徐淑'宝钗'，甄后《塘上》，汉魏妇人，遂与文人并驱，六代至唐蔑矣。"许学夷《诗源辩体》卷三："古诗五言十九首，旧注诗以古名，不知作者为谁。李善谓其辞兼东都，非尽谓乘诗，……然中既有枚乘之诗，则当为五言之始。""李陵、苏武五言，昭明已录诸《文选》。刘勰乃云'成帝品录，三百余篇，而辞人遗翰，莫见五言，所以李陵班婕妤见于后代也。'愚按：《左氏传》，子长不及见。《汉书》所载而《史记》有弗详者，正以当时书籍未尽出故耳。由是言之，成帝品录而不及苏、李，又何疑焉？东坡尝谓苏、李之天成是矣，至因刘子玄辩李陵书非西汉文，乃谓苏、李五言亦后人所拟，亦不免为惑。苏、李七篇虽稍逊《十九首》，然结撰天成,了无作用之际,决非后人所能。""班婕妤乐府五言怨歌行,托物兴寄而文彩自彰,冯元成谓怨而不怒,风人之遗。王元美谓可与《十九首》、苏、李并驱是也。成帝品录词人,不应遂及后宫,不必致疑。"清人刘熙载《艺概》卷二:"李陵赠苏武五言但叙别愁,无一语及于事实,而言外无穷,使人黯然不可为怀。"这些论述,代表了清代以前的学者对上述汉代五言诗作者问题的基本看法。

然而历史进入到20世纪,在西方新兴的实证主义思潮与自宋明以来的疑古之风的影响之下,学者们却开始全面地怀疑上述诗篇的作者问题,由此展开了对汉代文人五言诗作者问题的大争论。

按历史流传下来的汉代有主名的五言诗,今人争论最激烈的,按时间先后包括以下数首:1. 虞美人的《和项王歌》;2.《玉台新咏》所录枚乘《杂诗》9首;3.《文选》所录李陵诗与苏武诗;4. 班婕妤《怨歌行》;5. 刘勰所说的傅毅《冉冉孤生竹》。20世纪80年代以前学者们怀疑与肯定的理由,综括起来如下:

1. 关于虞美人的《和项王歌》。我们今天所见最早的出处是唐人张守节的《史记正义》。按《史记·项羽本纪》:"项王军壁垓下,……夜闻汉军四面皆楚歌。……于是项王乃悲歌慷慨,……歌数阕,美人和之。"[①]按此,知项羽悲歌,虞姬有和唱的可能。但《史记》只记载了项羽的《垓下歌》,而没有记录虞姬的和歌。张守节在注释中引用,说是出自《楚汉春秋》。但是关于《楚汉春秋》的真伪,古今却多有争论。梁启超说:"一望而知为唐以后的打油近体诗,连六朝人也不至有这等乏句,何况汉初。这诗始见于张守节《史记正义》,据云出《楚汉春秋》。《楚汉春秋》久佚,唐时所传已属赝本,节引之

---

① 司马迁:《史记》,中华书局,1959年版,第333页。

徒见其陋耳。而王应麟《困学纪闻》乃推为五言之祖,可谓无识。此诗之伪,近人多能知之,不俟多辨。"①罗根泽也持同样的观点,他认为:"依《汉书·司马迁传》:'司马迁……述《楚汉春秋》,接其后事。'则《楚汉春秋》所载,史公似依而述之,即小有出入,亦不容乖舛至此。且其叙张良排户语高祖"'陛下即弃天下,欲以王葬乎?以布衣葬乎?'全似小说家言,其非陆贾原书,毫无疑义。其书既不可信,其诗又安传乎?刘勰、钟嵘、萧子显、萧统论五言诗,皆不及此歌,则此歌为四人所未见,梁时犹未有,亦晚出之一证也。"②徐中舒也说:"钟嵘、萧子显、萧统都不是孤陋寡闻的学者,若是原本《楚汉春秋》载有虞美人的五言歌,他们决不至于置虞姬而数李陵。《诗品》、《齐书》、《文选》不数虞姬的五言歌,就可以证明张守节所见的《楚汉春秋》已是出于伪托的了。"③古直等人则持不同意见,如方祖燊反驳说:"我认为虞姬不是诗人,这诗作得不好,自是事实。不过,梁任公单据这点,就认为是唐人的伪作,这是不合逻辑的。《楚汉春秋》,陆贾所记。刘知几说:'马迁《史记》,采《世本》、《国语》、《战国策》、《楚汉春秋》。'(见《史通·内篇·采撰》)又说:'刘氏初兴,书唯陆贾而已。子长述楚汉之事,专据此书。'(见《外篇·杂说上》)史家叙事,详略取舍,常有不同。如:《史记·赵世家》记赵氏孤儿一事,说明晋族灭赵氏的原因,和《左传》、《国语》、《穀梁》所载,完全相反。所以我们不能因《史记》不载,就认为是'后人伪作'。虞姬《和歌》,

---

① 梁启超:《中国美文及其历史》,东方出版社,1996年版,第117页。
② 罗根泽:《五言诗起源说评录》,《罗根泽古典文学论文集》,上海古籍出版社,1985年版,第142—143页。
③ 徐中舒:《五言诗发生时期的讨论》,原载《东方杂志》第二十四卷十八号,此处引录于《徐中舒历史论文选辑》,中华书局,1998年版,第38页。

既出于《楚汉春秋》,应当是汉初作品。近人古直说:'《汉书·艺文志》:《楚汉春秋》九篇,陆贾所记。贾,汉高祖时人。纵其为伪,亦汉初人作矣。'说得比较客观。《楚汉春秋》,新、旧《唐志》尚存录,所以张守节所引,亦当可信。"①按,《楚汉春秋》一书,唐时犹存。《隋书·经籍志》谓其有九卷,列在《史部》,以此而言,张守节所引《楚汉春秋》应为当时人所见之正本。此书宋以后佚失,清人茆泮林有辑本。据此辑本可知,此书虽有与《史记》不合处,但总是汉初人的记载,非后世所能伪造。② 司马迁之《史记》亦属私家著述,并多有传闻想象之词,我们亦不能由此而认定此书为伪。从体例来讲,此书可能与《史记》等书有别,故被后人小视。《旧唐书·经籍志》:"《楚汉春秋》二十卷,陆贾撰",列于"杂史"类③。《新唐书·艺文志》:"陆贾《楚汉春秋》九卷",列于"伪史"类④,按此处所说的"杂"与"伪"意义相近,并不是说此类书全属杂书和伪书,而是说这些书一般不视为正史,可能有传闻之类。唐人刘肃撰《大唐新语》,在其《序》中说:"《传》称左史记言,《尚书》是也;右史记事,《春秋》是也。……马迁创变古体,班氏遂业前书。编集既多,省览为殆。则拟虞卿、陆贾之作,袁宏、荀氏之录,虽为小学,抑亦可观。"⑤按,刘肃把陆贾的书当成"小学",亦即小说家言,可知此书之体例正在杂史、小说之间。但我们同样不能以此而认定此书为伪。由此而论,用现有的材料,梁启

---

① 方祖燊:《汉诗研究》,台湾正中书局,1969年版,第3—4页。
② 见周光培、孙进己主编:《历代笔记小说汇编·汉魏六朝笔记小说》,辽沈出版社,1990年版,第343—351页。
③ 刘昫等:《旧唐书》,中华书局,1975年版,第1994页。
④ 欧阳修、宋祁:《新唐书》,中华书局,1975年版,第1463页。
⑤ 刘肃:《大唐新语》,中华书局,1984年版,第1页。

超、徐中舒等人由推测《楚汉春秋》为伪书,进而认定虞姬的《和项王歌》为后世伪作,其根据尚嫌不足。至于徐中舒、罗根泽说刘勰、钟嵘等人论及五言之起源,皆不提虞美人歌,看似有理,但是也经不起推敲。《文选》选文,自有标准,项羽的《垓下歌》也未入选。同样道理,刘勰在《明诗篇》中也没有提到戚夫人的《春歌》和李延年的《北方有佳人》,钟嵘在《诗品》中也没有提到这二人,难道这证明萧统、刘勰和钟嵘也没有看到过这几个人的诗吗?由此可见,在没有更可靠的证据之前,我们还不能轻易彻底否定此诗。

2. 关于《玉台新咏》所录枚乘《杂诗》九首和《古诗十九首》。枚乘《杂诗》九首,除《兰若生春阳》一首外,其它又见于《文选》卷一《古诗十九首》当中。刘勰《文心雕龙·明诗》曰:"又古诗佳丽,或称枚叔。"可见,关于枚乘是否作过五言诗,在六朝时代已经说不清楚。所以刘勰采取存疑的态度,萧统则泛称"古诗"。李善注《文选》已看到了这一问题,他说:"古诗,盖不知作者。或云枚乘,疑不能明也。诗云'驱车上东门。'又云'游戏宛与洛。'此则辞兼东都,非尽是乘作明矣。昭明以失其姓氏,故编在李陵之上。"李善的注释很有意思,他没有反对枚乘作五言诗之说,但是他同时又指出文选所选的这十九首诗里面可能有东汉人的作品,并不完全是枚乘所作。这一阐释,也许真的很得萧统原意,也说明古人做学问的严谨,弄不清楚则宁可存疑。可是到了后代,人们非要说出一个是非来,枚乘到底有没有做五言诗的可能,《玉台新咏》所记录的这些枚乘诗,进而包括十九首中的其它作品,有没有可能产生于他所生活的时代,学者们争论大起。否定者如梁启超、罗根泽、徐中舒等人,他们提出了数条理由,如梁启超就说:"汉制避讳极严,犯罪者至死,惟东汉对于西汉诸帝则不讳。惠帝讳盈,而十九首中有'盈盈楼上女'、'馨香盈怀袖'等句,非西汉作品甚明,此其一;'游戏宛与洛,洛中何郁郁。……长衢罗夹巷,王侯多第宅。两宫遥相望,双阙百余尺。'明写洛阳之繁盛,西汉决无此景象。'驱车上东门,遥望郭北墓。'上东门为洛城门,郭北即北邙,显然东京人语,此其二。此就作品本身觅证,其应属东汉不应属西汉,殆已灼然无疑。"①按避讳之说始于顾炎武,古直有详细举例以驳其谬:"考《汉书》,奏议之文,尚多触讳,又况诗人吟咏。他且不举,但举触惠帝讳者。《汉书》贾谊《陈政事疏》曰:'秦王置天下于法令,而怨毒盈于世。'(本传)《谏除盗铸钱令疏》曰:'以调盈虚。'《食货志》邹阳上书吴王曰:'淮南连山东之侠,死士盈朝。'(本传)韦孟《在邹诗》曰:'祁祁我徒,负戴盈路。'(《韦贤传》)刘向《封事》曰:'吕产吕禄,骄盈无厌。''王氏貂蝉,充盈幄内。'(《楚元王传附向传》)薄昭《予厉王书》曰:'怙恩娇盈'(《淮南王传》)又《淮南子》:'冲而虚盈'、'卷之不盈于一握'、'持盈而不倾。'(《原道训》)'盈缩卷舒'、'不盈倾筐'。(《俶真训》)王褒《四子讲德论》:'含淳咏德之声盈耳。'(《文选》)刘向《说苑》:'月盈则食'、'天地盈虚'、'调其盈虚'。(《敬慎篇》)随便举发,已得此数,汉人文字触讳之多可以见矣。"②至于梁启超指认"驱车上东门"里的"上东门"为"洛城门",本有长安东门与洛阳北门两种不同说法。游国恩对此有详细考证。之所以将上东门视为洛阳城北门,是因为洛阳北门外有邙山,山上多冢墓。但是游国恩以阮籍诗"步出上东门,北望首阳岑"和"朝出上东门,遥望首阳墓"相参,认为阮籍诗中的"上东门"必为长安上东门,因为那里距首阳山不远。由此游国恩认为古诗中的"上

---

① 梁启超:《中国美文及其历史》,东方出版社,1996年版,第129页。
② 古直:《汉诗研究》,启智书局,1933年版,第26—27页。

东门"决不是洛阳的上东门。他说:"大概那时西京人士目睹长安城中许多显达的都物化了,贵盛的也衰落了,于是即事起兴,因物兴感,偶然跑到上东门,看见那郭外荒冢累累,不禁想起那荒冢里面的'陈死人'了。所以才有这么一首'薤露'、'蒿里'式的挽歌。阮籍《咏怀诗》云:'西游咸阳中,赵李相经过,娱乐未终极,白日忽蹉跎'。"同时,游国恩又根据此诗中"服食求神仙,多为药所误"一句,说明这种风气也是早在西汉就已经盛行。因而他认为这首诗"也是西汉时代的产物"①。这种说法也自有其道理。

在否定《古诗十九首》不可能产生于西汉的学者中,徐中舒是重要的一员。他有两条重要的意见,其一,"促织"之名,不见《尔雅》、《方言》等书,至汉末纬书始见此名,故"促织鸣东壁"一诗,最早不过作于东汉之末。其二,西汉人有"代马"、"飞鸟"对举的成语,然并不工切;东汉则有以"胡马"、"越燕"对举者,有以"代马"、"越鸟"对举者,均较工稳,《十九首》中亦有"胡马"、"越鸟"之对,"故此诗决不可能谓西汉人作"②。对于这两条意见,隋树森做了很有力的反驳:"'促织'之名虽不见于《尔雅》、《方言》等书,但因此便断定《明月皎夜光》一诗为西汉以后的作品,理由也是不充足的。因为《尔雅》、《方言》等书,材料并不多,决不能把当时所有的草木鸟兽等物的种类及其异称都完全记载在里面;即在今日,我们也不能说从所有的书籍辞典之中,就能把现在中国各地草木鸟兽的种类及其异名都找出来,不用说《尔雅》、《方言》那种极不精密的书了。并且汉赋中的动

---

① 游国恩:《五言诗成立的时代问题》,《武汉大学文哲季刊》,1930年4月第1卷第1期。
② 徐中舒:《古诗十九首考》,原载《立达季刊》第一期,1925年6月出版。此处引录于《徐中舒历史论文选集》,中华书局,1998年版,第6、第11—13页。

植物之名，就有不见于《尔雅》、《方言》的，如枚乘《七发》'溷章白鹭'之'溷章'，当为鸟名；'渎漻莘蓼'之'莘'，当为草名；司马相如《上林赋》'獑胡豰蛫'之'獑胡'与'蛫'，当系兽名；然《尔雅》、《方言》均无记载。其它类此之例尚多，但决不能因此便怀疑那作品的时代。再说东汉以前的古书亡佚的很多，我们焉知在那些书中也无'促织'二字？复次，纬书中既有'促织'之名，纬书是两汉之物，即算是东汉的，那么东汉既有此名，而此物又非那时来自他国者，我们也无法证明这个名词即创于东汉。从'胡马'、'越鸟'的对偶证明《古诗十九首》是东汉的作品，理由也不充分。对偶是中国文学的特色，在很早的典籍如《书经》、《易经》之中就有，楚辞及西汉的文章辞赋中对偶非常工致的很多，如'朝搴''夕揽'、'滋兰''树蕙'、'坠露''落英'（见《离骚》）；'囊括四海''并吞八荒'（见《过秦论》）；'鸾凤伏窜''鸱枭翱翔'（见《吊屈原赋》）；'保姆''傅父'、'荆山''汝海'（见《七发》）；简直的不胜枚举。如说西汉的作者还没有达到以'越鸟'对'胡马'的程度，这是谁也不会相信的。"①可见，徐中舒的说法是不能成立的。

　　否定《古诗十九首》不可能产生于西汉的学者中，胡怀琛则提出了另一条证据。他认为，洛阳之洛，在西汉人书中多作雒。据《魏略》及《博物志》谓汉于五行属火，忌水，故改洛为雒。魏属土，水得土而流，土得水而柔，故又复原字。据此则洛字为两汉人所讳，不应用，而古诗有'游戏宛与洛'，可知此诗必作于汉魏间也②。对此，隋树森也有很有力的批评。他引段玉裁《说文解字注》，先说明"雒"、"洛"两字在汉以前分得很清，"雍州洛水，豫洲雒水。其字分别，自

---

① 隋树森：《古诗十九首集释》，中华书局，1955年版，第5—6页。
② 胡怀琛：《古诗十九首志疑》，《学术世界》，1935年1卷第4期。

古不紊。……后人书豫水作'洛',其误起裴松之引《魏略》①……此丕改'雒'为'洛',而又妄言汉变'洛'为'雒',以掩已纷更之咎,且自诡于复古。自魏至今皆受其欺。……故或至数行之内,'雒'、'洛'错出。"②接着他说:"这样看来,《禹贡》'伊洛'之'洛'本应作'雒',与'渭洛'之'洛'是两个字;'洛阳'之'洛'作'雒'是应该的,但并非因为汉讳用'洛'所改。此诗未作'雒',我们如对它怀疑,亦应持此理由。但以段氏之说推之,此'洛'字恐系魏人所妄改,不足为证。我们试翻两汉人书,如《史记·周本纪赞》'洛邑'两见,《汉书·游侠列传》'洛阳'数出。难道我们也能说《史》、《汉》'洛'不作'雒',必成于汉魏之间吗?"③

李善在为《文选》所选《古诗十九首》作注时说:"此则辞兼东都,非尽是乘作明矣。"这说明李善虽然认为《古诗十九首》中有东汉作品,但是他并没有否认这里有枚乘的诗。例如《明月皎夜光》一首,诗的前半部分言及节令气候:"明月皎夜光,促织鸣东壁。玉衡指孟冬,众星何历历。白露沾野草,时节忽复易。秋蝉鸣树间,玄鸟逝安适?"诗中所写本是秋景,可是却说到"孟冬",何以会出现这样的矛盾?李善说:"上云促织,下云秋蝉,明是汉之孟冬,非夏之孟冬矣。《汉书》曰:'高祖十月至霸上,故以十月为岁首。'汉之孟冬,今之七月矣。"又说:"复云秋蝉玄鸟者,此明实候,故以夏正言之。"但是关于"玉衡指孟冬"这句话,古人也有不同解释。吴淇说:"《史记·天

---

① 《魏略》:"诏以汉火行也,火忌水,故'洛'去'水'而加'··'。魏于行次为土,土,水之牡也。水得土而乃流,土得水而柔。故除'?'加'水',变'雒'为'洛'。"陈寿撰,裴松之注《三国志》,中华书局,1959年版,第76页。
② 段玉裁:《说文解字注》,上海古籍出版社,1981年版,第524—525页。
③ 隋树森:《古诗十九首集释》,中华书局,1955年版,第6—7页。

官书》曰：'斗杓指夕，衡指夜，魁指辰。尧时仲秋夕，斗杓适指酉，衡指仲冬。'然星宿东行，节气西去，每七十二岁差一度，历家谓之岁差。汉去尧二千余年，应差一宫。此时仲秋夕，斗杓当指申，衡应指孟冬。观此时所用物色，的是中秋无疑，通晓历法者自明。旧注泥定'孟冬'，大谬"①。仔细分析两种说法，其实并没有大的矛盾，李善强调此诗中"孟冬"两字的意义，意谓这个说法正应了太初以前的历法。而吴淇则强调北斗玉衡在天空所指的位置，与历法无关。但吴淇的说法并不能完全否定李善的说法，只是增加了此诗可以产生在太初改历以后的另一种可能。不过，吴淇的说法却为当代学者否定《古诗十九首》产生于太初改历以前之说提供了反驳李善的根据，徐中舒、罗根泽、马茂元等人皆持此说。此外还有许多不同的观点，如金克木认为：古人根据斗柄观察恒星方位时，不同时辰要以斗柄三星中不同的星为准，因此也可以从不同的星所指方向去测定时辰。"玉衡指孟冬"是说斗柄在夜半应指西方，而此时已指北方，说明已经过了夜半两三个时辰②。逯钦立批评了吴淇的说法，认为此诗所言"孟冬"，"必夜半其时也，孟冬其节也。诗人深夜吟咏，遂悠然而有此叙时纪节之语。盖不濒夜半，即不至引起诗人衡建之意念，而不值孟冬，亦决无孟冬之一语。"但是他又不同意李善夏正孟冬之说，认为"此诗作于夏正九月，《豳风》所谓'九月肃霜'是也。九月而言孟冬，新莽之孟冬，非夏正之孟冬也。莽用丑正，以夏正十二月为正月，当时改换月数，并易节令，新之孟冬，即夏正之九月也"③。徐仁

---

① 吴淇：《古诗十九首定论》，见隋树森《古诗十九首集释》，中华书局，1955年版，第15页。
② 金克木：《古诗玉衡指孟冬试解》，《国文月刊》，第63期。
③ 逯钦立：《汉魏六朝文学论集》，陕西人民出版社，1984年版，第30—35页。

甫则认为这是一种互文的写法,"实作于太初以后,其月在夏正之孟冬。首云'明月皎夜光,促织鸣东壁。玉衡指孟冬,众星何历历',叙眼前实景也。下云'白露沾野草,时节忽复易。秋蝉鸣树间,玄鸟逝安适',追忆过去也"①。上述诸家说法各有道理,但是总起来讲,并不能完全驳倒李善说。其实《古诗十九首》中说到秋季景物冬天节令不只这一首,《凛凛岁云暮》:"凛凛岁云暮,蝼蛄夕鸣悲。凉风率以厉,游子寒无衣。"《东城高且长》:"回风动地起,秋草萋以绿。四时更变化,岁暮一何速。"隋树森曰:"'孟秋之月凉风至'(《礼记·月令》),凉风是秋天的风,而此诗叙岁暮始云'凉风已厉,游子无衣'。那么这里所谓岁暮,当系夏历八九月的时候。""岁暮而有萋以绿的秋草,这也足证为太初以前的诗。"②

以上是本世纪以来学者们对传说中的枚乘《杂诗》真伪与《古诗十九首》产生年代问题的重要考证。一些学者从诗中找出了不少相关的名物进行考证,试图证明这些诗作属于东汉以后晚出的作品,但是他们所提出的证据并不坚实,有些是想当然之词,甚至存在着明显的误解。要想通过这种方式解决枚乘《杂诗》的真伪和《古诗十九首》的年代问题是不够的。

3. 关于《文选》等书中所录李陵诗与苏武诗。相比较而言,李陵诗与苏武诗的问题更为复杂。在现存文献最早辑录二人诗作的是《文选》,里面有《李陵与苏武诗》三首、《苏武诗》四首,《玉台新咏》收苏武《留别妻》一首(即《文选》中的"结发为夫妻"),其后《古文苑》所收《李陵录别诗》八首,《苏武答诗》、《苏武答李陵》各一首。

---

① 徐仁甫:《古诗别解》,上海古籍出版社,1984年版,99页。
② 隋树森:《古诗十九首集释》,中华书局,1955年版,第8页。

因为这些诗的来源复杂,所以古代就有人怀疑。其理由主有如下几点:1. 在汉成帝时辑录的三百余篇诗歌篇目中看不见五言(上引刘勰《文心雕龙》语);2. 传世李陵诗总杂不类。如早在刘宋时代的颜延之就说:"逮李陵众作,总杂不类,元是假托,非尽陵制。"①3. 赠别长安而有江汉之语,盖后人模拟。此说始发于苏东坡。《东坡诗话补遗》:"刘子玄辨《文选》所载《李陵与苏武书》,非西汉文,盖齐梁间文士拟作者也;余因悟陵赠答五言,亦后人所拟。"他在《答刘沔书》中又说:"李陵苏武,赠别长安,而诗有'江汉'之语……正齐、梁间小儿所拟作,决非西汉,而统不悟。"4.《汉书·李陵传》所载李陵作歌为骚体,而不是五言。清人钱大昕说:"观《汉书·李陵传》,置酒起舞作歌,初非五言,则知'河梁'唱和,出于后人依托。"②5. 不切当时事情。清人梁章钜《文选旁证》引翁方纲说:"李'河梁'赠别之诗,苏武四章,李陵三章,皆载《昭明文选》。然《文选》题云"'苏子卿诗四首',不言与陵别也。李陵诗则曰:'李少卿与苏武诗三首',而其中有'携手上河梁'之语,所以后人相传为苏、李河梁赠别之作。今即以此三诗论之,皆与苏、李当时情事不切。"接着翁方纲指出三点:第一,李陵与苏武别时并未有"携手上河梁"之事;第二,二人离别本无再会之期,李陵对此深知且有言语表述,但诗中却有希望再聚之意;第三,苏、李二人在匈奴同居多年,而诗中却说"三载嘉会"。就此可知"此三首其题为'与苏武'者而语意尚不合如此。况苏四诗之全不与相涉乎?"今人持否定论者,基本上也是依据上述几条怀疑

---

① 李昉等编:《太平御览》卷第五百八十六引,中华书局,1960年版,第2640页。

② 钱大昕:《十驾斋养新录》卷十六《七言在五言之前》,《钱大昕全集(七)》,江苏古籍出版社,1997年版,第432页。

的理由,如徐中舒先从文献的角度考据说东晋以后才有"河梁"这个固定词汇,因此这首《携手上河梁》一定产生于东晋以后。此外他还提出两点理由:"(甲)六朝时有个苏子卿,而苏武也字子卿。《诗品》说'子卿双凫',这个子卿就是六朝的苏子卿(此本梁任公先生说)。而《初学记》、《古文苑》都载有苏武的《二凫俱北飞》诗一首,这首《二凫俱北飞》,一定就是诗品所说的双凫。他们误把六朝的苏子卿当作了西汉的苏子卿了。古书中像这样的错误,尽多着呢!钱大昕举出异代同姓名的,不下数百(见《十驾斋养新录》卷十二),所以我们也疑李陵、苏武的五言诗,或者是出于六朝的李少卿(?)苏子卿错误而来,也未可知。(乙)东晋以后,南北分立,那时南朝的臣民,也有降于北朝的,北朝的臣民,也有降于南朝的;南朝的使臣,也有被北朝扣留的;北朝的使臣,也有被南朝扣留的;他们的身世,完全与苏武、李陵一样。那时的文学家,假使要咏当时的降将羁使,他们就可以借苏武、李陵做题目。那些降将羁使,互相赠答,也不妨以苏武、李陵自居,所以苏李的五言诗,与李陵答苏武书,都产生于此时了。"① 郑振铎也认说:"如苏、李之诗,行役在战场,相见未有期,他赴匈奴,系出使,并非出战,何以言行役在战场?"②6.汉武帝时决无此种诗体,赠答诗起于建安,传世李陵骚体诗与之相差太远。梁启超对此有简明的表述:"我是绝对不承认这几首诗为李陵、苏武作的。我所持的理由,第一,则汉武帝时决无此种诗体,具如前文所论。此诸诗与

---

① 徐中舒:《五言诗发生时期的讨论》,原载《东方杂志》第二十四卷十八号,1927年4月出版。此处引录于《徐中舒历史论文选辑》,中华书局,1998年版,第43页。

② 郑振铎:《文学大纲》(一),《郑振铎全集》第七卷,花山文艺出版社,1998年,第295页。

《十九首》体格略同,而谐协尤过之。如'良时不再至,离别在须臾。'如'长当从此别,且复立斯须。'如'骨肉缘枝叶'、如'努力崇明德',……其平仄几全拘齐梁声病,故其时代又当在《十九首》之后;第二,赠答诗起于建安七子,两汉词翰,除秦嘉《赠妇》外更无第二首,然时已属汉末。至朋友相赠,则除此数章外更不一见。盖古代之诗,本以自写性情,不为应酬之具。建安之时,文士盛集邺下,声气相竞,始有投报。苏、李之世,绝对的不容有此;第三,苏武于所传诸诗外别无他诗,固无从知其诗风为何如。至于李陵则《汉书·苏武传》,尚载有他一首歌,其辞云:'经万里兮度沙漠,为君将兮奋匈奴,路穷绝兮矢尽刃摧,士众灭兮名已隤。老母已死,虽欲报恩将安归',纯是武人质直粗笨口吻,几乎没有文学上的价值。凡一个人前后作品,相差总不会太远,何况同时所作?作'经万里兮度沙漠……'的人,忽然会写出'风波一失所,各在天一隅',会写出'安知非日月,弦望自有时',我们无论如何,断不能相信。"①另一派则坚持传统的说法。如古直《苏李诗辨证》一文,分十四条对上述怀疑一一进行反驳,如对郑振铎提出的苏武出使匈奴而不应说"行役在战场",古直认为,据《汉书》所记,苏武出使之前,汉朝与匈奴在五原和酒泉等地发生过战争,那也正是苏武出使经行之地,诗中所写本事纪实,无可怀疑。对苏轼提出的"长安赠别不当有江汉语",古直认为,这是苏武诗中的句子,但这几首苏武诗在《文选》与《玉台新咏》中都没有题是与李陵送别,可见所谓"赠别李陵"之说本后起,苏轼以此发生质疑实为无据。对于颜延之关于李陵诗"总杂不类"之说,古直认为,这是后人对颜延之说法的断章曲解,因为颜延之在这段话中还有重

---

① 梁启超:《中国美文及其历史》,东方出版社,1996年版,第137—138页。

要的一句是"非尽陵制",可见颜延之认为在这些"总杂不类"的诗中包括李陵的创作,并说"至其善篇,有足悲者",而没有全盘否定这些作品。此外,所谓"触犯汉讳"、"不切当日情事"、"不合本传岁月"、"汉初五言靡闻"、"李陵之歌初非五言"等质疑,古直也都分别指出其失当之处①。

4. 班婕妤《怨歌行》。此诗现存最早著录文献是《昭明文选》卷二十七,又见《玉台新咏》卷一,题作《怨诗》,并有序曰:"昔汉成帝班婕妤失宠,供养于长信宫,乃作赋自伤,并为怨诗一首。"此诗之被后人怀疑,一是缘自于刘勰《文心雕龙》中的一段话:"自成帝品录,三百余首。朝章国采,亦云周备,而辞人遗翰,莫见五言,故李陵、班婕妤见于疑于后代也。"一是宋人严羽在《沧浪诗话》中曾说过:"班婕妤《怨歌行》,《文选》直作班姬之名,乐府以为颜延年作。"但今日所见《乐府诗集》,仍题为班婕妤《怨歌行》,不知严羽所见乐府是何本。按唐人编《艺文类聚》,亦题为"班婕妤《怨歌行》"。《文选》李善注:"《五言歌录》曰:'《怨歌行》,古辞',言古者有此曲,而班婕妤拟之。"魏曹植、西晋傅玄、梁简文帝、江淹、沈约等都有同题之作,西晋陆机、梁元帝等人则有以《班婕妤》等为题的拟作。可知古人对此少有怀疑,但20世纪前期的部分学者在全盘否定西汉文人五言诗的前提下,此诗亦未能幸免。其怀疑的理由,除了与上引怀疑"枚乘诗"、"苏李诗"的共同理由外,还有人对这首诗本身出发进行质疑。代表人物是徐中舒,他的主要理由是:"《方言》(按西汉末扬雄著)说:'自关而东谓箑,自关而西谓之扇,或谓之翣。'那时扇还不是普遍名称,哪能便有'团团似明月'的文学产生?我们再看西晋以前,纨扇

---

① 古直:《汉诗研究》,启智书局,1933年版,第40—82页。

只称圆扇。假使西汉已有'团团似明月'的文学,他们何不直称为团扇？圆扇、团扇两个名词,分别虽然很微,而实含有时间的替代性。"①对此,古直反驳说:"傅毅《扇赋》曰:'摇轻箑以致凉,爰自导以既卑。'一文之中,扇箑互言,明'箑'即是'扇','扇'不异'箑','箑'、'扇'二名,皆普通所知晓矣。且'团团似明月',不过形容词耳。《毛诗》:'河水洋洋,北流活活。施罛濊濊,鳣鲔发发。葭菼揭揭,庶姜孽孽。'连用六句形容词,此等句法,姬周尚可产生,何以汉时反不能产生邪？""'我们再看西晋以前,纨扇只称圆扇。假使西汉已有团团似明月的文学,他们何不直称为团扇？圆扇、团扇两个名词,分别虽然很微,而实含有时间的替代性。'案,《说文》:'团,圆也。''团团似明月'乃状扇之形圆,而未曾谓团团即为扇名。必欲强名之者,无宁谓为合欢扇耳。何也？诗固明言裁为合欢扇也。夫诗不自名团扇,而妄加团扇之名以攻击之,无的放矢,其亦过于儿戏矣！"②此后逯钦立也有考证,他认为严羽所谓颜延之作的说法无据,当然他也不同意徐中舒的说法,因为他根据陆机等人的拟作,认为摹仿《怨歌行》之体,早在晋代就已流传。但是他又不同意这首诗应该属于班婕妤所作,他认为"咏扇之作,西汉綦罕。东汉作者,则约有四五家之多,然各家所撰,率以君子之用行舍藏者为唯一之托喻,前后二百年中,殆无大异。"而"合欢"、"明月"之文,在曹魏徐幹、曹丕的诗文中始有。他最后说:"总上所述,合欢团扇之称咏,见弃怀怨

---

① 徐中舒:《五言诗发生时期的讨论》,原载《东方杂志》第二十四卷十八号,1927年4月出版。此处引录于《徐中舒历史论文选辑》,中华书局,1998年版,第47页。

② 古直:《班婕妤怨歌行辨证》,《国立第一中山大学语言历史学研究所周刊》第4卷第41期,1928年8月。

之意境,悉可证其始于邺下之文士,可知传行西晋之《怨歌》,亦必产生斯时。大抵曹魏开国,古乐新曲,一时称盛,高等伶人,投合时好,造为此歌,亦咏史之类也。殆流传略久,后人遂目为班氏自作。"①按,逯钦立反驳徐中舒说是有力的,但是他的"高等伶人"拟作说不过是一种猜测之词。团扇之喻,在东汉时期固然多写用行舍藏,但是我们并不能否定班婕妤可用之比喻君王恩宠,反过来我们也可以说,这正好是她的创造。同时,也正因为她的这一创造,才开启了后人的模仿。西晋人傅玄的《怨歌行·朝时篇》云:"自伤命不遇,良辰永乖别。已尔可奈何,譬如纨素裂。"此诗模仿《怨歌行》咏叹班婕妤之命运,其用辞命意之相同,正好说明团扇之喻与班婕妤创作之间这种不可分离的关系。西晋人陆机的《班婕妤》一诗云:"婕妤去辞宠,淹留终不见。寄情在玉阶,托意唯团扇。"可见在西晋人陆机和傅玄的心中,团扇之作,也定是班婕妤无疑。西晋与曹魏时代前后相接不过几十年,若《怨歌行》为曹魏时"高等伶人"所作,傅玄、陆机等人就不会有这样的拟作和说法②。

以上是我们20世纪80年代以前学界对传世的几首西汉文人五言诗真伪问题讨论主要观点的介绍。从中可以看出,两派观点鲜明,各不相让,但是都没有充分的根据说服对方。怀疑派虽然提出了诸多否定的理由,但是他们所提出的这些理由或者与事实不符,如所谓"避讳"之说,或者属于对诗篇的不同理解而难以为证,如"玉衡指孟冬",或者属于囿于主观成见而形成的片面认识,如所谓西汉没有那

---

① 逯钦立:《汉魏六朝文学论集》,陕西人民出版社,1984年版,第22—27页。
② 傅玄、陆机诗分见郭茂倩:《乐府诗集》,中华书局,1998年版,第617页、626页。

样的词汇、没有那样的句法,不合于当时情理等等。从这一角度来讲,肯定派的反驳是相当有力的。但是,他们却拿不出更为坚实有力的证据来弥补历史记载的缺失。从这一点来讲,他们反驳的力度是不够的。这说明,在没有铁证的前提下,光靠这种对于有限史料的不同理解是不能解决问题的。

但是,在20世纪80年代以前关于这些诗篇真伪问题的探讨,最终却是否定派占了上风。何以如此?是因为自本世纪初期兴起的疑古思潮起了很大的推动作用,更为重要的是,在进化论思想与民间文学正统论的影响下,否定派构建了一个五言诗起源与文人五言诗发展的谱系,而肯定派在这方面却没有做出更大的理论贡献。因此,认真地讨论这种由否定派建构起来并在20世纪被人们广泛接受的五言诗起源论,就显得尤为重要。

第二节 文人五言诗起源问题研究

客观上讲,要讨论所谓枚乘诗、苏李诗、班婕妤诗的真伪问题,离不开对五言诗起源与发展问题的探讨,而这又是中国文学史上更为重要的问题。把这两者的讨论结合起来,否定派显然做得更好。如梁启超的研究,就同时兼顾了这两个方面。他的《中国美文及其历史》一书,一方面否定了传统的关于虞美人诗、枚乘诗、苏李诗等的不可靠,一方面又从历史文献中寻找一些更为可靠的五言歌谣作为历史的座标,第一首是《汉书·五行志》所载成帝时《黄雀谣》(邪径败良田),可算是一首纯粹的五言诗,但是还是一首"童谣",不属于文人诗,时间已经到了西汉末年。第二首是东汉前期班固的《咏史》,"试拿来和晚汉作品比较,真可笑已极。钟嵘批评他'质木无文'，一点都不冤枉"。由此再来看班固以后存世的文人五言诗，基本上可以排出了一个文人五言诗发展的顺序，其成熟自当到了东汉后期。除了这些证据之外，梁启超还提出了一种"直觉"的方法。他这里所说的直觉，就是多方面地考察历史，并结合文学发展规律来做出正确判断。他首先从风格上考虑，认为《古诗十九首》"体格韵味都大略相同，确是一时代诗风之表现"，而以作品旁证推论，"估定《十九首》之年代，大概在西纪120至170约五十年间。比建安、黄初略先一期，而紧相衔接，所以风格和建安体格相近，而其中一部分钟仲伟且疑为曹、王所制也。我所估定若不甚错，那么，《十九首》一派的诗风，并非西汉初期瞥然一现中间戛然中绝，而建安体亦并非近无所承，突然产生，按诸历史进化的原则，四面八方都说得通了"。再从"内容实质上研究《十九首》，则厌世思想之浓厚——现世享乐主义之讴歌，最为其特色。……大抵太平之世，诗思安和，丧乱之余，诗思惨厉。《三百篇》中代表此两种气象的作品，所在多有。然而社会更有将乱未乱之一境，表面上歌舞欢娱，骨子里已祸机四伏，全社会人汲汲顾影，莫或为百年之计，而但思偷一日之安，在这种时代背景之下，厌世的哲学文学便会应运而生。依前文所推论，《十九首》是东汉安、顺、桓、灵间作品。若所测不谬，那么正是将乱未乱极沉闷极不安的时代了"[①]。此后，罗根泽根据历史进化的理论，在他的老师论证的基础上进一步指出，汉代的文人五言诗只能在歌谣的基础上产生，而据他的考证，中国历史上最早的纯粹五言歌谣，是西汉成帝时的《邪径败良田》，以此而论，中国文人五言诗不会产生于西汉，所

[①] 梁启超：《中国之美文及其历史》，东方出版社，1996年版，第122、141、123、128—131页。

以传说枚乘、李陵、班婕妤等人的诗自然也是后人伪托的。东汉章帝时,才有了文人所作的第一首五言诗,那就是班固的《咏史诗》,但钟嵘还说这首诗"质木无文",可见,那只能是"文人初作五言诗时期",由此,罗根泽得出的最后结论是:"东汉桓灵时,才多优美之五言诗,才算是五言诗的完成期。"①由梁启超、罗根泽等人提出的这一观点,以后逐渐得到了刘大杰、马茂元等更多学者的支持,到60年代初游国恩等五人编写的《中国文学史》,将这一观点的表述进一步经典化,它包括以下几个要点:第一,五言诗"和其他诗歌形式一样,都是从民间产生的。五言诗从民间歌谣到文人写作,经过一个长期的发展过程"。第二,"新的形式是适应于新的内容的"。由于四言诗在汉代"不能表达日益的社会生活内容,作者才不得不突破旧形式,采用民歌的新形式来代替它。所以东汉初年便出现了文人创作的五言诗。东汉末年,由于社会的大动荡,一些接近民间的文士忧生念乱,愈来愈感觉四言的旧形式不能适应,文人创作的五言诗就大量产生,而且艺术技巧日益成熟"。第三,"文人五言诗是东汉才有的,相传为西汉枚乘、李陵、苏武等人的五言诗都不可信,这只是前人的传闻"。"《玉台新咏》把《文选》所载《古诗十九首》中的'行行重行行'等八首和另一首古诗'兰若生春阳'题为枚乘所作,是没有根据的。""从五言诗发展的趋势看来,枚乘的时代不可能出现这样优美的文人五言诗。《文选》又载苏武诗四首,李陵《与苏武诗》三首,其中抒写朋友夫妻离别之情,行役战场之苦,与苏、李赠别的事无关;诗中所写'江汉'、'河梁'、'山海'、'中州'等语,更与苏、李二人当日的情事不合。显然是后人假托的,或者是众多无名氏古诗的一部分,被讹

---

① 罗根泽:《五言诗起源说评录》,《河南中山大学文科季刊》第1期,1930年。

传为苏、李的作品。""《文选》又把乐府古辞的《怨歌行》题为班婕妤作,也有问题。"①此后,这一观点被人们广泛接受,产生了巨大的学术影响,甚至被一些人视之为学术定论。

仔细分析自梁启超等人构建起来的这一汉代文人五言诗发展的史,会发现他们对相传为西汉的枚乘诗、苏李诗、班婕妤诗等的否定未免有些轻率,他们所提出的否定理由全部属于猜测、误解或者出于主观想象,但是何以他们的观点还会得到大多数人的认可呢?一个重要的原因,就是他们把这种作品真伪的考证纳入到一个以进化论为基础的理论模式,并且构建了一个"一切文学形式都发端于民间"这一先验性的知识体系。在这种情况下,科学的实证主义与存疑精神变成了阐发某种先验理论的工具,从而失去了它的客观性。这种先验的理论一旦被人信服并视之为真理,就会成为从事学术考证的重要前提,就会对历史现象进行片面的解释,反过来再利用自己的解释证明这一理论的合理性。按梁启超等人的观点,既然五言诗最早是起源于民间的,而直到西汉末年才有五言的民间歌谣出现,那么,说西汉中早期的枚乘、苏武、李陵等人作过五言诗,这本身就是不合情理的,更何况这些诗本身的来源就有问题。既然到东汉前期的班固所作的五言诗尚且"质木无文",那么按照进化论的观点,文人五言诗的成熟自然要在班固以后,像《古诗十九首》这样优美的作品,自然要到东汉后期了。理论和实证如此紧密的切合,按梁启超的话说,真是"四面八方都说得通了"。这无疑是20世纪学人在汉代文人五言诗起源与发展问题研究方面所取得的最有代表性的成果,也

---

① 游国恩等主编:《中国文学史》(一),人民文学出版社,1963年版,第78—180页。

是顺应时代学术发展潮流的考证成果,自然也是对汉代文人五言诗考证方面的一个重要历史推进。

然而,随着历史的发展与学术的推进,梁启超等人的这一观点在20世纪80年代以后受到了新的质疑。从实证方面讲,梁启超等人将以《古诗十九首》为代表的汉代文人五言诗的产生时间定于东汉桓、灵之后或者东汉末年,否定此前枚乘、李陵、苏武、班婕妤等人创作五言诗的可能性,并没以拿出坚实的证据。他们所提出的诸多理由,经过学者们的深入探讨证明,无论是避讳说还是情事不类说等等,都属于怀疑揣测之辞,有的甚至是对历史文献的误读误解,不足为据。八十年代后,最早对梁启超等人的说法进行反驳的是雷书田。他对李陵诗做了更全面的分析,他指出,梁启超否定李陵诗的三大根据,都是"主观武断",所谓"汉武帝时代决无此种诗体"、"赠答诗起于建安七子"与避讳之说,都无根据。不仅如此,雷书田还对李陵、苏武二人的交往史进行了考察,二人曾一起为汉武帝时侍中,苏武出使匈奴被扣留,李陵还亲自将苏武的母亲的尸体送往阳陵,对苏武的家庭给予了诚挚的帮助。李陵被迫投降匈奴,在匈奴至少有两次劝说苏武之事,其间相隔三年左右,这与李陵诗中的"嘉会难再遇,三载为千秋"相和,诗中所表过的纯真感情也符合李陵与苏武二人的情况。因而,不能轻率地否定李陵诗作,"正确的态度应该是为李陵恢复名誉,并应当给他在中国文学史上,特别是在五言诗的发展史上保留一个促进者和实践者的光荣地位,这才是公平合理的"[①]。

---

① 雷书田:《试论李陵及其几首五言诗的真伪》,《西北大学学报》,1981年第3期。

第三章 20世纪的汉代五言诗研究

对于梁启超等人关于汉代文人五言诗产生于东汉末年的观点，倪其心则从方法论角度进行了较为系统全面地反思和批驳。他指出，目前学界流行的"《古诗十九首》作于东汉末年说"的立论基础是这样的：首先是假定《古诗十九首》是同一个时代的作品，不会西汉有几首，东汉有几首，因为《古诗十九首》"体格韵味都大略相同"（梁启超《中国之美文及其历史》）；而且按"通例"，诗风是不会数十百年不变的，两汉长达四百余年，不会诗风始终统一，因为如此，那么，《十九首》诗风统一，就说明它们是作于同一时代的了；另外，从具体的四首作品中涉及的东汉风物习俗，可以推论出这四首作品当作于东汉，又从东汉安、顺、桓、灵之后，张衡、蔡邕等人各有五言诗传世，认为这是五言诗的体制已经日益成熟，适宜五言诗的杰作出现了，从而最后认定这组作品作于东汉末年。可是，倪其心认为这几点理由，如果一一加以认真分析，其实"没有一个直接证据，全都是'旁证推论'，而主要是依据上述'通例'作理论推断，认为理当如此，并未回答事实怎样的问题"。也就是说，东汉末年说的立论基础和推论过程都是有问题的。除此之外，至于《古诗十九首》的作者，亦有人认为是有主名的（如刘勰认为"'孤竹'一篇，则傅毅之词"等），在流传中也很可能出现过集体加工的痕迹和成分，这些问题也同样使得"东汉末年说"很难成立。同时，作者还兼论了五言诗的成立问题，他认为，五言诗的成立到目前依然有一些大家因为各自定义和理解的不同而导致无法达成共识的"不悬而悬的悬案"，如"从理论上圆满解决为什么乐府五言歌辞不能算五言诗体？传为班婕妤作的《怨歌行》，《文选》作《怨诗》，为什么不能视为五言诗体？"等等。并认为"倘使不能解决这类不悬而悬的悬案，那么认为五言

93

诗体成立于西汉，又有何不可呢？"①其后，曹道衡也指出，"平心论之，梁启超的看法，其实是建立在一种假设上的：相传为西汉文人所作的五言诗，都不可信"。"认定'枚乘诗'和'苏李诗'是伪作的根据在于其诗体不似西汉；判定西汉不能产生这种诗体的前提又是相传的'枚乘诗'、'苏李诗'乃后人伪托。这种论证方法至少在逻辑方面是不够严密的。""至于确切的结论，还有待于新史料的发现。"②

李炳海则采取了另外一种思路，他仔细地研究了秦嘉的三首《赠妇诗》，发现他们从诗体形式、抒情主题到语言意象等诸多方面，分别与《古诗十九首》当中的《青青陵上柏》、《驱车上东门》、《行行重行行》、《西北有高楼》、《孟冬寒气至》、《凛凛岁云暮》、《明月何皎皎》、《东城高且长》等八首诗有借鉴与模仿的关系。这就存在着两种可能，一种是《古诗十九首》是受秦嘉《赠妇诗》影响而写成的，一种是秦嘉的《赠妇诗》的写作深受《古诗十九首》的影响。在这两者之间，更为合理的解释应该是后者。"这说明，《古诗十九首》中的这些诗在当时是作为一个整体被人传诵，被人借鉴，而不可能是《古诗十九首》的作者一而再，再而三地模仿秦嘉夫妇的几首赠答诗。可以设想，当时流传的古诗数量可能远远多于十九首。除上面列举的八首外，《古诗十九首》中的其余十一首虽然在秦嘉夫妇赠答中见不到明显的影子，但从思想内容到艺术技巧，都说明它们与这八首是同时代的产物。"由此，秦嘉的《赠妇诗》就成为确定《古诗十九首》产生

---

① 倪其心：《不悬而悬的悬案：漫谈〈古诗十九首〉写作年代及五言诗体的成立》，《古典文学知识》，1987年第4期。
② 曹道衡：《苏李诗和文人五言诗》，《文史知识》，1988年第2期。

年代的最好参照物,而且可以证明它一定产生在秦嘉《赠妇诗》之前,"写作年代应在公元140年到160年这二十年中,写于后十年的可能性更大"①。李炳海所采用的这种方法,是通过寻找可靠的材料来证明文人五言诗有可能产生在某个关节点之前,这种研究方法显然更为客观,也更有说服力。而张茹倩、张启成二人则从西汉已有文人七言诗的事实、文人五言诗与乐府诗的比较、《古诗十九首》的思想内容和部分用语研究几个方面,结合古人提供的有关材料提出,"《古诗十九首》大约最早产生于西汉中期,多数可能作于东汉的前期或中期,而少数诗篇作于东汉的后期"②。此说虽然过于宽泛,但是却体现了充分尊重历史记载的稳妥态度。特别是将汉代文人五言诗与七言诗做比较,从而证明文人五言诗的产生不会晚于文人七言诗,这是值得重视的一个研究视角,因为从文体发展的角度来讲,七言比五言更为难以把握,早在西汉人们已经可以较为熟练地运用七言这一形式,说文人们在此尚不会运用五言,起码是说服力不够的。赵敏俐又从分析钟嵘的《诗品》评价班固《咏史诗》"质木无文"一语的原意和班诗自身入手进行分析,指出了梁启超等人在这个问题上所犯的几点错误。第一,钟嵘批评班固的《咏史》"质木无文",只是他对这一首诗写作风格的评价,钟嵘还曾批评西晋永嘉诗风"理过其辞,淡乎寡味",批评东晋孙绰、许询诸人诗"皆平典似道德论",以此而论,难道说文人五言诗到东晋时还不成熟吗?一个人诗作的好坏与一个时代五言诗体是否成熟是两码事,因此我们不能用"质木

---

① 李炳海:《〈古诗十九首〉写作年代考》,《东北师大学报》,1987年第1期。
② 张茹倩、张启成:《古诗十九首创作时代新探》,《贵州民族学院学报》,1990年第4期。

无文"一语来证明文人五言诗到班固时代尚不成熟,这也不是钟嵘的原意。第二,正因为"质木无文"一语是钟嵘对班固《咏史诗》写作风格的评价,因而这一评价甚至也不证明班固这首诗本身在诗体的运用上还不成熟。所谓"质木无文",只不过是受"咏史"这一题材使然,使它与抒情诗有所不同,多了一些叙事和议论的成分。这正是咏史诗的特点,甚至到了左思以后也没有改变。反之,如果从纯形式的角度来看,班固这首《咏史诗》的诗体形式已经非常完整,隔句用韵,形式整齐,节奏鲜明,技巧熟练。因此,如果从纯形式的角度考虑,我们完全可以说,五言这一诗体到班固时代不是不成熟,而是非常成熟了。第三,进一步考察历史可知,钟嵘说"东京二百载中",文人五言只有班固《咏史》一首的说法也是不准确的,不要说在班固之后还有张衡、秦嘉等人的不少五言诗作,就是班固本人也曾经作过好多首五言诗,现存的历史文献中还保留着多首他的五言诗残句。刘勰也曾说过《冉冉孤生竹》一首为傅毅所作。这说明东汉初年的文人已经能够很熟练地运用五言诗这一诗体。第四,仔细分析班固的《咏史诗》我们还可以看出,这首诗中的某些诗句在意象的运用和抒情表达方面与《古诗十九首》有共同特点,它们应该有互相影响互相摹仿的关系。到底是谁摹仿了谁?若从五言诗的发展状况看,无论是现存的乐府诗还是文人诗,都是以叙事和抒情为主,咏史则属于特例。因此,我们很难想象这些抒情诗人都去摹仿班固的《咏史》,更大的可能则是班固在文人创作五言诗已成风气的影响下创作了这首《咏史诗》,并且在诗中化用了现成的五言抒情诗句。或者说,这些相同的句子乃是当时五言诗创作的习用语,这种情况仍然说明文人五言诗的创作在班固时代已经是普遍现象。第五,现存的汉代文人五言诗之所以传世极少,一个重要的原因是由于经过东西汉两次历史的浩劫,《汉书》、《后汉书》等文献中曾有不少文人诗歌创作的记录,但是他们的绝大部分诗篇都没有保留下来。因而,我们不能仅仅根据现存传世作品的多少而轻易地得出否定性结论。第六,讨论汉代文人五言诗何时成熟的问题我们不能无视五言乐府诗的存在。现存大量的五言乐府诗中有些带有明显的文人口气,其中有些作品根据现有材料就可以证明它们产生于西汉,甚至产生于西汉早期。根据以上六点,赵敏俐认为,"应该把文人五言诗的成熟看作是东汉早年,或者说是班固生活时代的事"[1]。章培恒、刘骏对李陵《与苏武书》及《答苏武书》的真伪问题同样进行了较为深入的讨论,对五四以来梁启超等人提出的观点进行了逐条反驳,认为判定它们为后人的拟作或假托的证据都不能成立[2]。

仔细分析,在20世纪关于汉代文人五言诗的考证问题上,肯定与否定两派表面看起来是对历史文献的理解不同和所采信的证据不同。实质上还包括研究方法的不同和对历史文献的态度的不同。20世纪以来兴起的疑古思潮,固然有历史文化方面的原因,其中还有重要一点,就是当代学者们坚守"无征不信"的原则,由此而对历史文献中的某些记载提出了质疑与否定,这是符合科学精神的。但是,由于历史的久远和文献的缺少,时代越是久远的历史实况,我们现代人所知越少,我们现在所知的夏朝以前的历史均来自于后世的转载与传闻,商代因为有了甲骨文的出土我们才能对其社会历史状况有部分的了解,两周秦汉虽然保存了部分可贵的历史文献,但是光靠这些

---

[1] 赵敏俐:《论班固的〈咏史诗〉与文人五言诗的发展成熟问题——兼评当代五言诗研究中流行的一种错误观点》,《北方论丛》,1994年第1期。
[2] 章培恒、刘骏:《关于李陵〈与苏武诗〉及〈答苏武书〉的真伪问题》,《复旦大学学报》,1998年第2期。

材料远远不能全部恢复历史的真实状况,绝大多数的历史事件和人物故事的记载都有巨大的细节缺失,难以对其进行圆满的连缀,疑点甚多。在这种情况下,我们如何对待这些历史的记载?是对其简单的否定还是存疑?这是对当代学者历史观和方法论的一个考验。其实,对这个问题,早在20世纪20年代王国维就已经敏锐地看到。他说:"吾辈生于今日,幸于纸上之材料外,更得地下之新材料。凡此种材料,我辈固得据以补正纸上之材料,亦得证明古书之某部分全为实录,即百家不雅驯之言亦不无表示一面之事实。此二重证据法,惟在今日始得为之。虽古书未得证明者,不能加以否定,而其已得证明者,不能不加以肯定:可断言也。"[1]学者们由此往往盛称"二重证据法",但其实王国维在这段话中还有更重要的一层意思,即不要轻易否定现存历史文献的慎重态度。轻率地否定历史记载,这显示了20世纪某些学者的所谓"科学精神"与"理论自信",动不动就说文献上某条历史记载不可信,某种现象在历史上的某个时期绝不可能发生,而历史正在以无情的事实嘲弄他们的自作聪明。甲骨文的出土证明了司马迁《史记》中所记载的殷王世系基本可靠,《唐勒赋》的出土证明了当代学者否定宋玉诸多赋作的武断,郭店简的出土证明了《礼记》基本上是先秦文献的汇编。六朝人关于汉代文人五言诗的历史记载虽然存在着矛盾和争论,但是那毕竟是距离汉代不远的历史记录,在没有发现可靠的证据之前,我们不应该轻易否定前人的记载,这应该是我们进行历史研究时所要坚持的基本原则。

---

[1] 王国维:《古史新证》,《王国维文集》第四卷,中国文史出版社,1997年版,第2页。

第三节　汉代文人五言诗艺术成就研究

　　以《古诗十九首》和传说中的苏李诗为代表的汉代文人五言诗，虽然当代学者对其真伪与产生的年代争论很大，但是在艺术评价方面却没有大的差异，都给予了高度的赞誉。这其中，尤以《古诗十九首》最为学者所赞赏。早在上个世纪前期，学者们就有精彩的评论。如王国维《人间词话》曾将《古诗十九首》视为以"真"取胜，写情"不隔"的典范。梁启超认为"十九首的第一点特色在善用比兴"。"十九首之价值，全在意内言外，使人心醉。其真意所在，苟非确知其'本事'，则无从索解。但就令不解，而优饫涵讽，已移我情。""十九首虽不讲究'声病'，然而格律音节，略有定程。"而十九首在思想上的特点，则因为它是厌世的哲学文学的代表，"把这种颓废思想尽情揭穿。他的文辞既'惊心魂魄，一字千金'，故所诠写的思想，也给后人以极大印象。千余年来中国文学，都带有悲观消极的气象，十九首的作者怕不能不负点责任哩。"[①]梁启超认为《古诗十九首》最大的特点在于"比兴"，他在这里所说的"比兴"并不等同于后人依照《毛诗》学派所进行的政治比附（如《诗比兴笺》），而"全在意内言外，使人心醉"，这是很精当的见解。不过他将《古诗十九首》看成是中国厌世文学和颓废文学的代表，并不太合适。《古诗十九首》里充满了感伤情调，但感伤并不等于厌世。《古诗十九首》里有浓厚的享乐意识，但享乐并不等于颓废。这期间，隋树森《古诗十九首集释》特别值得重视。作者虽然并没有在此书中详细分析《古诗十九首》艺术

---

① 梁启超：《中国之美文及其历史》，东方出版社，1996年版，第130—132页。

成就,但是他却汇集了明清以来十五种(正文九种,附六种)关于《古诗十九首》的分析解说,集录了古代重要的关于《古诗十九首》的评价。自己还为《古诗十九首》做了笺注,博取历代注家之长,详释每字每词之原意,所含文献典故之出处,前人的精彩评点。正是"述而不作"的典范,对于我们学习研究《古诗十九首》助益极大[①]。其后,朱自清的《古诗十九首释》,选取了其中的九首进行文字梳理与串讲,分析细致。值得注意的是,朱自清指出了《古诗十九首》与乐府的关系。他说:"《十九首》没有作者,但是并不是民间的作品,而是文人仿乐府作的诗。乐府原是入乐的歌谣,盛行于西汉。到东汉时,文人仿作乐府辞的极多;现存的乐府古辞,也大都是东汉的。仿作乐府,最初大约是依原调,用原题;后来便有不用原题的。再后便有不依原调,不用原题,只取乐府原意作五言诗的了。这种作品,文人化的程度虽然已经很高,题材可还是民间的,如人生不常、及时行乐、离别、相思、客愁,等等。这时代作诗人的个性还见不出,而每首诗的作者,也并不限于一个人,所以没有主名可指。《十九首》就是这类诗,诗中常用典故,正是文人的色彩。但典故并不妨害《十九首》的'自然',因为这类诗究竟是民间味,而且只是浑括的抒叙,还没到精细描写的地步,所以就觉得'自然'了。"[②]认为《古诗十九首》没有作者,作者可能不限一人,这一说法虽然只是推测,但是朱自清非常敏锐地指出了《古诗十九首》与汉乐府的关系,认为它在艺术上的"自然"与此有关,显示了他不凡的艺术感悟力。在《古诗十九首》的艺

---

① 隋树森的《古诗十九首集释》最早由中华书局1936年出版,1955、1957年先后两次重印。

② 朱自清:《古诗十九首释》(一)~(四),《国文月刊》,1941年第6期,第8—10页;第7期,第10—13页;第8期,第3—6页;第9期,第15—17页。

术研究中,最重要的著作是马茂元的《古诗十九首探索》[①]。在此书的前言里,作者讨论了《古诗十九首》在中国诗歌发展史上的重大意义,认为"它是中国诗歌从民间文艺发展到文人创作的黄金时代的一个过渡时期","汉代乐府从最初叙事和抒情互相揉杂,逐渐趋向分流。《古诗十九首》出现在东汉末年,正标志着这种分流的明朗化","《古诗十九首》的出现,标志着五言诗在发展中达到成熟阶段",它"总结了汉代乐府的光辉成就,替建安文学奠定了牢固的基石。它正是由两汉发展到魏、晋、南北朝诗歌史上的一个转折点"[②]。应该说,无论将《古诗十九首》看作是汉末还是笼统地将其视为两汉之作,古诗从汉乐府中吸收营养而发展,它标志着文人五言诗的成熟,并为魏晋以后的五言诗发展奠定基础,这三点概括都是很准确的。接下来,作者讨论了《古诗十九首》的基本内容、现实性和思想性,认为《十九首》虽然各自成篇,"但合起来看,又是一个息息相通的整体。它围绕着一个共同的时代主题,所写的无非是,生活上的牢骚和不平,时代的哀愁与苦闷"。由此,作者分析了古诗十九首所产生的时代,认为那时正当"东汉末年,是统治阶级内部矛盾最尖锐的时期,同时也是政治上最混乱、最黑暗的时期"。在这种情况下,《古诗十九首》的作者抒写游子思妇的情怀,并由此而产生人生短促、及时行乐的思想,"这类思想是庸俗而粗野的,它的气质是浪漫而颓废的,但其中却隐藏着一种现实的、积极的因素"[③]。应该说,将《古诗

[①] 该书由作家出版社1957年出版。1981年陕西人民出版社重出此书,更名为《古诗十九首初探》。此前,马茂元曾发表过《论〈古诗十九首〉》一文,载《新建设》,1956年第9期,后经扩充,用作《古诗十九首探索》(初探)的前言。

[②] 马茂元:《古诗十九首初探》,陕西人民出版社,1981年版,第8—16页。

[③] 同上引第17—26页。

十九首》的产生时代放在汉末,并没有坚实的证据作为证明,而汉末社会的狂躁不安与士人情绪的激愤,也与《古诗十九首》所表达的思想与情感不完全合拍,但作者在此指出了《古诗十九首》的主题是汉代文人所抒发的生活上的牢骚和不平,是时代的哀愁与苦闷,同样是正确的概括。最值得注意的是,作者在此书中对《古诗十九首》的艺术特色,它的继承性和独创性做了精当的分析。如作者指出了《古诗十九首》中自然景物和环境描写的特征,"它总不同于晋、宋以后的山水诗和咏物诗,它只是为了表现主观心情而做出的必要渲染与衬托。"它看起来似乎是说理的,"但这只是一种人生的感慨,是感情的波澜而不是理性的思辨。""读《十九首》的人,谁都感到它充满着最浓厚的生活气息,但值得注意的是,它并不是生活现象有叙述,而是表现了人生中某些最动人的感觉和经验。""这种典型的抒情,在《十九首》里总是用最经济的笔墨把它描写出来的。有的是委宛含蓄,余意无穷;有的是慷慨激昂,淋漓尽致。在变化里取得统一,在参错里取得和谐,表现出高度的概括性。这种高度的概括性,是由于诗人在丰富的生活感受里让他的全部情感发酵、酝酿,这样,从他心底所流出的诗的语言,也就像从糟床注出来的美酒一样,量愈是少,质愈是醇,愈是使人沉醉。"文学的特质是形象,"《十九首》的卓越成就,是在于它的任何一篇都毫不费力地自然而然地构成了一个完整而鲜明的活的艺术形象。""《十九首》里所描写的固然是人生最现实的哀愁,但诗人并没有把它窒死在狭隘的空间和局促的时间里。内在心情与客观世界的契合,在诗歌中不可遏止地飞翔着极其丰富的、空阔无边的诗人的想象。这样,就使得诗歌的形象无限制地扩大,突破诗人所明确认识到的思想领域。""《十九首》的作者是文人,当然在诗的语言上也就处处带着文人诗的色彩；但它不同于汉赋的是：这些带有文人诗的色彩的语言，同时也就是质朴而生动自然的人民口语的集中和提高。""自然"是《十九首》语言的一大特点，"给人的感觉是含蓄蕴藉，余意无穷"，但是它"同样表现了诗人高度的语言艺术技巧"，这又表现在两个方面："第一，通过成词、成语、典故的暗示作用，把丰富的内涵纳入于最简约的语言里。""第二，通过句法的变化，从互相补充中表现出一个完整的意义，达到文省而义见的效果。""《十九首》的语言是工整的。无论是用字、遣词或造句，都能看出诗人在语言技巧上所独具的匠心。"[①]从上面的论列中可以看出，马茂元对《古诗十九首》的艺术成就分析是相当全面的，也是深得其艺术真谛的。在篇目分析中，作者又将在前言中所概括的这些特点——化为具体生动的解析。在20世纪《古诗十九首》的艺术研究中，这部著作具有特别重要的意义。

关于《古诗十九首》的艺术分析，20世纪几部著名的文学史著作，如刘大杰的《中国文学发展史》、中国社会科学院主编的《中国文学史》都有精彩的论述。其中游国恩等人主编的《中国文学史》所概括的四点最有代表性："《古诗十九首》的主要艺术特色是长于抒情，其抒情方法往往是用事物来烘托，融情入景，寓景于情，二者密切结合，达到天衣无缝、水乳交融的境界。""《古诗十九首》的另一显著特点是善于通过某种生活情节抒写作者的内心活动，抒情中带有叙事意味，使诗中主人公的形象更鲜明突出。""《古诗十九首》还有一个特点，就是善于运用比兴手法，衬映烘托，着墨不多，而言近旨远，语短情长，含蓄蕴藉，余味无穷。""《古诗十九首》的语言不假雕琢，浅

---

① 马茂元：《古诗十九首初探》，陕西人民出版社，1981年版，第26—40页。

近自然,但又异常精炼,含义丰富,十分耐人寻味。"①

　　20世纪80年代以后,关于汉代文人五言诗的艺术研究有了长足的进展。关于它的美学特色研究、语言形式研究、抒情艺术研究、修辞技巧研究,都有专门文章论述。李泽厚在《美的历程》一书中,就从生命意识的角度,对此进行了非常深刻的论述。他说:"《古诗十九首》以及风格与之极为接近的苏李诗,无论从形式到内容,都开一代先声。它们在对日常时世、人事、节候、名利、享乐等等咏叹中,直抒胸臆,深发感喟。在这种感叹抒发中,突出的是一种生命短促、人生无常的悲伤。""核心便是在怀疑论哲学思潮下对人生的执著。表面看来似乎是如此颓废、悲观、消极的感叹中,深藏着的恰恰是它的反面,是对人生、生命、命运、生活的强烈的欲求和留恋。"②邓乔彬认为:"'十九首'一反汉赋功利文学的面目,恢复了言志抒怀的传统,真实表达了时代的苦闷,表现了作者的志趣和感情,而这正是从假到真的体现。""从'十九首'的'真美'可以看到生活美和艺术美的一定统一。""'十九首'用'以形写神'表现了生活美,创造了艺术美,上纠两汉之弊,下开建安之风,在文学和美学上是功不可没的。"③将哲学与美学的思考引入汉代文人五言诗的研究,是这一时期的重要特征。如钱志熙则从先秦就已存在的生命意识观说起,对汉代辞赋、诗歌中存在的生命意识,从汉初到汉末的发展做了一个比较系统的梳理,指出了《古诗十九首》中的生命意识与汉代生命观的

---

　　① 游国恩等主编:《中国文学史》(一),人民文学出版社,1963年版,第185—188页。
　　② 李泽厚:《美的历程》,文物出版社,1981年版,第87、89页。
　　③ 邓乔彬:《浅析〈古诗十九首〉的美学思想》,《文艺理论研究》,1983年第1期。

联系①。此时多有人从事这方面的开掘与讨论②。此外，在对《古诗十九首》各篇的解读上，也多有细致的分析讨论。叶嘉莹可为代表。他没有沿袭20世纪以往学者从时代背景社会政治的角度切入作品，而特别强调《古诗十九首》中所表现的人类共有的情感。认为这是它在千百年里不断让读者有所感动、有所发现、有所共鸣的基础。他说："《古诗十九首》所写的感情基本上有三类：离别的感情、失意的感情、忧虑人生无常的感情。我以为，这三类感情都是人生最基本的感情，或者也可以叫作人类感情的'基型'或'共相'。因为，古往今来每一个人在一生中都会有生离或者死别的经历，每一个人都会因物质或精神上的不满足而感到失意，每个人都对人生的无常怀有恐惧和忧虑之心。而《古诗十九首》就正是围绕着这三种基本的感情转圈子。""说出了我们人类感情的一些'基型'和'共相'。"③以此为出发点，作者利用多种方法，对《行行重行行》、《青青河畔草》、《今日良宴会》、《西北有高楼》、《东城高且长》等五篇做了细腻精当的

---

① 钱志熙：《唐前生命观和文学生命主题》，东方出版社，1997年版。
② 如阮忠：《为乐当及时，何能待来兹：〈古诗十九首〉消极人生观形成的探索》，《咸宁师专学报》，1984第1期；王利锁：《文学·哲学·人的觉醒：古诗十九首及其享乐思想反思》，《江汉论坛》，1989年第6期；杨德贵：《论〈古诗十九首〉的生命意识》，《信阳师范学院学报》，1991年第4期；王丽洁：《论〈古诗十九首〉的情感特征及其审美价值》，《海南师院学报》，1992年第2期；刘迪才：《〈古诗十九首〉的审美意象》，《学术论坛》，1992年第5期；郭自虎：《意悲而远，惊心动魄：论〈古诗十九首〉的生命意识与生活态度》，《芜湖师专学报》，1995年第1期；黄凌：《欢愉之辞难工，愁若之言易好：谈〈古诗十九首〉的感伤情怀》，《湛江师范学院学报》，1995年第3期；刘方喜：《人生意义的诗意彰显：古诗十九首人生主题的生存本体论解读》，《徐州师范学院报》，1995年第4期；刘则鸣：《〈古诗十九首〉的孤独伤痛与汉末士人的生存焦虑》，《内蒙古大学学报》，1996年第2期；等等。
③ 叶嘉莹：《汉魏六朝诗讲录》，河北教育出版社，1997年版，第79—81页。

分析。

在这一时期汉代文人五言诗的研究中,倪其心的《汉代诗歌新论》是一部较为重要的著作。在该书中,作者将汉代五言古诗从整体上看作是"下层文人的诗",包括《古诗十九首》、苏李诗、秦嘉、郦炎、赵壹以及《兰若生春阳》等其他无名氏古诗。作者认为,"总起来看,《十九首》的思想特点是封建下层文士从自身地位、利益、处境、遭遇出发,充满感伤哀怨,抒写惆怅不满,迸发气愤不平。为了改善提高地位和待遇,他们不得不放弃家庭生活,奔走仕途,追求功名,谋取富贵,因而造成这一阶层游子思妇的普遍,离愁别绪的丛生。但是,他们在仕途,也是他们人生旅途中的遭遇却往往坎坷不平,滞留异乡,困顿他方,沉沦潦倒,发不了家,也回不了家。他们饱尝辛酸,受尽屈辱,看遍世态,识透人生,发觉自身无力,痛感现实黑暗。于是退避者有之,超脱者有之,随波者有之,愤世者亦有之,却并不挺身谋求改革者。因而有牢骚不满,有愤愤不平,有哀怨,有悲伤,有讽世警语,有醒世哲理,有冷嘲热讽,有自嘲嘲人,有真性情真悲哀,有肺腑语感人心,也有悲观失望,无望乃至绝望,宣扬人生短促,富贵无常,及时行乐,恣情放荡,惟独难发豪言壮语,不见远大抱负,似无政治理想。显然,这是下层士子的一种真实思想情绪,一种确实存在的现实状况,因而具有现实的真实性,历史的时代性。"[①]这一论述虽然与梁启超、游国恩等人的分析总体一致,但是却显得更为细致,也更为全面。同时,作者对这些下层文人的诗作的艺术特点也做了新的分析,认为它与乐府诗有着直接的联系,"总起来看,古诗艺术风格的主要特点是清丽而如话,是由于它们的作者及加工者为

---

① 倪其心:《汉代诗歌新论》,百花洲文艺出版社,1992年版,第264页。

下层文人,抒写心里话,较乐府说得更集中,更简练,更文雅,注意身分尺寸,讲究方式方法。因此,表现在抒情方式上类似叙事,好像秀才说家常,发牢骚;表现在语言艺术上便是精炼,干净简洁,不拖沓,不芜杂,而且在构思、手法、修辞方面都求精致雅,达到五言规范的高度"①。

在这一时期的汉代文人五言诗艺术研究中,赵敏俐是其中重要一位。他的博士学位论文《两汉诗歌研究》与另一部学术专著《汉代诗歌史论》,以及发表在这一时期的几篇重要论文,与作者对文人五言诗产生时代的考证相发明,构成了独立的研究体系。这包括三个方面:第一,不要简单地从东汉末年社会动乱的角度来分析这些文人五言诗的内容,而应该把它放在更为广泛的社会历史文化中来考察。"以《古诗十九首》为代表的汉代文人五言诗,主要表现的不是东汉末年社会动乱时代文人士子的羁旅愁怀,而和自汉初时起就产生的一种社会思潮紧紧相关。它上承自春秋战国以来就已产生的新兴地主阶级的享乐意识和生命意识,同时又比较明显地表现了汉代社会文人士子的生活际遇和他们的世俗情怀。正因为它表现的是新兴地主阶级的享乐意识和生命意识,所以带有较强的世俗化色彩。它不是政治抒情诗而是生活抒情诗。它不符合《诗经》雅颂传统和楚骚风范,但是它却更贴近于生活,更容易展示文人士子的世俗心灵。"②汉代文人以男女相别离为题材的五言诗创作,并非一定要产生文人士子困顿落魄和政治失意之时,而是汉代社会追求世俗享乐,感叹人

---

① 倪其心:《汉代诗歌新论》,百花洲文艺出版社,1992年版,第280页。
② 赵敏俐:《论汉代文人五言诗与汉代社会思潮》,《社会科学战线》,1994年第4期。

生短促这种社会思潮在文人士子阶层中的一种特殊表现。它在客观上再现了汉代文人士子在读书仕进之路上的艰难追求。同时也真实而坦率地表现了他们的个体人生观念和生活理想。他们的思想境界并不那么崇高,他们对社会批判的意识也并不那么强烈,他们那赤裸的男女情感表露甚至略带原始性本能的冲动,人生短促的悲伤也不免有些消极。但是,他们在个体人生价值的追求中却带着几多执著和真纯,并且在一定程度上表现了封建社会中文人士子个体人格的存在价值和意义。"[①]第二,汉代文人五言诗高度艺术成就的取得,需要从文体、内容与风格三个方面来认识。"首先,从文体上讲,它从广义上隶属于乐府,和汉代散体大赋、骚体赋不但有鲜明的文体差异,而且有不同的艺术表现功能,它是文人们参与乐府诗创作的过程中逐渐形成一种新的五言诗形式,是世俗的艺术;其次,从内容上讲,它继承了《诗经·国风》的优良传统,但是又不同于一般的民俗歌谣,而是以抒写文人士子的世俗情怀、表现他们的生命意识为主的创作,是文人士子对自身命运的感叹和另一种思考,具有极其深刻的思想性;其三,在以上两点的基础上,它形成了一种兼具有文人诗和乐府诗特长的艺术风格,既真挚质朴又文雅自然。和'诗骚传统'相比,它显得'俗',无疑是属于俗文学的艺术。但是和乐府歌谣相比,它无疑又是具有文人特质的比较文雅的艺术。它的产生,标志着中国文人诗创作道路的一个重要转折:开创了一个突破'诗骚传统'的,以抒写封建文人个体世俗情怀为主的新的诗歌创作领域,同时也开创了一种新的诗体——一种'雅''俗'相

[①] 赵敏俐:《汉代诗歌史论》,吉林教育出版社,1995年版,第257—258页。

间的文人五言诗新体。"①"世俗之情的坦露"、"生命意识的张扬",由此而树立了一种雅俗相间的"艺术典范"②。第三,为什么五言诗会成为汉代以后中国诗歌的主要样式?为什么它比四言诗只多了一个字,就会产生如此大的变化?赵敏俐认为,因为诗歌是有节奏有韵律的语言加强形式。所以要探讨五言诗体的奥秘,就必须从它的节奏韵律特征入手。四言诗起源于原始社会的劳动,它自然形成了整齐的二拍子节奏,并由此强化了语言,使诗句的节奏与语言单位形成了完美的统一,即一句诗可以分成两个相对独立的语意单位。同样道理,三拍子节奏的五言诗,内在地趋向于把一句诗分割成三个相对独立的语意单位。为从句法结构上增加主谓以外的附加成分提供了可能。这就促使了五言诗结构的复杂化,从而提高了诗句的表达能力。因而,在一般情况下,五言诗的三个相对独立的语意单位,在四言诗句中就需要两句才能表现出来。例如,《古诗十九首》中'越鸟巢南枝'这样的诗句,在《二南》中几乎相当于'黄鸟于飞,集于灌木'这两句诗的容量。前者表面看来只增加了一个补语'南枝',说明'越鸟'筑巢的处所,可是,这一补语在四言诗中必须用'集于灌木'式的句子才能补出。同样道理,四言主谓句的宾语之所以要用'之'字代替,就因为其本身不能容纳原来的宾语,不得不把它放在前一句中提出。如'南有樛木,葛藟累之'。所以,《古诗十九首》中'兔丝附女萝'一句诗,实际相当于'田有女萝,兔丝附之'这样两句的意义。五言诗比四言诗句法结构的复杂与表达能力的提高,仅此可见一斑。"对于五言诗语言结构的复杂化给诗歌创作带来的影响,赵敏俐

---

① 赵敏俐:《论汉代文人五言诗的艺术特征》,《文学遗产》,1995年第2期。
② 赵敏俐:《汉代诗歌史论》,吉林教育出版社,1995年版,第258—274页。

又总结了以下三点:"第一,语言结构的复杂化,使诗歌语言更加精炼,相应的,五言诗歌结构中的虚词使用量反而减少了。""第二,语言结构的复杂化,客观上有利于五言诗中双音词的增加。""不但大大地提高了五言诗的叙事、描写等艺术表现能力,而且对后世诗歌语言的对偶格律化也有极大影响。""第三,语言结构的复杂化,使诗歌的叙述描写手段发生了变化。""诗歌是语言的艺术,它要靠语言来刻画形象,靠语言来描绘事物,描绘人的心灵,描绘丰富多彩的大千世纪,没有描绘就没有文学。可见,正因为句子成分的复杂化,才使五言诗在叙述描写的手段方面发生了变化。它为诗人的修辞炼句提供了更广阔的天地,也为诗人创造新的艺术形象和意境,开拓了广阔前景。因而它在客观上也标志着,自汉代以后,中国诗歌语言艺术表现能力,也达到了一个新的时代高度。"[1]对五言诗的句法结构做这样细致深入的分析,是以往的研究所没有的。

在汉代文人五言诗研究中,吴小平的《中古五言诗研究》也是一部重要的著作。此书的研究不限于汉代,对于以《古诗十九首》、苏李诗为代表的文人五言古诗论述较少,但是用较多的篇幅讨论了五言诗与乐府歌谣的关系。认为五言诗的形式特征与它的音乐特征紧密相关,并认为五言诗成熟的标志有以下三点:第一是五言诗自身音乐性的显现,第二是五言诗抒情特性的凸现,第三是五言诗语言的逐渐雅化[2]。值得注意的是,在20世纪的文人五言诗研究中,学者们基本都把注意力放在了《古诗十九首》、苏李诗诗上,且多以考证为主,很少有人论及其他诗人的五言诗。而此书则对班固、张衡、秦嘉、

---

[1] 赵敏俐:《两汉诗歌研究》,台北文津出版社,1993年版,第210—222页。
[2] 吴小平:《中古五言诗研究》,江苏古籍出版社,1998年版,第177—187页。

蔡邕、郦炎、赵壹等人的五言诗都专有论述。对班固的《咏史》一诗，因为事关汉代文人五言诗的起源问题，学者多有关注，只是把它当作文人五言诗到此尚不成熟的标志，真正研究者甚少，吴小平对这首诗的本事进行了考索，对班固的五言新体诗意识有积极的评价。可惜的是，作者囿于钟嵘评价这首诗"质木无文"一语，对这首诗咏史题材的独特性却没有给予正面的关注，对其形式的完整性也没有给予很高的评价，因而从整体上并没有给予更高的评价[①]。不过，作者对其他几位诗人，特别是对秦嘉的五言《赠妇诗》三首，结合二人的书信，却做了相当细致的分析。指出其中的"惜时情调"、"个性化特征"与"使事用典"等几方面与《古诗十九首》相类似的特点。评价蔡邕的《翠鸟》诗是"文人五言诗历史上最早的一首寓言体诗"，郦炎的两首《见志诗》"立意甚高，表达了郦炎特立独行、高洁超迈的品格"，赵壹的两首《刺世嫉邪诗》"辞赋一体，体有定格"，"强烈的对比手法"，"灵活多变的用典技巧"等等，概括简略准确。现存的留下作者名字的汉代文人五言诗很少，这些诗篇因而显得都很珍贵，每一首都值得研究。

[①] 吴小平：《中古五言诗研究》，江苏古籍出版社，1998年版，第126—139页。

第四章 四言诗、骚体诗与七言诗研究

在汉代诗歌史上,除了五言诗之外,四言诗、骚体诗和七言诗也各自呈现出独特的面貌。20世纪以来,关于这些诗体的研究,虽然不像乐府诗、五言诗研究那样热闹,但是也取得了许多成果。下面我们分别给予介绍。

第一节 20世纪的汉代四言诗研究

流传到后代的汉代四言诗并不多,且多属于乐府歌诗,不入乐的徒诗较少[①]。20世纪没有受到太多的重视。80年代之前除个别篇目有人关注之外,总体研究较少。80年代之后,关注的人逐渐增多,并且出现了以此为题的硕士和博士论文,总体研究也逐渐深入。

韦孟四言《讽谏诗》和《在邹诗》两首,是现存西汉最早且最有代表性的文人四言诗,因而颇受后人重视,如萧统在《文选序》中就说:"自炎汉中叶,厥途渐异。退傅有'在邹'之作,降将著'河梁'之篇。

[①] 据逯钦立《先秦汉魏晋南北朝诗》收有建安二十五年之前辞世的诗人的四言诗15首左右(具体篇目可参考2001年,张侃的博士学位论文《汉代四言诗流变研究》,第15页)。此外,有陈尚君、骆玉明补辑所失收的六十余首(参见陈尚君、骆玉明:《〈先秦汉魏晋南北朝诗〉补遗》,《文学遗产》,1987年第1期,第124—128页)。

四言五言,区以别矣。"这里所说的"退傅有'在邹'之作",指的就是韦孟的《在邹诗》。刘勰也说:"汉初四言,韦孟首倡,匡谏之义,继轨周人。"(《文心雕龙·明诗》)到了20世纪,鲁迅在《汉文学史纲要》中也肯定了韦孟《讽谏诗》在汉代四言诗发展中的重要价值:"戊荒淫不遵道,孟乃作诗讽谏;后遂去位,徙家于邹,又作诗一篇,其叙事布词,自为一体,皆有风雅遗韵。魏晋以来,递相师法,用以叙先烈、述祖德,故任昉《文章缘起》以为'四言起于前汉楚王傅韦孟《谏楚夷王戊》诗也'"①。不过,一般的文学史著作对韦孟的诗作评价却不高。如郑振铎在《插图中国文学史》中所说:"《诗经》中的诗歌,大体是四言的。《楚辞》及楚歌,则为不规则的辞句。而四言为句,又过于短促,也未能尽韵律的抑扬。又其末流乃成了韦孟讽谏诗,傅毅迪志诗等等的道德训言。"②而且郑振铎还认为,四言诗因为句子结构的问题,音声短促,不能尽诗歌韵律上的抑扬顿挫之美,这种文体本身就是存在缺陷的。所以,如果四言诗再沦于教化之言,就彻底丧失了诗歌的美感了。如梁启超在《汉魏时代之美文》中,辑录了韦孟的《讽谏诗》,并介绍了他的《在邹诗》,他的六世孙韦玄成的《自劾诗》和《戒子孙诗》,以及司马相如《封禅文》中的四言颂辞。认为"这些诗完全摹仿《三百篇》,一点没有变化,而徒得其糟粕。很像明七子摹仿'盛唐'的样子,颇觉可厌。但我们不能怪他,西汉时所谓诗人之诗,恐怕都是如此。……司马相如聪明些,摹仿得活泼一点,韦孟厚重些,摹仿得呆滞一点。总而言之,西汉文学家用心作

---

① 鲁迅:《鲁迅全集》第九卷,人民文学出版社,1981年版,第137页。
② 郑振铎:《插图中国文学史》第一册,作家出版社,1957年版,第101页。

的诗,全摹仿《三百篇》"①。梁启超认为汉代文人诗创作经学化的现象非常严重,四言诗模仿《诗经》,古板沉闷,只得其糟粕。不过,他认为两汉的四言诗也并非全都一无是处,他评价仲长统的《述志》诗二首时,说:"自韦孟以下三百多年的四言诗,都是摹仿《三百篇》皮毛,陈腐质木得可厌。这两首诗命意结体选词,都自出机杼,完全和《三百篇》两样,与曹孟德《对酒》、《观沧海》诸篇,同为四言诗一大革命。这是技术上的特色,至于实质方面,他能代表那时候思想界沉寂不安的状况。"②这段话说明,梁启超认为,汉代的仲长统的《述志》四言诗二首,与曹操的《对酒》、《观沧海》,还是突破了《诗经》风格的束缚,并且表现了时代的思想风气,终于开创了四言诗发展的新局面。这是较早较全面对汉代四言诗的风格特点和发展变化予以关注的评价的文章。以后诸家论及汉代四言诗,也多是注意到韦孟的《讽谏诗》和仲长统的《述志》诗二首。如刘大杰在《中国文学发展史》中说:"四言诗较好的作品是汉末朱穆的《与刘伯宗绝交诗》和仲长统的《述志》……这是东汉末年大乱,儒家衰微时期知识分子彷徨苦闷的呼声。"③这也是肯定了仲长统的《述志》诗在表现那个时代的思想风潮的价值。八九十年代的专著中也有一些章节涉及到对汉代四言诗的论述,如郑文《汉诗研究》,对韦孟的《讽谏诗》、《在邹诗》、韦玄成的《自劾诗》、《戒子孙诗》、傅毅的《迪志诗》、朱穆的《与刘伯宗绝交诗》、仲长统的《述志诗》、《华阳国志》所载无名氏《伤三贞诗》等都有简短评述,除了对韦孟的两首诗给予批评之外,对其它各

---

① 梁启超:《饮冰室合集》第十册,中华书局,1989年版,第129页。
② 同上引第134页。
③ 刘大杰:《中国文学发展史》,上海古籍出版社,1982年版,第178页。

第四章 四言诗、骚体诗与七言诗研究

首诗多指出其可取之处,立论稳妥。

80年代以后对汉代四言诗做出全面分析的,是倪其心《汉代诗歌新论》。在这部书里,倪其心对汉代所有存世的四言体,包括乐府和徒诗,都进行了系统分析。他认为,"汉代四言诗比较寥落。但这是就现存四言作品而论的。其实,作为一种传统的雅正诗体,在汉代是不乏创作,数量颇多的。即使以今存的四言诗约80多首计,不算甚少。如果从诗歌艺术鉴赏角度评论其优劣,从而断定汉代四言诗的成就,这并非历史的批评,不能作为对历史现象的研究。汉代四言诗的存在与发展,是客观存在的一种历史现象,应当从历史事实出发,对具体情况进行具体考察,然后才可从总体上予以实事求是的分析评论。事实上,汉代四言诗,不但作为一种传统正声雅诗存在,出现了僵化的趋势,而且始终存在非传统的四言作品,并且发生了异化现象有复苏趋势。它作为一种诗歌艺术的形式体裁,并不因为属于传统形式而僵化至于死亡,也不是简单的新陈代谢,旧的四言体消亡,新的五、七言体兴起繁荣。汉代四言诗,就现存作品看,不都是汉人心目中的正声雅诗,其中有俗曲新声的民间歌谣,以及类似的《诗经》里'变风变雅'的四言新诗。因此,有必要对汉代四言诗歌创作进行具体考察,如实评论"①。接下来,作者就从四言诗的僵化、异化、复苏三个方面对汉代四言诗做了十分详细的论述。所谓僵化,主要是指那些自觉遵守儒家传统的四言诗,主要出于庙堂颂歌和儒家学士大夫的创作。这些诗篇,即便是有些在内容上有可取之处,但是在形式上却没有突破,恪守传统,缺少活力。所谓异化,主要是指那些在颂、赞、铭、箴等文体中的四言,它们虽然是四言体,但是却属于

---

① 倪其心:《汉代诗歌新论》,百花洲文艺出版社,1992年版,第48页。

应用性文字,诗性特征逐渐消弱。还有汉代辞赋和民歌谣谚中也有一些四言,这也属于从传统的雅颂四言中异化的结果。而所谓复苏,则是指在"儒家思想文化的统治有所松动"、"传统雅的诗歌艺术观念有所改变"、"传统的四言规范能够协调地容纳提炼了的生动口语,把单音节词为主变为双音节词为主的韵语句法"这三个条件下的新的创作。这其中,尤以张衡的《怨篇》、《思玄赋》中的四言诗歌、朱穆的《与刘伯宗绝交诗》、秦嘉的《述婚诗》和四言《赠妇诗》最有特色。它们在体裁上虽为四言,但是它们的语言、风格与传统四言都有不同,体现出新的生气,开启了魏晋以后四言诗发展的新途。作者认为:"汉代四言诗的僵化、异化及复苏的发展过程,提供了传统文化艺术改造更新的一个例证,也是古代诗歌艺术辩证发展的一个经验。"[1]该书将对四言诗的客观评述、具体分析与宏观把握结合在一起,论证全面周详,并从汉代四言诗的发展中总结出中国诗歌史上文体发展的一般规律,很有说服力。这是20世纪对汉代四言诗第一个做出全面论述的著作,值得重视。此外,赵敏俐也通过对汉代文人与先秦文人所处的不同身份处境的角度分析韦孟的《讽谏诗》与《在邹诗》,指出了这两首诗中情感的抒发与诗体的运用之间的矛盾,与《大雅》中的同类之作中所存在的原作与仿作之间的情感差异,从而说明后人为什么对这两首评价不高的原因[2]。

《白狼歌》是汉明帝时西南少数民族白狼族,在京都洛阳所献之歌,是从少数民族语言的颂歌翻译成汉族四言诗体式的,并且保留有用汉语所记的白狼族原作的语音。因为其特殊的历史文献价值,所

---

[1] 倪其心:《汉代诗歌新论》,百花洲文艺出版社,1992年版,第48—87页。
[2] 赵敏俐:《汉代诗歌史论》,吉林教育出版社,1995年版,第63—66页。

第四章　四言诗、骚体诗与七言诗研究

以受到20世纪学者的关注。1926年,吴承仕发表《白狼慕汉诗歌本语略释》一文①,认为白狼语就是汉语。其说法虽然不对,却是本世纪对这首诗研究之始。王静如从古音韵、训诂、比较语言学、新出土文物等方面对以上问题进行综合考察、分析、研究,得出的结论则更为科学和扎实可靠②。文中认为,白狼语与么些课佟语支最接近,但也与藏语支有密切关系,但或不及么些课佟语支③。丁文江将白狼语和少数民族语言进行了比较,认为白狼语是彝族先民的语言,在雅安地区也有可能有白狼文字④。这两类观点都大致认为《白狼歌》很可能是彝族所创。马长寿认为白狼语最为接近嘉戎语,将其列入藏语支⑤。到了八十年代,邓文峰、陈宗祥在前人的基础上,综合比照各个版本的文字,又结合唐代音韵的知识进行对音校勘,得到了比较严谨和可靠的文字版本。为我们进行进一步的语言学研究和诗歌的思想艺术研究,打下了良好的基础⑥。

《白狼歌》保留下来的珍贵的汉代少数民族语言的发音资料和经过翻译的四言诗歌,是一笔宝贵的语言学和文学资料,20世纪对它主要还是从语言学以及比较语言学的角度进行研究。经过不断地

---

① 吴承仕:《白狼慕汉诗本语略释》,《中大季刊》,1926年第1卷第2期。
② 王静如:《东汉西南夷白狼慕汉歌诗本语译证》,历史语言研究所出版《西夏研究》第一辑,1932年。
③ 么些课佟语支,即彝语支。
④ 丁文江:《漫游散记》前《独立评论》第34期,《爨文丛刻》,1936年1月,商务印书馆。
⑤ 马长寿:《四川古代民族历史考证》前《青年中国季刊》,1940年7月第一卷第四期。
⑥ 邓文峰、陈宗祥:《〈白狼歌〉歌辞校勘》,《西南师范学院学报》,1981年第1期,第114—116、115页。

努力,我们对它的认识逐渐深入和清晰起来,其中也体现出汉代多民族文化互相吸收、不断融合的历史趋势,以及语言学的发展。我们可以在此基础上,对《白狼歌》的艺术和思想价值,及其在民族文化交流中的意义进行更深层次的研究①。

《焦氏易林》,是用四言体写成的解释《周易》卦爻辞的书籍,也是受到关注较多的汉代四言诗作品集。此书以前多被当做占卜之书。只有明代中期的杨慎在《升庵集》卷五十三中将之作为文学作品来看并且给予称颂。

20世纪重新对《焦氏易林》给予关注的是闻一多。他从《焦氏易林》中选取123条(有少数摘句),题名《易林琼枝》,置于《风诗类钞》,作为他的文学史讲稿的一部分内容。在选文之后还写了这样一段话:"如果我说汉代文不在赋而在乐府与古诗,想来是不会有多少人反对的。如果我又说除乐府、古诗外,汉代还有两部分非文学的文学杰作,一部分在《史记》里,另一部分在《易林》里;关于《史记》你当然同意,听到《易林》这名目,你定愕然了。《易林》是诗,它的四言韵语的形式是诗;它的'知周乎万物'的内容尤其是诗。——这意在我心里远在十年以前就已确定了。"对于《焦氏易林》所具有的文学特质,闻一多还做了这样的说明:"内容——一般人的生活——写实主义。全部生活——无英雄人物。日常生活——无传奇意味。以上性质阴暗者多——故近自然主义——几乎是暴露的。真悲剧——普遍永恒。悲天悯人:'长太息以掩涕兮,哀民生之多艰。'"这是对《焦氏易林》一书内容上的诗性特质的概括。此外,闻一多还从艺术

---

① 陈宗祥、邓文峰:《〈白狼歌〉研究述评》,《西南师范大学学报》,1979年第4期,第48—55页。

第四章 四言诗、骚体诗与七言诗研究

手段的角度指出其诗性特点:"手段——'易象'。天机不可泄露。谈言微中。暗示。比喻 imagery,以生物比人——以无知识的比有知识。人格化——personificagion——全个宇宙结有知识有感情了。作者与上帝同地位——对象不只人且及万物。"[①]可以说,闻一多从内容和形式及表现方式等几个方面,对《焦氏易林》的诗性特质给予了准确的概括,其眼光是独到的,敏锐的。

其后关注这部书的是钱锺书。他在《管锥编》一书中,单列《焦氏易林》专题,论述《乾》、《坤》等三十林,涉及六十四林百余篇作品,并盛赞曰:"盖《易林》几与《三百篇》并为四言诗矩矱焉。"[②]认为《焦氏易林》可与《诗经》相提并论,并为四言诗法度之作,对《焦氏易林》的诗学价值评价很高。钱锺书对《焦氏易林》的研究,体现了他一贯的学通古今、中外的研究风格。对所论及篇、句的文学价值的分析,也多涉及古今的源流影响、中西方的异同比较,内容非常丰富。如二十七《垢》之《损》辞曰:"梦饭不饱,酒未入口;婴女虽好,媒雁不许。"说的是"望梅而渴不止也"。钱锺书非常欣赏,连举后出的三个内容类似的例子:《潜夫论·实贡》"夫说粱饭食肉,有好于面,而不若粝粱藜蒸之可食于口也";《楞严经》卷一"如人说食,终不能饱"、唐代寒山诗"说食终不饱,说衣不免寒"。然后钱锺书评曰:"'梦饭'之造境寓意深于'说食',盖'说食'者,自知未食或无食,而'梦饭'者,自以为食或可得而食也。"[③]认为焦延寿创造的这种"梦饭"的情境,它的寓意要比"说食"更加深刻。因为"说食"的人自己本来是知

---

① 闻一多:《易林琼枝》,《闻一多全集》第十卷,湖北人民出版社,1993年版,第61、63页。
② 钱锺书:《管锥编(二)》,生活·读书·新知三联书店,2001年版,第221页。
③ 钱锺书:《管锥编(二)》,生活·读书·新知三联书店,2001年版,第297页。

道没有吃、没有食物的,而"梦饭"的人,确实自己本来以为可以吃或者可以得到吃的。虽然两者都是立足于"望梅而渴不止也",但是这其中细微的差别,比之"说食"完全清醒的状态来讲,更加突出了"梦饭"者求婴女而不得、梦寐不舍的精神状态。文后又举了几个类似的例子,如冯梦龙《广笑府》的笑话:"一好饮者梦得美酒,将热而饮之,忽然梦醒,乃大悔曰:'恨不冷吃!'"这种"梦酒"的故事,应当是受了"梦饭不饱"的启发。焦延寿发明的"梦饭",不仅成为后代文学创作的一个母体,它本身对精神状态的摹写也是非常成功的。钱锺书对《焦氏易林》的文学价值的肯定,多类于此。

钱锺书之后,陈良运对《焦氏易林》展开了更为系统的研究。陈良运的研究内容大体可以分为两类,一类是对《焦氏易林》的作者和产生时代进行考证。关于《焦氏易林》的作者问题,《隋书·经籍志》云是焦赣所撰,俗传焦氏即京房弟子焦延寿,从此称《焦氏易林》。从隋至清乾隆年间编《四库全书》之时,少有争议,只是顾炎武怀疑过《易林》为东汉人著而嫁名焦延寿(《日知录》卷十八)。而胡适等人则将今见本《易林》的作者断为东汉的崔篆。至于钱锺书,则并未将《焦氏易林》的作者问题当作很重要的事情,他认为《焦氏易林》本身所具有的文学价值就足以让我们去肯定它了,至于它的作者是谁,我们大可不必如讼师般争来吵去,"判儿猫之是非",也就是对它的作者问题缺而不论。而陈良运的文章则纠正了前人的错误说法,并且将《焦氏易林》的作者问题研究推向了深入。他从五个方面指出了胡适在研究中所犯的错误:引用证据并不确凿、忽视一手资料而用二手资料、犯"孤证"错误、以伪证派生出的伪证作为主干支撑,从而指出,胡适等人的所谓"证据"和"论证"是经不起认真推敲、或者根本不符合学术规范、站不住脚的。同时,他还参考《刘向传》、崔篆生

第四章　四言诗、骚体诗与七言诗研究

平事迹及西汉末期至光武中兴的史实,对照此书内容,判定这本书只能产生于汉元帝前后时期,崔氏不可能在外戚专权的西汉末与东汉初作此书。陈良运还列举材料,从正面论证了本文应该为西汉时期焦延寿的作品①。第二是对《焦氏易林》的文学艺术思想价值的探讨。他认为《焦氏易林》在思想于艺术,以及文学史中,都有着独特而重要的意义,"《易林》是一部汉代中期出现的诗歌总集,以它的篇幅之钜、思想内容之广且深、艺术表现之新而美,在汉代文学龙其是汉诗领域,应有重要的一席地位,在中国古代诗歌发展的长河中,它至少也是一片灿烂的浪花"②。在以上研究的基础上,陈良运推出了一部重要的学术专著《焦氏易林诗学阐释》,在这部将近60万字的学术著作里,陈良运分三编对其进行了全方位的研究。上编为"《焦氏易林》诗选",分八辑选注了《焦氏易林》中的481首作品,对每一辑的作品都有概括性解说。如第五辑题为"失信不会,忧思若带",作者这样分析:"男女之间的爱情,是文学作品尤其是诗歌一个古老又永远新鲜的主题,爱恋、相思、失恋,是人类最美丽最动人的情感。但是,爱情、婚姻、家庭又不能不受时代兴衰、社会好坏的影响和制约,汉代社会男女的爱情生活,因征战、徭役和'浊政'造成的贫困,'内多怨女,外多旷夫',弥漫着一片'焕散四分'的忧郁色彩。'忧思

---

① 陈良运:《学术不可负前人,欺后人:〈焦氏易林〉产生时代再考,兼评胡适〈易林〉断贵崔篆的判决书中的"考证学方法"》,《江西师大学报》,1998年第4期。《〈焦氏易林〉作者考辨:兼与黎子耀先生商榷》,《周易研究》,1992年第3期。

② 陈良运:《论〈焦氏易林〉的文学价值》,《上海社会科学院学书季刊》,1993年第2期。《"云林集会,征计西戎"〈焦氏易林〉中的西汉边塞诗》,《文史知识》,1999年第12期。

苦带'是本辑诗篇的基本情调。"①第六辑题为"推车上山,高仰重难"。作者这样概括本辑内容:"人生艰难,道路辛苦,命运多舛,乃至家庭矛盾,病痛死亡,意外不幸等日常生活的遭遇,也有偶尔飘然而至的喜悦欢乐,都被两千多年前的这位诗人一一道出,以他的善言情致、善立意象,寥寥数笔就勾画出一幅幅生动逼真的人生百相,并深入到了人们的内心世界,刻划了社会各色人等的种种心理状态。焦延寿处身于其中的朝代已邈然远逝,但它书写的这一段人类心灵的历史获得了永存于人世的价值。"②中编为"《焦氏易林》诗论",作者首先考察了《焦氏易林》的成书与流传情况,作者其人,接下来重点分析论证了《焦氏易林》的诗性特质,认为它是"中国文学史之遗珠",是"具有时代特征的个性化抒情",是"中国古代哲理诗之渊薮"、"中国古代寓言诗之始兴"。接着,作者又分析了《焦氏易林》一书的具体表现特点,它在"诗歌题材上的新开拓","诗艺领域'立象'思维之先觉","创意修辞的超常发挥",分析了《焦氏易林》与汉初四言、扬雄《太玄》的不同,最后总结了《焦氏易林》在文学史上的地位,认为它是"汉代四言诗之大观","向五言诗体输入现实的活力",在文学与经学关系中具有"特殊位置"。下编则是《焦氏易林》作者的考辨,对焦延寿的生平、思想进行了考证分析,批评了胡适等人的观点,闻一多在《焦氏易林》研究上的贡献等等,内容丰富,自成体系,且行文流畅,充满感情,是一部特别值得我们重视的学术力作。此书出版之后,已在学术界产生很大影响③。

---

① 陈良运:《焦氏易林诗学阐释》,百花洲文艺出版社,2000年版,第138页。
② 同上引第158页。
③ 如卞孝萱、王琳《两汉文学》就吸收了本书的成果而有较好的论述,见该书第170—179页。

第四章 四言诗、骚体诗与七言诗研究

经闻一多、钱锺书、陈良运等人对《焦氏易林》一书的称扬,它在中国诗歌史上自然应该有其独特的地位,对此我们不能再忽视。但同时我们也注意到,《焦氏易林》去除重复后的三千多首系辞,有相当大的部分并没有诗的意境,顶多不过是用于说明吉凶的韵语而已。这也许就是古今多数学者不把它作为诗歌来看的原因。由此我们发现,如何判断《焦氏易林》的诗体性质实际是中国诗歌史上的一个难题,这牵涉到我们对于诗歌本质的理解和对文学史的认识。如果我们再仔细思考,会发现在中国诗歌史上还有很多类似的现象。逯钦立《先秦汉魏晋南北朝诗》受《古谣谚》的影响,在汉诗卷里把古籍中的许多"谚"和"语"都列入其中,可是却不收《焦氏易林》,在诗歌范围的取舍方面显然是相互矛盾的。其实,对《焦氏易林》四言韵语是否属于诗歌的问题,在这些汉代的"谚"、"语"当中同样存在。严格来讲,无论是"谚"还是"语",我们都不能把它们称之为"诗",它们基本上不能歌唱,也很少有诗的情感与意象。但是它们的确与"诗"有着一定的关联,它们往往是高度浓缩化的精炼的语言,具有诗的形式。这说明,四言诗在汉代虽然不如五言诗那样兴盛,但是作为一种古老的诗歌样式,它在汉代的发展仍然值得我们注意。特别是汉代文人的四言诗作,上承《诗经》四言诗传统而又有新变,标志着四言诗自汉代以后新的发展方向。而四言这种文体应用于《焦氏易林》、民歌、谣、谚,乃至铭、碑、赞、诔等诸多文体当中,形成一种介乎于诗与非诗之间的特殊语言形式,同样是值得我们关注的重要文学史现象。

随着现代学术研究不断发展,21世纪的汉代四言诗逐渐受到了更多人的重视,因论述时限关系,此处不赘。对汉代四言诗进行全面的、系统的整理、分析、研究,探讨这种文体本身在文学发展史中的独

特地位,如文体演变、表现内容,以及艺术、思想方面的审美价值,将是学术研究的一个新的、有价值的开拓领域。

第二节 20世纪汉代骚体诗研究

我们这里所说的骚体诗,主要指汉代那些以《离骚》体为模仿对象的抒情类作品,而不包括如刘邦的《大风歌》、项羽的《垓下歌》这些以《九歌》体为基本句式的"楚歌"。从文体形式上讲,这两者虽然都是先秦楚辞体的继续与发展。但是在汉人眼里,像刘邦的《大风歌》之类的"楚歌",因为它们仍然可以诉诸歌唱,所以汉人仍然当作诗来看待,后世也从无异议。同时,因为这些诗都是可以歌唱的,所以后人往往把它们归之于广义的"乐府",对此,我们前面已经有过论述。可是那些以《离骚》体为模仿对象的抒情类作品,在汉代却有着另外的称呼。其中被王逸编入《楚辞》一书的汉人的作品,如传为贾谊的《惜誓》、东方朔的《七谏》、严忌的《哀时命》等,往往被后人视之为拟楚辞。至于像董仲舒的《士不遇赋》、司马相如的《长门赋》一类作品,因为标题中冠以"赋"的名,所以后世学者仍然把它们称之为"赋",与《七发》、《子虚》、《上林》一类的散体大赋归于一类,被视为另一类文体。然而,无论从文体形式还是从作品内容两方面来看,这二者却有着明显的区别。前者以抒情为主,仍然具有明显的诗的特质,后者则以状物为主,有明显的散文化特征。我们这里所说的汉代骚体抒情诗,主要指的是前者。事实上,20世纪汉代骚体诗的研究,也是从这两者的不同,亦即从"辨体"开始的。

从文体发展的角度来讲,汉代的诗赋本为同源,汉人认为,二者都是从《诗经》中流变出来。这正如班固所说:"赋者,古诗之流也"。

20世纪的学者,大多数继承了这一观念,如马积高的《赋史》①。同时,考虑到汉赋的实际情况,20世纪更为流行的观点是将这些"汉赋"分成"散体"与"骚体"两类。如游国恩等五人主编的《中国文学史》就说:"贾谊是汉初骚体赋的唯一优秀作家。标志着新赋体正式形成的作品是枚乘的《七发》。"②这已经显示了当代学者将"汉赋"分为"骚体"和"散体(新体)"的趋向。此后龚克昌就有"骚赋作家贾谊"和"散赋作家枚乘"的提法③。

然而,20世纪的学者虽然大都注意到了汉赋中这二体的区别,但是在如何认识它与汉代诗歌的关系问题上却发生了较大的分歧。一种较为普遍的处理方法,是将这些作品统称之为"赋",把它们看成是与汉代诗歌不同的另一种文体。如詹安泰等人主编的《中国文学史》,既承认赋与《诗经》、楚辞有传承关系,同时又指出:"虽然如此,但汉赋究竟不同于诗和楚辞,是离开诗和楚辞而独立,而且具有创造性的新文体。"④游国恩等人主编的《中国文学史》也将赋作为汉代一种独立的文体来论述。至于那些专门以汉赋为研究对象的著作,如龚克昌的《汉赋研究》、马积高的《赋史》、万光治的《汉赋通论》等著作,都是如此。

将骚体赋纳入汉赋当中并将其作为汉代另一种重要文体来论

---

① 如马积高《赋史》,上海古籍出版社,1987年版。
② 游国恩等主编:《中国文学史》(一),人民文学出版社,1963年版,第104页。
③ 龚克昌:《骚赋作家贾谊》,《中州学刊》,1985年第4期。《散赋作家枚乘》,《文史哲》,1984年第1期。
④ 詹安泰、容庚、吴重翰编:《中国文学史》(先秦两汉部分),高等教育出版社,1957年版,第208页。

述,自然有着充足的依据,因为这些作品本身的一大部分确被称之为"赋"。但是这种处理方法也有明显的缺陷。其中最重要的一点是在这种处理方式中,学者们往往将汉赋的关注点基本上放在散体赋之上,对骚体赋的重视远远不够。如前引詹安泰等人的《中国文学史》中就说:"真正能够代表汉赋的,不是诗体的赋或骚体的赋,而是《子虚》、《上林》、《甘泉》、《羽猎》、《两都》、《两京》等一类有创造性(对诗和楚辞来说)和独立形式的,才是汉赋的特色。"①当代汉赋研究的代表性著作,如龚克昌的《汉赋研究》,所关注的也主要是汉代的散体赋作,他在综论汉赋之特点,汉赋在中国文学史上的地位等重要文章里,更是以散体赋为主要立论的基点。如他在《关于汉赋之我见》一文中开宗明义就说:"汉赋(这里指汉大赋,下同),这个曾经被认为是'形式主义,反现实主义的典型',近年来已经渐渐引起人们的注意了。"②在这些学者的论述中,虽然也会提及骚体赋,不过是贾谊的《吊屈原赋》等少数几篇作品,至于王逸的《楚辞章句》中所收录的汉代拟楚辞类作品,基本上不予理睬。显然,这种论述方式没有顾及到汉代赋体文学的全部内容,更没有认真思考骚体赋的抒情诗特质以及它有汉代文学史的实际价值。

另一种方式是将骚体赋当作"诗"来处理。其代表性著作是张松如主编的《中国诗歌史(先秦两汉)》。在这部著作中,作者明确地将汉代这些骚体赋称之为"骚体诗",并对此进行了界定:

> 所谓骚体诗,指的是汉代及其以后的诗人仿骚体之作。西

---

① 詹安泰、容庚、吴重翰编:《中国文学史》(先秦两汉部分),高等教育出版社,1957年版,第209页。

② 龚克昌:《汉赋研究》,山东文艺出版社,1990年版,第322页。

第四章 四言诗、骚体诗与七言诗研究

汉初期,四言诗的创作并没有能从前一时期(即"周室寝衰,风人辍采"的春秋战国时期)的低潮中挣脱出来,一般很少有人问津;新兴的五言诗则尚未进入文人文学的领域,而只在民间以歌谣谚语的形式滋生发展(汉武帝以后,大量五言民谣民歌被采入乐府,成为乐府歌辞)。其时去楚未远,屈原、宋玉的影响颇深,当时的诗人们以楚辞为模本,争相仿效,创作了一批骚体诗,如贾谊的《吊屈原赋》、《鹏鸟赋》、严忌的《哀时命》、淮南小山的《招隐士》等。自汉武帝之后,又有司马相如、吾丘寿王、东方朔、枚皋、刘向诸人在创作大赋的同时,也写了一些骚体诗,如司马相如的《长门赋》、《哀二世赋》,东方朔的《七谏》、王褒的《九怀》、刘向的《九叹》等①。

就笔者所知,这是当代学者在文学史著作中第一次将汉代的这些仿楚辞作品称之为"骚体诗",并对于在汉代诗歌史上的地位有了一个基本定位。不仅如此,该书还对这些汉代骚体诗做了较为全面的论述,包括对严忌的《哀时命》、淮南小山的《招隐士》、司马相如的《长门赋》、《哀二世赋》、东方朔的《七谏》、扬雄的《反离骚》、王褒的《九怀》、《洞箫赋》、刘向的《九叹》、班彪的《北征赋》、班昭的《东征赋》、班固的《幽通赋》、张衡的《思玄赋》、蔡邕的《述行赋》、王粲的《登楼赋》等都进行了细致的分析,这在汉代诗歌史的写作上是有开创意义的。②

与此同时,一些学者对骚体赋开始给以更多的关注。康金声是80年代以后较早地对骚体赋的特点进行讨论的学者。他认为:"秦

---

① 张松如主编:《中国诗歌史》(先秦两汉),吉林大学出版社,1988年版,第273页。

② 以上论述见本书第272—306页。

汉以后的骚赋是楚辞的余绪,是仿屈的作品。其特征,从语言形式方面看,是用带'兮'字的骚句加强咏叹色彩,增强抒情效果;句子长短错落,比较自由。从风格情调方面看,则无例外地流注着悲与怨的感情。"与此同时,康金声还对汉代骚体赋的内容和思想,骚赋的艺术水平等进行了较为详细的分析。文章虽然没有对骚体赋的诗赋归类问题做具体讨论,但是他对这些骚体赋的诗体特征的认识是明确的①。

在这一时期,最早对骚体赋的诗体进行明确讨论的是周禾。作者对贾谊等人的作品进行历史考察,在加以定量分析之后,认为汉以后承楚辞而来的这类作品都共同体现了直抒胸臆的特征,加之它们惯用比兴象征手法,篇章结构上一般又重点的突出而不全面的展开,所以它们完全可称得上是"一种最集中地反映社会生活的文学样式"即诗歌了。同楚辞一样,它们理应属于诗的范畴,在中国诗史上占有重要的一席之地。作者还指出,"骚体赋"(包括抒情小赋)的概念是不科学的,按照历来称《诗经》及其嫡传为四言诗,还有诗史上的五、七言诗起名的惯例,不妨称之为"骚体诗"。在中国诗史上,贾谊及其以后作者的这类作品都应属于骚体诗的范围②。

周禾认为骚体赋的本质为诗,所以可将这类作品称之为"骚体诗"的说法,与张松如《中国诗歌史》(先秦两汉)的观点相互呼应,提醒人们从诗歌本质的角度来认识这些作品。但是他们的这一观点一时却难以被人们普遍接受。之所以如此,是因为在中国文学史上,这

---

① 康金声:《论汉代的骚体赋》,《山西大学学报》,1988年第2期。
② 周禾:《骚体赋应为骚体诗——为骚体赋正名》,《华中师范大学学报》,1991年第1期。

些以抒情为主并模仿楚辞体的作品,自贾谊的《吊屈原赋》开始就使用"赋"名,其后有相当多的这类抒情类作品,如司马相如的《长门赋》、扬雄的《太玄赋》、班彪的《北征赋》等也是如此,将这些作品称之为"赋",这本是沿袭历史的惯例。不过,由于这类作品与散体大赋在文体上的确有着明显的不同,此外还有一些同样模仿楚辞的抒情之作,如淮南小山《招隐士》、东方《七谏》、庄忌《哀时命》等等,在西汉后期被编入《楚辞》一书,又可以简称为"辞",考虑到这两类作品的艺术特点,后人往往采用折衷的办法,给它们取了个模棱两可的名称,叫做"骚体赋"或"骚赋"。还有人根据这类作品的抒情特点,干脆将它们称之为"抒情赋"。无论是"骚体赋"还是"抒情赋"的说法,由于沿袭了历史的惯例,也比较容易得到大家的认同。所以,80年代以来在对些作品的研究中,人们的称呼并不统一。不过,在这些不同称谓的研究中,大家却有一个共同的指向,即充分认识到这一类作品的抒情诗特质,并从多方面对这些作品的艺术成就进行了深入的开掘。正因为如此,在本书中我们将这些作品纳入汉代诗歌史的范畴,统名之为"汉代骚体抒情诗",在实际的学术史回顾中,无论学者们对这类作品的称谓如何,我们同样都把它们纳入学术研究史的视野。

20世纪研究汉代骚体抒情诗的论文,比较多地集中在八九十年代,下面就分为总论与作家作品论两个部分来介绍。

在对汉代骚体抒情特点给予总体关注的学者中,曹明纲是较早的一位。他在《西汉抒情赋概论》一文中,较为全面地探讨了西汉时期抒情赋的创作概况,指出了它的特点和影响。文章通过分析贾谊的《鵩鸟赋》、刘歆的《遂初赋》、扬雄的《太玄赋》、《逐贫赋》等作品,指出这些作品的抒情特征,认为它们受到《楚辞》的直接沾溉和滋润,但同时又具有自己的鲜明特色,并为抒情赋在后代的进一步发展开辟了道路,奠定了基础。它在抒情言志方面起到了上承《诗经》、《楚辞》,下启东汉抒情之作的重要作用。它首先承担了将诗的抒情传统移植于以体物为特征的赋的创作上的尝试,从而为开拓赋的表现范围做出了宝贵的贡献[①]。

将汉代骚体抒情诗作为一个整体从艺术创作的角度进行历史的动态考察的,还有张先堂,他通过考察发现,汉代抒情赋艺术创作的发展有一条相当清晰的演变轨迹:由对楚辞的因袭模拟演变为创新发展。概而言之,西汉初至东汉中期抒情赋创作以因袭模拟楚辞为主潮,同时也有创新发展的潜流,从东汉中期开始抒情赋则在继承楚辞的基础上大大加强了创新,从而推动了抒情赋创作的长足进展。文章重点论述了从东汉中期开始的抒情小赋的崛起和兴盛,指出了这一潮流的兴起在汉代抒情赋由模拟走向创新过程中所起的关键作用。具体而言,淮南小山的《招隐士》句式上类似《九歌》,但更加灵活多变,特别是它寓情于景的写法,是对《九歌·山鬼》一类作品以景托情写法的发展。武帝时董仲舒《士不遇赋》和司马迁《悲士不遇赋》不同于悼屈赋借悼屈原以自伤身世,而是直抒士人生不逢时、怀才不遇之感,故在形式上也突出了创新变化:它们虽还用骚体句式,但运用灵活,语气舒缓则用六言长句,语气急迫则用四言短句,"兮"字的运用也不拘泥,随情感语气变化而灵活取舍。司马相如《哀秦二世赋》已略露以景物环境描写衬托情感表达之端倪,其《长门赋》和班婕妤《自悼赋》之类宫怨赋的出现,标志着抒情赋在继承楚辞的基础上,不仅开拓了宫怨这一全新的题材领域,而且在艺术表现上有

---

① 曹明纲:《西汉抒情赋概论》,《文学遗产》,1987年第1期。

第四章　四言诗、骚体诗与七言诗研究

了新的进展。到了东汉,张衡的《归田赋》一方面继承了宫怨赋和纪行赋寓情于景的表现方法,另一方面它的创新更为突出,它不仅开拓了表现田园隐居之乐的题材,而且更在于它抒情艺术形式上的灵活多样化,骈偶化,小品化①。

　　李生龙从作家主体出发,探讨了汉代骚体抒情诗的思想内容和情感的基本走向。作者认为,积极投身现实以实现个人的人生价值,这是汉代士大夫人生道路的基本趋向。今存的汉代士大夫抒情言志之赋,几乎都是表现人生失意、忧郁的作品,总喜欢把自己与屈原或直接或间接地联系起来。但是汉代抒情赋于屈原的作品相比又有三个特点:屈原的楚辞里往往包含着政论和个人抒情双重内容,汉代的士大夫辞赋中则更多个人心绪的抒发;汉代抒情言志赋除了汉初和汉末有一部分抒情性较强外,其余表现出很明显的理性倾向;汉代抒情赋模仿屈骚,或亦步亦趋,或脱胎换骨、点铁成金②。阮忠则从另一个角度探讨了两汉抒情赋的情感旋律以及东汉中叶抒情赋风的转变两个主要内容。他认为,汉代抒情赋受骚赋的影响,或以骚体抒发自我之情,或以骚体代屈原抒情,或弃骚体而用新的抒情体制。而这三种不同的形式在抒情上有真情和矫情之别,但都以生不逢时为情感主旋律,怀有深切的人生感伤。东汉中叶,抒情赋风发生转变,张衡以《归田赋》寓情于景,赵壹以《刺世疾邪赋》寓情于理,分别构成自然清新与自然沉郁两种趋向,使抒情赋走向新的时代③。

　　骚体抒情诗当中士不遇、纪行及恋情这三种题材的作品受到研

---

①　张先堂:《从因袭模拟到创新发展:略论汉代抒情赋艺术创作的演变轨迹》,《社会科学》,1989 年第 2 期。
②　李生龙:《论汉代的抒情言志赋》,《求索》,1991 年第 2 期。
③　阮忠:《两汉抒情赋论》,《长沙水电师院学报》,1993 年第 1 期。

131

究者的青睐。宋尚斋试图就纪行赋的形成和发展,以及内容和技巧方面的特点做些探讨①。王琳根据纪行赋的内容特征将其归纳为三大类,并探讨了纪行赋的渊源及形成,还指出汉魏六朝纪行赋的重要特色是"因地及史"。纪行赋作者通过"感叹之词",对古人古事进行直接的议论和评价,从而鲜明地表现思想倾向,具有浓重的抒情色彩②。李炳海通过分析刘歆《遂初赋》、蔡邕《述行赋》、班彪《北征赋》、班昭《东征赋》等汉代纪实性述行赋的写作过程,从而总结出纪实性述行赋是以创作主体所经历的地域为线索,联系该地的历史,以古鉴今,借古讽今,是时间和空间的交织。有的作品实现了空间位移和时间延伸的相互契合,体现出时空的协调性。汉代有些纪实性述行赋不是空间位移和时间次序的逆向对应,而是感情脉络和时空位移的默契,是随着行程的推进而发生趋强或趋弱的感情波动③。

"士不遇"题材的作品在汉代骚体抒情诗中占的比重很大,也吸引了许多研究者的目光。马正学就两汉骚体抒情诗于屈骚言志精神之承沿及其折射的两汉文人的心态做了简单考察。汉代赋家承沿屈骚言志抒情的传统,感其意,悲其志,承其辞而作赋。关于士子文人情感与理智交融下的心态氛围和感伤情怀,作者认为大抵有:悲屈子之遭逢不详;伤自身之受挫不遇;体认时命之不当,追慕儒道之真义这三种④。池万兴指出西汉的士不遇赋在一定程度上展示了那个时

---

① 宋尚斋:《汉魏六朝纪行赋的形成与发展》,《文史哲》,1990年第5期。
② 王琳:《简论汉魏六朝的纪行赋》,《文史哲》,1990年第5期。
③ 李炳海:《跋涉遐路,感今思古——汉代纪实性述行赋品评》,《古典文学知识》,1999年第3期。
④ 马正学:《宣寄情志,联类己身;两汉骚体赋与文人不遇心态》,《甘肃社会科学》,1996年第1期。

代正直之士的苦闷和精神上的追求,在思想性艺术性方面具有自己的特色和成就。作者还分析了西汉"士不遇"赋大量产生的原因,是赋家苦闷和压抑的一种渲泻①。李彤将汉代骚体抒情诗中抒发"悲士不遇"情绪的作品内容分为五类进行了细致剖析,并论述了各类作品的思想特色和作者心态。认为"悲士不遇"题材的赋作,不仅在汉代数量可观,丰富的内容,就是在后代,也是赋体中最有价值的部分②。对于汉代骚体抒情诗中的恋情,于浴贤进行了探讨。她认为,在具有"雅颂"传统的汉赋中,男女恋情主题在经学思想的桎梏下,表现得既稀少且独特,它或以人神之恋的浪漫形式表达具有现实意义的男女之情,或在帝妃之恋的描写中反映带有普遍意义的尘世之爱,或以否定的面目出现,在寓劝于讽的形式中曲折地表现常人之恋。这些作品题材独特,结构巧妙,既曲折地表现了对爱情的追求和赞美,又符合于"发乎情,止乎礼义"的诗教原则和赋颂精神,其内容具有复杂的二重性特点,时代印记十分鲜明③。

赵敏俐的《汉代诗歌史论》一书,是在张松如主编的《中国诗歌史》之后,另一部将骚体赋纳入中国诗歌史中论述的重要著作。本书明确地提出"骚体赋是汉代文人的抒情诗"的观点。并认为,从赋的文体形成及其在汉代文学中的实际存在状况来看,汉赋应该属于汉代诗歌中的范畴。"如果我们把汉散体大赋看作是文人们面向社会、面向群体的艺术创作的话,那么,汉代骚体赋显然属于面向个体,

---

① 池万兴:《从西汉"士不遇"赋看西汉文士的"不遇"现象》,《西藏民族学院学报》(社科版),1995年第4期。
② 李彤:《满腹积怨,悲歌慷慨——论"悲士不遇"情绪在汉赋中的种种表现》,《西南民族学院学报》"汉语言文学研究专辑",1996年第6期。
③ 于浴贤:《论汉代恋情赋》,《文史哲》,1996年第3期。

面向自我的艺术创作。如果说,汉散体大赋更多地继承了《诗经》雅颂传统的话,那到汉骚体赋则显然更多地继承了屈原和宋玉的《九辩》传统。"作者结合汉代社会实际情况讨论了从屈原、宋玉到汉初文人心态发展的历程,指出汉代骚体赋的最主要内容是抒写汉代文人"坎坷不平的遭遇和落拓不平的情怀"[①]。作者认为"抒情传统的加强和个体人格的表现,正是这两点确立了汉代骚体赋在中国文学史上的地位。它是汉代文人的抒情诗,它所体现的汉代文人心态又具有封建地主制社会文人心态的普遍性,对后世文人诗的情感抒发具有深刻的影响。它所开创的抒情方式也代表着后世文人诗发展的方向。它虽然以骚体的形式出现,具有向文人五言诗发展的过渡形态,但是在情感的抒发上和汉代文人五言诗却有极大的相同之处。因此,不了解汉代骚体赋,也就不可能正确理解和把握中国后世文人诗的产生渊源和发展趋向"[②]。

关于汉代骚体抒情诗的作家作品研究,20世纪特别是后二十年也取得了较大的进展,几乎每一篇作品都有专文进行研究。但是也有侧重点,主要集中在贾谊《吊屈原赋》《鵩鸟赋》、司马相如《长门赋》、扬雄《太玄赋》、刘歆《遂初赋》、张衡《思玄赋》、王粲《登楼赋》等作品上。

《吊屈原赋》作为汉代第一篇优秀的拟骚吊屈之作,以其突出的地位历来受到研究者的重视。有对其进行笺评,有的分析其思想内容和艺术特色,有的从作品入手分析作家的精神追求与困惑[③]。有

---

① 赵敏俐:《汉代诗歌史论》,吉林教育出版社,1995年版,第114、116页。
② 同上引第134页。
③ 如杨胤宗:《贾谊〈吊屈原赋〉笺评》,《人生》,1963年第26期;颜建华:《兴怀抒愤的佳作——略说贾谊的〈吊屈原赋〉》,《贵州教育学院学报》,1996第4期;侯深:《死生易同,去就难轻》,《历史教学问题》,2000年第5期。

的从新的角度对这些作品进行新的分析,如张永鑫对历来将《吊屈原赋》视作是继承并发扬屈原精神的汉代赋作名篇的观点提出了质疑。他的观点如下:首先,《吊屈原赋》反映了贾谊某些不得志的牢骚与怨愤。这种压抑与不平,个人色彩太重,是不应取的。在所谓出任长沙王太傅一事上,贾谊实际上并无遭到贬损,倒是表明"贾生志大而量小,才有余而识不足也"(《贾谊论》苏轼)。它同屈原那种追求理想的斗争精神以及忧国忧民的崇高品质,是不能同日而语的。其次,《吊屈原赋》尖锐地抨击了黑暗的封建统治,批判了丑恶的现实。但是贾谊所处的时代与社会是创业维艰、开拓性强、国力走向上升的发展时期,国家太平,人民富足,社会安定。虽然有一些阴暗面但还不能说正处于危机四伏、灾祸丛集,濒临崩溃的前夕。而文帝又玄默躬行,堪称贤明、自不能与刚愎无能、昏庸不明的楚怀、顷襄相比并。周勃、灌婴等人虽重武少文,在某些问题上即如对贾谊的态度上有错失,但总的看,尚不失为一代开国名臣,当然不能跟郑袖、子兰、上官、靳尚等奸邪佞臣相提并论。因此《吊屈原赋》所反映出来的那种对现实犀利的批判精神是片面而不切实际、不符事实而不恰当的。它与屈原批判现实的精神是乖违悖逆的。再次,《吊屈原赋》还认为屈原所处的黑暗社会,造成了屈原的悲剧,但屈原也要为自己的悲剧命运负责。贾谊既没有对屈原那种出污泥而不染、堪与日月争光的忠贞品德做热情褒奖,也看不到对屈原那种可歌可泣的悲剧命运表示深切的同情与支持。还指责屈原不应轻生自沉。这是对屈原精神的歪曲和误解,是对屈原光辉思想品格的菲薄与亵渎。《吊屈原赋》这一明显而严重的缺陷,实在是同屈原精神背道而驰。最后,贾谊赋作清峻、哀凉的感觉与屈原积极浪漫主义风格相去甚远。基于以上四点原因,张永鑫认为《吊屈原赋》是一篇很难说成是继承与发扬屈原精神的辞赋名篇①。关于贾谊的《鵩鸟赋》,值得提出来的是庄筱玲的一篇文章。这篇文章将《鵩鸟赋》与美国诗人爱伦·坡《大鸦》对读,从而诠释了死亡的哲学意蕴,这在中国古代文学的研究中,角度算是比较新颖的②。

司马相如《长门赋》是汉代骚体抒情诗中独具特色的一篇,也是当代学者研究的重点。有关研究文章关注点集中在其真伪问题的讨论、"宫怨"的主题、艺术特色三个方面。其中真伪问题的讨论一直是《长门赋》研究的热点。最早质疑此赋作者问题的是南朝陆厥,他在给沈约的信中指出《长门》、《上林》并非由一人所作(参见《南齐书》)。明代顾炎武又在《日知录》卷十九中提出确凿的证据,他指出,序称"孝武皇帝"显系时代错误,相如比武帝早逝,不可能知道他的谥号。而且结句"陈皇后复得亲幸"之说与《汉书》所载史实不符。清代何焯发现《长门赋》笔致"细丽",认为不似相如,而似张衡。20世纪,就这一赋作的真伪问题也发表了不少文章③,如孟彦就顾炎武论断提出的根据"《长门赋》的序文与史实不合"进行反驳,认为仅仅由于序文不合史实,就断定整个作品为伪托,缺乏说服力。《长门赋》的序文应为后人所加,因为《文选》收录的赋中,序文并非出自作者本人的情况可谓屡见不鲜,序文的错讹,并不能决定赋本身即属伪托。而从赋作本身的内容和风格看,找不到怀疑作者并非司马相如的根据。因此,作者得出结论,《文选》所收录的《长门赋》,序文为后人所加,而赋本身为司马相如所作。这一观点有代表性,多数研究得

---

① 张永鑫:《贾谊〈吊屈原赋〉臆说》,《南充师院学报》,1985年第2期。
② 庄筱玲:《贾谊〈鵩鸟赋〉的一种读法》,《文史知识》,2000年第2期。
③ 如徐世英:《〈长门赋〉真伪辨》,《学术界》,1994年第2期;简宗梧:《〈长门赋〉辩证》,《(台湾)大陆杂志》,1973年第46期;孟彦:《〈长门赋〉确系司马相如所作》,《中华文史论坛》,1999年第3期。

第四章　四言诗、骚体诗与七言诗研究

出的结论都与此相同。如简宗梧除了提出和孟彦相似的观点,还进一步从押韵的角度指出,《长门赋》的押韵合乎西汉时代用韵的情形。最重要的是,赋文押韵较特殊的地方,不但可以证明是西汉蜀郡人作品的共同特性,而且可以从司马相如其他作品中找出旁证。这就从赋作本身找出了《长门赋》为司马相如所作的有力证据。

　　《太玄赋》作为扬雄的一篇哲理抒情诗,研究者主要关注的是道家思辨哲学对其产生的影响。周文英通过对《太玄》符号系统和组合法则的阐释,认为它包含了三值逻辑思维的萌芽[①]。叶幼明肯定扬雄的"玄"是一个物质性实体,是一个唯物主义命题[②]。张运华则指出:不管就《太玄》的结构来看,还是就其思想内容("玄"的概念、事物发展一分为三的思想格式以及事物转化的思想)来说,都受到了道家思辨哲学的极大影响[③]。以上三篇文章,对《太玄赋》进行了深入的阐释,为我们理解这篇作品提供了很好的帮助。

　　关于刘歆的《遂初赋》,张宣迁认为,这篇赋作开启了后世"述行赋"的创作,并形成一种固定的格式。同时《遂初赋》也开启了后世文章大量征引历史典故的先河。此外情感的抒发,对东汉抒情赋的兴起有肇始之功[④]。

[①]　周文英:《扬雄〈太玄〉符号系统的语形、语义解释》,《江西大学学报》,1993年第1期。
[②]　叶幼明:《扬雄的"玄"是一个唯物主义命题》,《湖南师范大学学报》,1997年第4期。
[③]　张运华:《从〈太玄〉看道家理论思辨对扬雄的影响》,《唐都学刊》,1999年第1期。
[④]　张宣迁:《博采史传,情词美亹——刘歆〈〈遂初赋〉简析》,《古典文学知识》,1997年第2期。

在汉代骚体抒情诗中,张衡的《思玄赋》也是当代学者关注的一个重点。许结认为,张衡《思玄赋》不仅在大赋之规模与骚人之情感中内蕴了复杂的人生观,而且通过文学形式的描写表现出的玄理意识和征实精神,成为汉、晋"言志"赋创作之传承与衍变过程中一显著标识。文章主要从三个方面进行分析:《思玄》的艺术结构(托神游以写实)、《思玄》的创作精神(借骚怨以表心)、《思玄》的文化哲学(言玄理以寄意),进而总结出《思玄》在汉、晋言志赋发展流程中主要有三方面启导变革的意义:强烈的时代特征与求实精神;骚怨与个情的归复;神氛的淡退与理性的扬升[1]。此外,汪祚民也对这篇赋作的思想内容和艺术特色做过有益的探讨[2]。

从以上的研究状况看,对汉代骚体抒情诗的研究已经有比较全面的展开,体现在如下几个方面:首先,对骚体赋的概念和范围的讨论;其次,骚体赋的文体性质的研究;再次,骚体赋与楚辞的流变关系有了较充分的认识;最后,对汉代重要的骚体赋作家作品的研究均有所涉及。这其中,特别是对汉代骚体赋抒情特点的揭示,以张松如的《中国诗歌史(先秦两汉)》、赵敏俐的《汉代诗歌史论》为代表,将汉代骚体赋直接纳入诗歌史范畴,并将其定名为"骚体诗","汉代文人的骚体抒情诗",应该是20世纪汉代诗歌史研究中的一个重要进展。但不得不承认的是,迄今为止,将汉代骚体赋视为文人抒情诗,视为汉代诗歌史的重要组成部分,这一观点还没有被更多的文学史家认识清楚。相关的学术研究还有待于进一步开展。可喜的是,自21世

---

[1] 许结:《张衡〈思玄赋〉解读》,《社会科学战线》,1998年第6期。
[2] 汪祚民:《时代断层上的痛苦思索——张衡的述志赋〈应间〉〈思玄〉初探》,《安庆师范学院学报》,1997年第4期。

第四章　四言诗、骚体诗与七言诗研究

纪开始的汉代诗歌研究,正在这一方向上不断地深入。

第三节　20世纪的汉代七言诗研究

在中国诗歌史上,七言诗占有重要的地位。严格来讲,七言诗在汉代尚不成熟,现存可以确证为汉代完整的七言诗很少,优秀的作品更少,它没有取得五言诗那样的成就,因而在一般的文学史中很少论及。当然这并不意味着学者们对七言诗的问题关注不够,而是因为相对于五言诗来讲,七言诗的起源问题更为复杂,各家说法之间的争议更大。20世纪关于七言诗的研究,也取得了不小的进展。

20世纪七言诗的研究,最重要的是关于其起源问题的讨论,可谓说法众多。李立信曾搜罗各种文学史、诗歌史中所见七言诗起源43家的各种说法,期刊论文中所见七言诗起源的10家说法,历代典籍中所见七言起源16家说法,并最终概括为9种主要观点[1]。秦立根据前人60多家成果进行总结,概括为16种不同的说法[2]。主要有源于《诗经》说[3],源于楚辞说[4],源于民间歌谣说[5],源

---

[1]　李立信:《七言诗之起源与发展》,台湾新文丰出版公司,2001年版,第5—29页。

[2]　秦立:《先秦两汉七言诗研究》,首都师范大学硕士学位论文,2009年。

[3]　这是一种古老的说法,挚虞《文章流别论》、刘勰《文心雕龙》、沈德潜《说诗晬语》等都认为七言诗源于《诗经》。

[4]　这也是一种古老的说法。古人如刘勰《文心雕龙》、顾炎武《日知录》、钱大昕《十驾斋养新录》等都持此说。今人持这种说法的人很多,下文将详论。

[5]　这种说法在古代较晚起,明人徐祯卿《谈艺录》、徐师曾《文体明辨序说》中提出这一观点,当代学者中多有响应,下文将详论。

139

于字书说①,源于镜铭说②,此外还有源于《成相辞》说③,源于《柏梁台诗》说④,源于《四愁诗》说⑤,源于《琴思楚歌》说⑥,源于道教《太平经》于吉诗说⑦,源于《吴越春秋》之《穷劫曲》说⑧,源于《失父零

---

① 此说亦晚起,清人丁晏在校顾炎武《日知录》"七言之始"条时说:"汉史游《急就篇》,亦是七言之祖。"游国恩《柏梁台诗考辨》中认为"从广泛的七言诗看来,西汉时代已经有了。与《柏梁诗》同时的司马相如《凡将篇》,稍后史游《急就篇》其中大部分句子都是七言诗的雏形"。

② 此说起源更晚,罗根泽在《七言诗起源及其成熟》(1933年)就曾引用了镜铭中大量的七言韵语,但是它认为这是受楚辞的影响。余冠英《七言诗起源新论》(1942年)也注意到了镜铭中的七言,但是他却认为那是受民间谣谚的影响。当代学者如聂石樵的《先秦两汉文学史稿(两汉卷)》认为七言诗起源于民间的镜铭、字书、谣谚。

③ 此说最早由清人钱大昕提出,余冠英亦有同样的观点,当代学者则有刘跃进在《玉台新咏研究》中论述"七言诗渊源辑考"时提出七言诗源于《成相》等声词的说法。

④ 这是一种传统的说法,影响甚大。严羽《沧浪诗话》、高承《事物纪原》、魏庆之《诗人玉屑》、王世贞《艺苑卮言》、胡应麟《诗薮》、陈懋仁《文章缘起注》、吴纳《文章辨体序说》、叶燮《原诗》等都持此说,当代学者持此说者亦不少,后面将详论。

⑤ 明人许学夷《诗源辩体》持此说。当代学者如梁启超《中国之美文及其历史》,台湾开明书店《中国文学史大纲》,张炯、邓绍基、樊骏《中华文学通史》等均认为张衡的《四愁诗》是七言之祖。

⑥ 当代徐宗文在《王逸〈琴思楚歌〉与七言诗的形成》一文中认为,七言诗产生以王逸的《琴思楚歌》为标志。但是据赵敏俐考证,此乃后人从王逸《楚辞章句》中摘录文句的拼凑伪托之作。见赵敏俐《论七言诗的起源及其在汉代的发展》,《文史哲》2010年第3期。

⑦ 此说为当代人提出,张松辉《于吉诗是现存最早最完整的七言诗》,(《湖南师范大学学报》1994年第2期)认为七言诗起源于道教典籍《太平经》中的于吉诗。

⑧ 此说为当代人提出,张觉《七言诗辨源》(《学术研究》,2005年第9期)中认为《吴越春秋》中的《穷劫之曲》是现存最早的完整成熟的七言诗。

丁》说①,源于曹丕《燕歌行》说,②等等。仔细分析这些说法,源于《诗经》说最早见于挚虞的《文章流别论》,它说:"古诗率以四言为体,而时有一句七言者,'交交黄鸟止于桑'之属是也,于俳谐倡乐多用之。"③然而以挚虞所举的这一例证,本可以写作"交交黄鸟,止于桑",乃是一句四言,一句三言,并不是严格意义上的七言句,后人在《诗经》中所找到的所谓七言诗句多类于此。实际上在《诗经》中真正可以看作"七言"的句子很少,所以当代学者都不持此说。而所谓源于字书说、源于镜铭说以至于源于《成相辞》、《四愁诗》、《燕歌行》等某一首诗的看法,一则大家对何谓七言诗的评价标准有异,二则明显地具有简单化倾向,不可能解释像七言诗这样一种起源与演变十分复杂的文学史现象。而源于《柏梁诗》一说,由于这首诗在历史上影响深远,有关它的真伪问题也是汉代诗歌史上的重要问题,因而成为20世纪汉代七言诗研究中的重要问题,下文我们将会详论。相比较而言,以源于楚辞说和源于民间歌谣说最有影响,且这两说互相驳难,各有自己的道理,下面,我们主要就上述两种说法予以介绍。

最早论到七言诗与楚辞的关系,当为《世说新语·排调》:"王子

---

① 按此为当代人的一种说法。1988年,汪化云、梅大圣《也谈我国第一首完整的七言诗》认为《太平御览》卷五百九十八《失父零丁》是第一首完整的七言诗。梅大圣后来还另行撰文《汉代七言诗形成之我见》,又将论点进行了更细致的阐释。这首诗的内容夸张、搞笑,属于应用文("寻人启事"),价值有限。不过逯钦立在《汉诗别录·七言诗》中就曾有过全文引用。

② 这一说法,古人早已提出,如萧子显《南齐书》就有此论。当代学者持此观点者甚多,如陈钟凡、刘麟生、刘大杰、张松如等人都认为曹丕《燕歌行》应为七言诗的初祖。

③ 虞挚:《文章流别论》,严可均校辑《全上古三代秦汉三国六朝文》(二),中华书局,1958年版,第1905页。

猷诣谢公,谢曰:'云何七言诗?'子猷承问,答曰:'昂昂若千里之驹,泛泛若水中之凫。'"这两句诗原文见于《楚辞·卜居》:"宁昂昂若千里之驹乎?将泛泛若水中之凫乎?"《世说新语》的作者刘义庆,本为刘宋时人,这里提到的王子猷与谢公(谢安)是东晋时人。王子猷这里所说的"七言诗",虽然是取自《楚辞》中的两句,但是却把每句诗原文前后的两个字都去掉了。可见在这个时候,人们对七言诗这一文体的特点及源头尚不清楚。其后刘勰在《文心雕龙·章句》篇云:"六言七言,杂出《诗》、《骚》。"可见,刘勰只是模糊地提到七言诗与《诗》、《骚》有关的问题,也没有具体论证。明人胡应麟《诗薮》内编卷三曰:"七言古诗,概曰歌行。余漫考之,歌之名义,由来远矣。《南风》、《击壤》,兴于三代之前;《易水》、《越人》,作于七雄之世;而篇什之盛,无如骚之《九歌》,皆七言古所自始也。"[1]在这里,胡应麟把《南风》、《击壤》等传说中的上古歌谣以及战国时的《易水》、《越人》歌当作七言诗之始,同时他又认为楚辞《九歌》最有代表性。顾炎武《日知录》卷之二十一"七言之始"条亦曰:"昔人谓《招魂》、《大招》,去其'些'、'只',即是七言诗。余考七言之兴,自汉以前固多有之。如《灵枢经·刺节真邪篇》:'凡刺小邪□以大,补其不足乃无害,视其所在迎之界。凡刺寒邪日以温,徐往徐来致其神,门户已闭气不分,虚实得调其气存。'宋玉《神女赋》:'罗纨绮缋盛文章,极服妙丝照万方。'此皆七言之祖。"[2]由此看来,古代学者虽然有人论及七言诗与楚辞的关系,都是零散的只言片语,而且各家对七言诗的

---

[1] 胡应麟:《诗薮》内编,中华书局,1958年版,第41页。
[2] 顾炎武:《日知录》,《清人学术笔记丛刊》第二册,学苑出版社,2005年版,第330页。

认识也不相同。如《世说新语》与《日知录》里面所指的七言，都是不包括中间有"兮"字的句子，只有胡应麟才把《九歌》里面的七字句当作七言诗来看待[①]。这说明，古代学者认可七言源于楚辞的人并不多。

20世纪以来，认为七言诗起源于楚辞的说法逐渐增多。其中影响较大者首推罗根泽，他在《七言诗起源及其成熟》一文中，首先指出了楚辞体蜕化而成七言诗的观点，并指出了两种蜕化的方式。他说："由骚体所变成的七言，不是由将语助词置于两句之间者所蜕化，也不是由将语助词置于句中之短句者所蜕化，乃是由将语助词置于第二句句尾者，及置于句中之长句者所蜕化。"罗根泽在这里所说的第一种情况，如《招魂》："魂兮归来，入修门些；工祝招君，背先行些；秦篝齐缕，郑绵络些；招具该备，永啸呼些"。去掉两句中的"些"字合成一句，就变成了"魂兮归来入修门，工祝招君背先行，秦篝齐缕郑绵络，招具该备永啸呼。"第二种情况如《九辩》："悲忧穷戚兮独处廓，有美一人兮心不怿。去乡离家兮来远客，超逍遥兮今焉薄？"省掉中间的虚词，就变成了"悲忧穷戚独处廓，有美一人心不怿。去乡离家来远客，超逍遥，今焉薄？"由此罗根泽又说："就此上例视证之，由骚体诗变为七言诗，不费吹灰之力，摇身一变而可成。……由骚体变成七言，是异，是蜕化，所以必在骚体诗全盛期以后。"[②]持同样观点的还有萧涤非，他将楚辞变为七言诗的"方法途径"概括为四

---

① 按胡应麟在《诗薮》同卷中又说："少卿五言，为百代鼻祖，然七言亦自矫矫，如'径万里兮度沙漠'，悲壮激烈，浑朴真致，非后世所能伪。"中华书局，1958年版，第42页。

② 罗根泽：《罗根泽古典文学论文集》，上海古籍出版社，1985年版，第178—179页。

种:"其一,代句中'兮'字以实字者。如变'被薜荔兮带女萝'、'思公子兮徒离忧'而为'被服薜荔带女萝'、'思念公子徒以忧'之类是也。其二,省去句中羡出之'兮'字者。如变'东风飘飘兮神灵雨'而为'东风飘摇神灵雨'之类是也。(均见上引《今有人》)其三,省去句尾剩余之'兮'字者。如《离骚》'朝饮木兰之坠露兮,夕餐秋菊之落英',若将'兮'字删去,亦即成七言,所异者惟非每句押韵,而为隔句押韵耳。……而其捷径,则仍在第四种,即省去《大招》、《招魂》篇中句尾之'些'、'只'等虚字是也。"[1]萧涤非的论述,基本概括了楚辞体变为七言诗的诸种可能,比罗根泽的论述更为全面。李嘉言的观点与二人也基本相同[2]。逯钦立在这方面也有独到的看法,认为"正格七言之源于楚歌"。他说:"考句句用韵此本楚歌之特格;又楚歌之乱,虽含兮字为八言,而其体裁音节,又与正格之七言实无异。则七言者,楚《乱》之变体歌诗也。"逯钦立以《楚辞·招魂·乱》与《九章·抽思·乱》与张衡《思玄赋》、马融《长笛赋》篇末"系"、"辞"为例进行比较,认为:"《思玄》之《系》,《笛赋》之《辞》,均在篇末为结音,其即《楚辞》之《乱》,自不待言。又张、马两赋,其本辞,仍以含兮之旧体出之,独于此《乱》,去其兮字而变为七言,是此《乱》必有可去兮字之先例或习惯,使之如此。"[3]此外,持七言诗源于楚辞之说,还有陈钟凡、容肇祖、王忠林、顾实、嵇哲诸人[4]。可以说,经过以上

---

[1] 萧涤非:《汉魏六朝乐府文学史》,人民文学出版社,1984年版,第40页。
[2] 李嘉言:《与余冠英先生论七言诗起源书》,见余冠英《汉魏六朝诗论丛》,中华书局,1962年版,第163—173页。
[3] 逯钦立:《汉魏六朝文学论集》,陕西人民出版社,1984年版,第74—76页。
[4] 俱可参见李立信:《七言诗之起源与发展》,台湾新文丰出版公司,2001年版,第5—29页。

第四章　四言诗、骚体诗与七言诗研究

诸家学人的论证,七言诗源于楚辞说,逐渐成为在这一问题讨论中最有影响力的观点。

但是对七言诗起源于楚辞的这种观点,余冠英却提出了不同的看法。他首先对七言诗由楚辞蜕变说提出质疑,认为楚辞的基本句法与七言诗不同,其中只有《山鬼》、《国殇》与之相近,但是去掉"兮"字之后,只能变成两个三言,而无法念成七言的"□□—□□—□□□"节奏。他同时指出,楚辞体在汉代用于庙堂文学,"是早已受人尊敬的了。假如七言诗是从楚辞系蜕化出来的,那么七言在唐以前被歧视的缘故,便不可解释了"①。同时,余冠英还从先秦两汉文献典籍中找出了大量的七言谣谚、字书、镜铭中的七言句和采用民歌体的文人之作,如荀子的《成相辞》。他说:"就现存的谣谚来看,西汉时七言还很少,在成帝以前只能确信有七言的谚语,而七言的歌谣有无尚难断言。不过从谣谚以外的材料观察,武帝时七言在歌谣中必已甚普遍,完全七言的歌谣在这时必已流行。"他为此提出了两点最主要的证据。第一是西汉时的两本字书、司马相如的《凡将篇》和史游的《急就篇》,里面用了大量的七言句,是口诀式文体。编口诀的目的是便于让人记诵,他们决不会独创一种世人所不熟悉的文体,所采用的必是"街陌谣讴"中流行的形式。第二是《汉书·东方朔传》里载有一首东方朔的射覆,是四句七言韵语,这也一定不是他的首创之格,而是当时"街陌"流行之体,由此才能脱口而出并能逗笑取乐。最终他认为:"事实上七言诗体的来源是民间歌谣(和四言五言同例)。七言是从歌谣直接升到文人笔下而成为诗体的,所以

---

①　余冠英:《七言诗起源新论》,原载于《国文月刊》1942年第18期,此处转引自《汉魏六朝诗论丛》,中华书局,1962年版,第132、142页。

七言诗体制上的一切特点都可在七言歌谣里找到根源。所以,血统上和七言诗比较相近的上古诗歌,是《成相辞》而非《楚辞》。"[1]"七言诗的渊源只有一个,就是谣谚。主七言句出于楚辞之说者恐系为一种错觉所致,由错觉而生成见。"[2]此后余冠英的观点也得到许多人的响应,如褚斌杰说:"强调七言诗是从楚辞体蜕变而成的人,往往根据张衡《四愁诗》首句'我所思兮在泰山'句,以及汉初高祖刘邦的《大风歌》、武帝《秋风辞》等作品去掉'兮'字即为七言的现象,认为正可证明七言由楚辞发展而来。实际上这抹杀了自西汉以至更早些的战国末年以来,七言的民歌俗曲已经产生影响和流行的事实。首先是七言歌谣的流传,给文人以启发和影响,才使也熟悉楚辞体的某些文人作家,把楚辞体逐渐往大致整齐的七言形式上发展,因此,文坛上早期出现的某些文人七言体,往往也带有楚辞体句法的痕迹,这是可以理解的。"[3]

我们赞同余冠英和褚斌杰的观点,因为他们指出了一个基本事实,即早在楚辞体还在盛行的战国后期,大量的七言句式已经存在,它们并不是从楚辞中转化而来的。如早在战国时代已经产生了整齐的七言诗,如《战国策·秦策三》范雎引《诗》曰:"木实繁者披其枝,披其枝者伤其心,大其都者危其国,尊其臣者卑其主。"从这首诗中,看不出它从楚辞中"蜕化"或"变化"的痕迹。另外,如学人们普遍关注的荀子《成相辞》当中所出现的大量的七言句,也不是从楚辞中转

---

[1] 余冠英:《七言诗起源新论》,原载于《国文月刊》1942年第18期,此处转引自《汉魏六朝诗论丛》,中华书局,1962年版,第157页。

[2] 余冠英:《关于七言诗起源问题的讨论——答李嘉言先生论七言诗起源书》,载《汉魏六朝诗论丛》,上海古籍出版社,1956年版,第158页。

[3] 褚斌杰:《中国古代文体概论》,北京大学出版社,1990年版,第137页。

化而来，而应该是当时流行的民间歌谣体。无独有偶，近年来出土的《睡虎地秦简》里有《为吏之道》①，其诗体结构与《成相辞》基本一致。这里面存在大量的七言诗句，同样说明它们应该出自于民间歌谣而不是从楚辞中蜕变出来的。另外，从现存大量的汉代七言镜铭，司马相如的《凡将篇》和史游《急就章》里的大量七言口诀，传为汉武帝时代的《柏梁诗》②，以及《吴越春秋》所载《河梁歌》、《穷劫曲》等等③，足可以证明七言这一诗体自有其独立于楚辞之外的生成之源。持楚辞生成论者往往只看到张衡的《四愁诗》等汉代文人七言诗中杂有个别的楚辞式句子，就误以为七言诗是从楚辞中演化而来，这正如余冠英所说，"恐系为一种错觉所致，由错觉而生成见"。事实上之所以会产生这种现象，正像褚斌杰所说的那样，"首先是七言歌谣的流传，给文人以启发和影响，才使也熟悉楚辞体的某些文人作家，把楚辞体逐渐往大致整齐的七言形式上发展，因此，文坛上早期出现的某些文人七言体，往往也带有楚辞体句法的痕迹"，这二者的关系是不能颠倒的。

然而，关于七言诗起源于楚辞的说法并没有到此终结，近年来又有人提出新的观点对其完善，郭建勋最有代表性。他在《楚辞与中国古代韵文》一书中专设一章讨论楚辞与七言诗的关系，讨论了关

---

① 《睡虎地秦墓竹简》，文物出版社，2001年版。

② 关于《柏梁诗》的真伪问题，学术界一直有争论。我们认为迄今为止的所用怀疑还不足以推翻汉武帝时代说，在这种情况下，仍然应该维持魏晋以来的旧说。

③ 按《吴越春秋》的作者赵晔为东汉人，张觉在《〈吴越春秋〉考》(《中国图书馆学报》1994年第1期)，生年大概是在公元40年左右，即东汉光武帝建武年间，比张衡的生年(公元78年)要早。

于七言诗起源诸种说法的不足,详细论证了楚辞句式孕育七言诗的独特条件[①]。他的这一观点,在其后出版的《先唐辞赋研究》中又有了系统的建构。他认为,"讨论七言诗的起源,首先必须明确这里所说的七言诗,指的是那种抒情写志、语言凝练的正格的文学作品,而不是那种应用型的七言韵语或缺乏诗意的口号;同时我们还必须明确,从先在的文献中找出几个七言的句子,或者将能搜罗到的七言句排列起来,就断言找到了七言诗的源头,这不是一种科学的态度。任何新的文学形式的产生,都是先在的所有相关文体要素共同整合的结果,然而在这所有要素中,也必然有一种文体在其形成过程中起着至关重要的、核心的作用"[②]。正是根据这一原则,郭建勋详细讨论了楚骚中"兮"字句的几种类型,同时采纳闻一多关于楚辞中的"兮"字都有置换成起文法作用的虚字的观点进行具体分析。最后得出结论:"总之,战国末年屈原、宋玉在楚地民间歌谣的继承上创造的楚骚体,因其大量而集中地出现以及汉人的仿作,给后世七言诗的从中孕育准备了足够的资源;楚骚句式与七言句式在形式上的同构性提供了这种孕育七言诗句的基因;楚骚中的'兮'字或为表音无义的泛声,或既表音而同时兼有某种语法功能,这种特性造成汉代以来文人有意无意的删省或实义化,从而使七言诗在汉魏南朝文人的探索与实践中得以衍生并逐渐成熟起来。"[③]郭建勋的观点有两个要点,第一是主张把探讨七言诗起源的问题限定在所谓"抒情写志、语言凝练的正格的文学作品"之内,从而排斥那些"应用型的七言韵语或缺

[①] 郭建勋:《楚辞与中国古代韵文》,湖南师范大学出版社,2002年版。
[②] 郭建勋:《先唐辞赋研究》,人民出版社,2004年版,第142页。
[③] 同上引第152页。

乏诗意的口号",突显楚辞在其中所起的"至关重要的、核心的作用"。第二是强调楚辞与七言诗二者"句式在形式上的同构性"。而我们认为这两点都是站不住脚的。首先我们知道,一种文体从最初的低水平逐渐发展成熟,应该是自然而然的现象。无论是四言诗、五言诗还是七言诗都是如此,我们怎么能够置这些事实于不顾,抹杀它们的存在价值,否定它们在七言诗起源问题上的意义呢?其次我们要质疑郭建勋的同构理论,从语言学的角度来讲,所谓同构,应该指的是一种诗体与另一种诗体在语言节奏、句法结构等方面的相同性,而郭建勋所说的二者"句式在形式上的同构性"只是一种表面错觉,他在论述这种同构性的时候所采用的方法——通过对楚辞中虚词的置换、句式的合并,词语的增加或者位置的变换等方式而变成七言的方法也是不科学的,事实上,经过这样的置换过程,原诗的句法、章法和节奏都已经发生了变化,这恰恰从反面证明了二者之间的不同构。

我们认为,在楚辞与七言诗之间不存在所谓"句式在形式上的同构性"。从对《宋书·乐志》所录《今有人》与《九歌·山鬼》两首诗的具体文本剖析出发,经过详细分析后我们不难发现:从表面上看,《今有人》一诗是从《山鬼》改编而来,只是去掉了原诗中的兮字,就由原来的骚体变成了三七言交错的诗体,因而这一例证常常被人们视为七言诗源于楚辞体的典型例证。而笔者认为:两首诗之间的改写关系不能看成是两种文体的演化。仔细分析这两首诗,我们会发现楚辞体与七言诗之间的巨大差异:从音乐上讲,《山鬼》是楚歌,《今有人》则属于相和歌;从节奏上讲,楚辞体是二分节奏的诗歌,七言诗是三分节奏的诗歌;从句式结构上讲,楚辞体的主要句式结构是"○○○兮○○","○○○▲○○○",而七言诗的典型句式结构则为"○○/○○/○○○";从语言组合角度来说,句首三字组在楚辞体中占有重要位置,七言诗句首则由两个双音词或者二字组组成。这说明,从本质上讲,楚辞体与七言诗是两种不同的诗体,根本就不存在同构的问题,后者不可能是从前者演变而成。楚辞体在汉代沿着两条路线发展,一种是以楚歌的形式和骚体赋的形式继续存在,一种是变为散体赋中的六言句式①。而七言诗句早在战国时代就已经存在,它的产生自有其独立的过程。

相比较而言,七言诗起源于民间歌谣的观点没有受到更多的批评,也更符合20世纪中国文学理论主潮——即一切文学形式的发端都来自于民间这一文学理论观的支持②,从文学史上似乎也可以找到更多的证据,因而这一观点在20世纪也颇有影响。前引余冠英的观点具有代表性③。褚斌杰对此也有较详细的论证,他认为:"我们从历史资料上考察,七言句式和七言体的古歌谣谚出现得确实也是相当早的。民间文学的创制无待于文人创作,而文人创制,却往往以民间流行的文体为基础,这是个很普遍的现象。""文人七言诗的出现,有一个逐渐向民间作品仿效和学习的过程,而民间一种新体的形成,其实也必经一个逐渐酝酿、成熟的过程。先秦时代歌谣以四言为主,间或也有以七言为主的,如《礼记·檀弓》所载《成人歌》。""从现存的资料看,可靠的完整的七言歌谣在汉代以前似还无有。""西

---

① 赵敏俐:《七言诗并非源于楚辞体之辨说——从〈相和歌·今有人〉与〈九歌·山鬼〉的比较说起》,《深圳大学学报》,2008年第3期。
② 胡适的《白话文学史》可为此种观点的代表。
③ 当代学者持此种观点的还有蒋伯潜《文体论纂要》、刘大杰《中国文学发展史》、杨仲义《中国古代诗体简论》、赵义山、李修生《中国分体文学史·诗歌卷》、周秉高《论先秦逸诗》,等等。

第四章　四言诗、骚体诗与七言诗研究

汉时代完整的七言歌谣,仅见成帝的《上郡歌》一首。""现存西汉歌谣虽不多,但可以推想当时的七言歌谣必已流行。理由有二:一是武帝时司马相如有《凡将篇》,元帝时史游有《急就篇》,这是两部教蒙童的字书,是七言口诀文体。编口诀的人绝不会自创一种对当时人来说并不熟悉的韵文体,相反地,他必然要采用为当时人所习见的通俗形式。二是《汉书·东方朔传》载东方朔射覆语,四句都是七言:'臣以为龙又无角,谓之为蛇又有足,跂跂脉脉善缘壁,是非守宫即蜥蜴。'东方朔口占的这四句韵语,大约也不会是他的自创体调,当是那时的街陌谣谚的流行之体,所以作者可以套用,冲口而出。"①褚斌杰的这一论述比较系统,既提供了一定的实证材料,同时又在理论上做出了较为合理的解释。然而,关于七言诗起源于民间歌谣的说法,从总体上看还是实证的支持不足。其实,就是以褚斌杰所引的西汉成帝时的《上郡歌》,也并不完全是完整的七言歌谣,因为这首诗的头两句都是三言。事实上,从现存的两汉文献来看,通篇都是完整的民间七言歌谣几乎没有,东汉时代出现过许多品评人物的七言韵语,多以两三句为主,而且这些韵语产生的时间相对较晚,因而,我们无法解释在此之前已经出现过好多较长的文人七言诗句。所以李立信批评说:"但是就时间上来说,这种歌谣的出现,比早期的七言诗晚了好几百年,如果我们罔顾这个事实,硬说它是七言诗的起源,恐怕是无法被学术界承认的。"②虽然李立信这里所说的七言诗是特有所指的楚辞体七言句,与学术界通常所说的"七言诗"并不完全等

----

① 褚斌杰:《中国古代文体概论》,北京大学出版社,1990年版,第133—135页。
② 李立信:《七言诗之起源与发展》,台湾新文丰出版公司,2001年版,第32页。

151

同,但是,早在西汉完整的七言歌谣之前,现存的历史文献中就有不少文人的七言之作。因而,李立信的这一批评是有道理的。这说明,所谓七言诗起源于民间歌谣的观点,更多的是出自于理论的推演,是20世纪过于推崇民间文学的一种时代产物。而这一理论本身的科学性——起码在七言诗起源这一点来看是有问题的。我们在此不妨一问:七言诗这一文体,最早真的一定是从民间产生的吗?考察历史我们发现,《逸周书·周祝解》里就已经有很多整齐的七言句子,如:

> 凡彼济者必不怠,观彼圣人必趣时。石有玉而伤其山,万民之患在口言。时之行也勤以徙,不知道者福为祸;时之徙也勤以行,不知道者以福亡。

> 叶之美也解其柯,柯之美也离其枝,枝之美也拔其本。

> 天为盖,地为轸,善用道者终无尽;地为轸,天为盖,善用道者终无害。天地之间有沧热,善用道者终不竭。陈彼五行必有胜,天之所覆尽可称。①

《逸周书》记录了周文王到春秋后期周灵王之间约六百年的事情,有的篇章,如《世俘解》等可能作于西周初年,有些篇章可能经过战国时人的加工润色,《周祝解》一篇,大概属于后者。但无论如何,在一篇文章中出现如此多整齐的七言韵语,这一现象值得我们高度关注。再如《韩非子·安危》:"奔车之上无仲尼,覆舟之下无伯夷。"《韩非子·内储说下》:"狡兔尽则良犬烹,敌国灭则谋臣亡。"宋玉《神女赋》:"罗纨绮缋盛文章,极服妙采照万方。"这说明七言在战国时期已

---

① 黄怀信《逸周书校补注译》,西北大学出版社,1996年版,第416、419、421页。关于《逸周书》的产生年代虽有争议,要之不晚于战国时期。

经产生,而且已经在文人的著作中经常出现,因此我们还不能说七言这种句式一定起源于民间谣谚。在现存汉代比较可靠的材料中,司马相如《凡将篇》中的七言句、《汉书·东方朔传》所引东方朔射覆语,汉武帝《柏梁台联句》、《郊祀歌》十九章中的七言诗句,产生的年代都是比较早的。刘向所存的七言诗残句、史游《急就章》中的大量七言韵语都产生于西汉后期。汉代镜铭虽然大都是东汉时代的产物,其中也不排除有西汉之作。而我们所知道的比较可靠的汉代民歌民谣中的七言,如《上郡吏民为冯氏兄弟歌》,最早不过产生于西汉成帝时代。至于那些品评人物的歌谣谚语,则大都产生于东汉后期。由此可见,一些人认为七言诗起源于民歌谣谚,并不完全符合历史的事实。

以上我们对七言诗起源于楚辞和七言诗起源于民间歌谣的说法进行了剖析,发现这两说都有一定的根据,但是又都有明显的问题,这不能不引发我们的思考,分析这两种说法,我们会发现二者之间、甚至包括我们前引的其它各种观点之间都有一个共同点,即他们都在思维方式上都倾向于为七言诗这种复杂的文体发生寻找一种单一的源头,然而事实上却未必如此。准确的讲,我们应该把七言诗看作战国以来一种新兴的语言体式,它既见于民间谣谚,也见于其他历史文献当中,而从汉代的整体情况来看,它更多地运用于字书、镜铭等当中,成为与四言、骚体、五言等相并而行的独立发展的一类以世俗生活应用为主的新的文体。

另一方面,从 20 世纪关于七言诗起源的争论中,我们还要思考另一个问题:我们研究七言这一文体起源的目的是什么?难道仅仅是要找到那个可以在历史上并不存的七言诗产生的原点吗?我想不是,更重要的问题是我们要探讨七言诗这一诗体内在的奥秘是什么?它与四言诗、五言诗相比其特点是什么?为什么它会成为魏晋南北朝之后中国诗歌史上另一种流行的诗体？也许这才是文学研究中更为重要的任务。可喜的是,历史进入21世纪之后,学者们已经开始认识到这个问题,并且开始了这方面的有益探讨,并且取得了可观的成果,如葛晓音近年来的讨论引人注目。她有感于各家论点往往聚焦在寻找五七言脱胎的母体,力求确认该种诗体成熟的标志,辩论哪一篇诗的句式和篇制完全符合该种体式的规范这一模式的局限。"转换思路,从七言的节奏提炼和体式形成过程去考察其产生的路径和原理,并进而探讨汉魏七言诗的发展滞后于五言的原因",提出了一系列富有创新意义的精彩见解,弥合了七言诗源出于楚辞与源出于民间歌谣两说的矛盾,指出二者在七言诗的产生过程中有着共同的推进作用[1]。冯胜利认为:"上古韵律系统的改变不仅导致了汉语的变化,同时也导致了她的文学形式的转型。当然,文学的发展不只是语言的原因,但是,离开语言,那么诗歌的形式和文体的不同,又将从何谈起呢？""前人说,一代有一代的文学。殊不知,一代有一代的语言。舍语言而言文学,犹如舍工具而言事功,岂止隔靴搔痒,也致前因后果湮没无闻也矣！"由此他提出了汉语诗词韵律学这一新的研究路径。[2] 赵敏俐也认为:"无论是今人关于七言诗起源于楚辞说还是起源于民间歌谣说等,其问题都在于过于胶著于二者之间形式上的相似,而对于其背后深刻的语言差异以及其形成演变原因的探寻不够。这提示我们,关于七言诗起源以及其发展的问题很复杂,它既与先秦的民间歌谣有关,也可能受楚辞体的影响。但更为重要

---

[1] 葛晓音:《早期七言的体式特征和生成原理——兼论汉魏七言诗发展滞后的原因》,《中国社会科学》,2007年第3期,第181、188页。

[2] 冯胜利:《论三音节音步的历史来源与秦汉诗歌的同步发展》,《语言学论丛》第三十七辑,商务印书馆,2008年版,第33、41页。

的是,它的产生与发展,与秦汉以来的语言变化有着更为深刻的关系。"为此,他探讨了七言诗与《诗经》、七言诗与楚辞、七言诗与民歌谣谚等的关系,得出结论说:"七言诗作为一种独特的文体,在汉代广泛存在于字书、镜铭、民间谣谚、道教经典、医书、刻石、墓碑以及其它文章当中,在汉代是一种以应用为主的韵文体式。从这一角度讲,它与四言诗、骚体诗、五言诗、杂言诗等并存,有着独立的发展之路,并以其反映世俗生活的方方面面而显示出其独特的社会认识价值,有与其它诗体同等重要的文化地位。但是,作为一种诗歌体式,它在汉代还远不成熟。从汉语韵律学的角度来看,七言诗属于中国诗歌体式中最为复杂的一种,也是最难把握的一种。它没有进入汉代诗歌的主流之内,在汉魏时代还属于'体小而俗'的诗体。它的成熟有待于魏晋以后,汉代的七言诗属于七言诗发展的早期阶段,它为后世七言诗的发展奠定了坚实的基础。对汉代七言诗,我们应作如是观。"[1]我们希望,21世纪的七言诗研究,应该在这个方向上继续有所突破。

在20世纪汉代七言诗研究中,《柏梁诗》是一个热点。《柏梁诗》最早见于《东方朔别传》,再见于《艺文类聚》、《古文苑》、《汉武帝集》等书。而柏梁赋诗之事又见于《三辅旧事》。它采取君臣联句的方式,每人一句,共二十六人,咏二十六句。它对后世的影响,一为联句诗,一为七言体,所以曾受到古人的普遍重视,如刘宋颜延之《庭诰》、梁刘勰《文心雕龙·明诗》、任昉《文章缘起》、唐吴兢《乐府古题要解》、宋严羽《沧浪诗话》、明徐师曾《诗体明辨》等著作,都有论及,并将其视为七言诗之祖,可见其影响之广。然而关于此诗的真实性问题,却由清人顾炎武提出了质疑。他说:"汉武帝《柏梁台

---

[1] 赵敏俐:《论七言诗的起源及其在汉代的发展》,《文史哲》,2010年第3期。

诗》,本出《三秦记》,云是'元封三年作',而考之于史,则多不符。"其主要观点是:梁孝王早已在柏梁台建造之前去世,史书中所记梁平王来朝也不在元封年间;郎中令、典客、治粟内史、中尉、内史、主爵中尉等六官皆是太初以后官名,而不应该预书于元封之时,事实上汉武帝是在柏梁台被烧半年之后始改官名。因此顾炎武得出结论说:"反复考证,无一合者,盖是后人拟作,剿取武帝以来官名,及梁孝王世家'乘舆驷马'之事以合之,而不悟时代之乖舛也。"①顾炎武的考证,对近现代文学史的研究产生了极大的影响,如梁启超、陈钟凡、刘大杰等人都采用了顾炎武的说法,认为《柏梁诗》不可信,是后人伪作。其中游国恩的考证更为详细,从多个方面补充了顾炎武的观点。除了进一步证明原诗中所附的各位诗人的职官有问题之外,游国恩还认为,登台作赋且同题共咏的事情始于建安,柏梁诗始见称于世,今可考者,大概不能早于西晋,最早的模仿者也在刘宋时代,因而其写成时代大抵不能早于魏晋之世。游国恩还指出,最早记录《柏梁诗》的《东方朔别传》猥琐,多出后人附会,不可靠;《武帝集》亦颇有伪篇,《三辅旧事》之书又较晚出,均不足为据②。逯钦立却不同意顾炎武、游国恩等人的说法,他认为《东方朔别传》应作于西汉后期,班固的《汉书·东方朔传》亦从此书中吸取了一些材料。他说:"汉传之为抄袭《别传》,以上四事,盖已可为充分之明征矣。又班固称刘向言:'少时数问长老贤人通于事及朔时者,皆曰:朔口谐辩,不能持论,喜为庸人诵说,故今后世多传闻者。'而褚少孙补东方朔等《传》,

---

① 顾炎武:《日知录》卷二十一,《清代学术笔记丛刊》第二册,学苑出版社,2005年版,第332页。
② 游国恩:《柏梁台诗考证》,原载1948年《北京大学五十周年纪念文集》,后载《游国恩学术论文集》,中华书局,1989年版。

亦自谓采自'外家传语'。案少孙元、成间人,与更生时代相近,而两人同此云云。是《东方别传》,元、成时际,殆已流传,而为当时一脍炙人口之传记也。《东方别传》既系西汉之旧记,其中又鲜后人之所增益,则此《柏梁台诗》,自为当时所传之篇。年代、官名等记载之不合,并不足以否定其时代性。盖此等记载之所以不合,乃因作者追记之欠乎谨严,《汉书》朔《传》且同此弊矣,何得以此而遽以为后人之所拟乎?""又检柏梁列韵,辞句朴拙,亦不似后人所拟作。""故窃谓汉武柏梁之集,本有七言赋诗之事。昭、宣以降,好事者为东方朔传,于此君臣盛会,欲有以铺张之,而与原作有所增附,遂致多所乖悟也。"①方祖燊则在逯钦立的基础之上,详细考证了《柏梁诗》的来源出处、文本流传等问题,并就顾炎武提出的几点质疑进行了细致的剖析与辨正,他根据相关文献指出,元封三年汉武帝作柏梁诗之时,正当梁平王之世,顾炎武并不能证明他当年没有来朝;诗中所记载的官名,本来不是诗的本文,而是后人对作者的追记,而史书上用后来的官名追记前代之事也是常有之事,班固的《汉书》中就多有这类例证。特别重要的是他对《柏梁诗》的诸多文本进行了细致的比较,以探求其原貌。他最后得出结论是:"(1)这诗句子上只标作者官位,没有注作者姓名;而这些官位,是编《东方朔传》作者追注上的,其中采用太初后官名,有'光禄勋、大鸿卢、大司农、执金吾、左冯翊、右扶风、京兆尹'七个。(2)内容方面:武帝和群臣所作句多就自己的职分而咏的,也有些寄规警之意,东方朔则出于恢谐之语。(3)韵式方面,是每句押韵,一韵到底;全诗二十六句,而重韵占十四句;所用的韵,是'支之咍灰'韵,这种通韵,正合古韵的标准。(4)在全篇一百

---

① 逯钦立:《汉魏六朝文学论集》,陕西人民出版社,1984年,第39—54页。

八十二字中,重字有五十六字。由以上研究,可以看出当日众人勉强杂凑成篇的情况,以及其质朴的面目。"①逯钦立、方祖燊的考证有理有据,具有很强的说服力,参照上引诸多汉代七言诗的情况,我们认定《柏梁诗》当为汉武帝时代的作品,它体现了西汉七言的典型形态,主要用来罗列名物,进行简单的叙事与说理。它的产生,从另一个方面也代表了那个时代的文人对待七言的态度,把它看作一种便于应用的语言形式,甚至把它当成文字游戏来对待,用于君臣间的唱和。正因为如此,在当时的文人眼中,它并不是诗,而是另一种特殊的文体——"七言"。

汉代传世的优秀的七言诗作极少,学者们对这些作品展开深入研究的著述也较少。这其中,张衡的《四愁诗》是少有的优秀之作,古人多有好评。如胡应麟《诗薮》曰:"平子《四愁》,优柔婉丽,百代情话,独畅此篇。其章法实本风人,句法率由骚体,但结构天然,绝无痕迹,所以为工。后人句模而章袭之,适为厌饫之余耳。"沈德潜《古诗源》曰:"心烦纡郁,低徊情深,风骚之变格也。"几乎所有汉代诗歌的选本都会选录这首诗。但是由于受诗体的限制,在当代的文学史论著中少有详细分析,有时仅有简单介绍。如游国恩等五人主编的《中国文学史》第一册就指出:"它的四愁诗"以比兴手法写自己'思以道术相报贻于时君,而惧谗邪不得以通'的苦闷,对后世七言诗的形成起重大作用。"②当代学者中对这首诗提出新看法的有汪祚民,他认为,《四愁诗》是一首爱情诗,"全诗四章,在反复咏唱之中,抒发'我'因外物阻隔无法与'美人'通情的内心愁苦与思念"。将四愁诗

---

① 方祖燊:《汉诗研究》,台湾正中书局,1969年版,第86—128页。
② 游国恩等主编《中国文学史》(一),人民文学出版社,1963年版,第153页。

当作爱情诗来看,应该说与此诗的原序是相矛盾的。但正如作者所说,"《四愁诗》中男女受阻不能通情的忧愁哀伤与他任侍中时欲尽忠而遭威胁与谗毁的内心痛苦也有共同之处"。可备一说。由此,他还对这首诗做了如下的艺术分析:"《四愁诗》的最大创造就在于它将风诗的章法与楚骚的意韵融为一体。张衡晚年正处在东汉王朝大厦将倾的动乱时代,社会的忧患以及欲尽忠而遭谗的痛苦一直困扰着他。他的处境,他的遭遇与屈原有许多共同之处,加上汉代文人对屈骚特别敏感的社会心理的作用,所以他用以倾泄内心愁怨的《四愁诗》,不仅在表现上采取了《离骚》美人芳草的比兴手法,而且在抒情上也继承了楚骚'朗丽以哀志'、'绮靡以伤情'的特点。然而在章法体格上却一反楚骚寓抒情于铺陈之中,而运用《国风》民歌中反复叠唱的抒情短章,叠章这种民歌的重要形式,它不仅使人们的情感在一唱三叹之中尽可能得到抒发,而且还能表现人们的动作节奏程序以及情感的变化状况。《四愁诗》运用叠章铺叙由东到南,由南到西,由西到北的神思与远眺的过程,神思引起内心的愁苦,愁苦又在远眺中加深,这样的回环往复,通过方位的系联,形成了一个浑圆而奇特的艺术空间,主宰这个空间的是一个愁怨悲苦的灵瑰。他涕泣横流,发出无可奈何的悲叹,他惆怅踟蹰,依依不知所往,此情此状,通过四章的反复咏唱,产生了极为强烈的哀情气氛,充溢着由方位构成的艺术空间,抒情主人公的形象显得更为鲜明,'沧怏而难怀'的哀情美也与楚骚不相上下。楚骚的情韵与风诗的体格天衣无缝地融合于一体。"[①]作者指出了《四愁诗》与楚歌之间的联系与区

[①] 汪祚民:《民歌传统与文人创作的融合——试论张衡的诗歌》,《南都学坛》(社会科学版),1990年第2期。

别,亦颇有见地。无独有偶,熊高德也将《四愁诗》当作一首爱情诗来看,并结合张衡的《同声歌》、《定情赋》等作品,分析了张衡在创作中所采用的文以"美人喻君臣"的文学抒情模式。进而指出:"'美人喻君臣'的艺术象征传统到东汉中叶已由屈原模式发展到了张衡模式。此后,历代都有文学家远踪屈子,近取张衡,秉持着这一象征传统进行创作。"文中还分析了张衡这一抒情模式的美学追求:"追求女性艺术形象美丽的官能美感作用。""追求艺术形象的含蓄蕴籍,思想情感的委婉曲致。"①龙文玲则从诗体形式的角度对《四愁诗》给以新的定位,认为这首诗"从诗的拍节上看,全诗每句皆为二二三的标准七言结构,因而在七言诗的句式结构上,《四愁诗》已与后世七言诗基本吻合"。"所以,真正能称得上是我国文学史上第一首完整的文人七言诗的作品。"这体现了张衡的诗歌在形式、内容和艺术上对前代的超越②。

上个世纪50年代,林庚、江风等人曾将七言诗体与其他诗体进行对比研究,如林庚《五七言和它的三字尾》③,江风《五言和七言》,指出了这一诗体形式的三字尾特征的重要性④。此外,80年代以来的研究中值得一提的还有王锡九的《试论"七言古诗"含义的演变》一文,王锡九系统梳理了"七言古诗"自汉代直至清代含义的演变。他指出,在汉代,七言歌谣谚语等,诗人并不称之为七言诗,只有文人

---

① 熊高德:《张衡与"美人喻君臣"》,《山西大学学报》(哲社版),1994年第1期。
② 龙文玲:《汉诗的期待视野与张衡的诗歌超越》,《广西师院学报哲社版》,1998年第3期。
③ 林庚:《五七言和它的三字尾》,《文学评论》,1959年第2期,第76—78页。
④ 江风:《五言和七言》,《新民晚报》,1960年10月3日。

创作的七言诗,在当时被专称为"七言",而且还被排斥在正体诗歌之外。这也和七言诗在汉代的发展现实是紧密相关的。由于七言诗创作的继续发展和繁荣,以及不同时代诗歌分类标准的差异,才逐渐导致"七言"这一概念的含义在不断变化。这篇文章为我们研究七言诗的起源,乃至七言诗的发展,做了很好的概念上的梳理和铺垫[①]。

20世纪对汉代七言诗诗体的研究总体来讲不多,且基本只是集中在对其起源问题的讨论上,这与七言诗本身在汉代尚未成熟有关,也表现出学者们研究思路的单一,这既是遗憾,同时也为新世纪的研究提供了很大的空间。

---

① 王锡九:《试论"七言古诗"含义的演变》,《文学遗产》,1988年第2期,第57—63页。

结　语

　　以上,我们对20世纪汉代诗歌的研究做了简要回顾。从中可以看出,无论在文献考证还是在艺术分析和理论阐释上,20世纪的汉代诗歌研究成就都是超过以往任何一个历史时期的。但是和学术界在20世纪对中国古代其它历史时期的诗歌研究相比,汉诗研究却相对落后。在古典文学研究界里,专门从事汉代诗歌研究的学者相对较少,也没有形成一个汉代诗歌的研究中心。这既与从事汉代诗歌研究困难较多有关,也与人们重视不够有关。即便从汉代诗歌研究本身来讲,目前也存在着以下问题。

　　第一是文献资料的缺乏和考证方法上存在着偏差。由于汉代距今历史久远,保存下来的资料极为有限,关于汉代诗歌的实际创作情况已难以弄清。两汉前后共有四百多年的历史,这是一个不短的历史时段,在这一时段中无论从社会政治还是思想文化方面都曾发生过一些重大变化。可是,对于产生于这一历史时段的诗歌,大部分我们还无法确定比较准确的产生年代。这对于探究汉代诗歌的发展过程,的确是一个莫大的障碍。特别是作为汉代诗歌中对后世最有影响的那些无主名的文人五言诗,由于无法确定它们的具体作者和产生年代,我们也就无法明确文人五言诗在汉代的发展过程。文献资料的不足大大影响了我们对于汉代诗歌的研究。

　　但就是这有限的资料,我们在实际研究和考证方面也存在着问题。自20世纪二三十年代以来,由于受疑古之风的影响,一些论者把前代传说中的虞姬的《和项王歌》、枚乘的《杂诗》、李陵、苏武的诗、汉武帝时的《柏梁台联句》、卓文君的《白头吟》、班婕妤的《怨歌行》、甚至傅毅的《冉冉孤生竹》等,都看成了后人的附会和伪作,于是,以《古诗十九首》为代表的文人五言诗产生于东汉末年的说法,渐渐地被大多数人视为"定论"。这种说法大大束缚了研究者的头脑,阻碍了汉代文人五言诗研究的深入开展。这期间,虽然也有一些不同的观点,如中国社会科学院的余冠英、吴世昌、沈玉成诸先生,近年都有相关文章发表[①]。曹道衡先生在《苏李诗和文人五言诗》一文中,明确表现了对于苏、李诗和虞美人诗真伪问题的慎重态度,因为他已经发现目前学术界对这些诗篇几乎异口同声的否定结论根据不足,希望发现新的证据[②]。方祖燊、张启成等人也一直通过各种考证表示对传统的观点支持,但尚未形成主流看法。值得注意的是,与中国大陆的研究相反,日本学者冈村繁和法国学者桀溺的研究可能更为客观,他们从不同的角度表现了对传统说法的维护。既然如此,当我们对本世纪的汉诗研究进行全面总结时,就应该对这一问题进行一下深深的思考了,这是推动21世纪汉代文人五言诗研究向前发展的重要环节。

第二是缺乏结合历史、文化、美学等学科领域对于汉代诗歌进行系统综合的探讨。综观20世纪的汉代诗歌研究,其重点始终在文人五言诗的考证和乐府诗的部分篇目分析上,这里又表现出两种倾向。在"五四"以后的第一个时期,考证和一般性描述的文章著作较多,

---

[①] 以上诸文分别见《文史知识》1984年第1期、1985年第11期、1994年第2期。
[②] 曹道衡:《苏李诗和文人五言诗》,《文史知识》,1988年第2期。

深入进行艺术分析的较少;在新中国成立后的第二个时期,由于受政治批评模式的影响,过分地抬高了一部分乐府诗的政治思想价值而否定了另一部分作品。同时,由于认定文人五言古诗的成熟年代是在东汉末年,对这些作品产生原因及内容的揭示也只是从"所谓汉末政治黑暗"的角度做直接因果关系式的解释,没有把它们放在广泛的汉代社会文化背景下来认识。八十年代以来,这两种倾向虽然得到一定程度的克服,学者们研究的视野和角度逐渐多样,但大多数学者所做的工作仍显得琐细零散、不成体系,拘谨于一诗一句之一义的争论和发明,选题重复的低水平之作颇多。两汉是中国第一个封建盛世,四百年的历史发展对中国后世文化产生了重大影响。在这四百年文化背景下产生的汉诗,值得我们从历史、哲学、文化、思想、美学、艺术等多方面展开研究,但所有这些,又需要在扎扎实实的文献基础上进行。在这方面,我们的工作还相当艰巨。

20世纪的汉代诗歌研究取得了丰硕的成果,展望21世纪,汉代诗歌研究将会取得更大的成就。这起码可表现在三个方面。第一是随着科学技术的发展和考古上的收获,我们预期21世纪会发现有助于解决汉代文人五言诗产生年代问题的重要证据。20世纪秦代乐府编钟的发现,彻底解决了乐府产生于何时的争论。21世纪如能发现有关文人五言诗的出土文物,将会对汉代诗歌的研究产生巨大影响。第二是随着社会的进步和文化思想的变革,21世纪的学人在汉代诗歌研究方法论与批评模式上也将会产生新的变化,这将使汉代诗歌研究出现新的局面,产生一批代表21世纪的学术思想的研究著作,促使汉代诗歌研究向更深更广的领域发展。第三是随着世界文化的交流扩大,汉代诗歌研究将会越来越明显地呈现一种国际化的局面。在20世纪中,苏、德、美、法、日、韩等国的汉代诗歌研究已经

结　语

取得了令我们瞩目的成果,并以其新颖的视角给我们以启示①。21世纪,这种局面必将进一步发展。这种新的历史发展趋势也必将对我们提出新的更高的要求,需要我们加倍地努力。

---

① 当代欧美一些著名的汉学家,在汉代诗歌方面不仅有丰富的成果,而且有着与中国学者不同的学术理念与研究方法,他们的成果特别值得我们借鉴。举例来讲,如美国普林斯顿大学柯马丁教授 2004 年曾发表过一篇长文:《汉代史书中的诗歌》(The Poetry of Han Historiography, Early Medieval China 10—11. 12004),从新的角度对这些诗歌的生成、如何记录于历史、以及其在历史学家的叙述中的意义等问题做了令我们耳目一新的解释。他的另一篇文章《汉史之诗:〈史记〉、〈汉书〉叙事中的诗歌含义》译成中文发表于《中国典籍与文化》(2007 年,总第 62 期,林日波译),进一步阐明了这一看法。作者认为:"《史记》、《汉书》里一种极具特色的现象,即叙事当中天衣无缝地包含着许多历史人物的即兴诗歌表演。作为中国早期历史编纂学的一种修辞方法,诗歌经常作为重要时刻的标志出现,而且与情感、道德的强烈诉求以及对事实、真实性的强烈认定相关,反映汉代诗学的基本思维对历史编纂学的影响。这一点适用于身体或情感绝灭刹那时主人公即兴吟唱的抒情诗歌,也适用于预言政治灾难或者哀叹民生多艰的匿名小调。"对中国历史中这些诗歌的解释,的确是中国学者以往不曾思考过的。我们期待着更多的国际交流,也希望欧美学者尽可能地将他们的成果介绍到中国来。